DENIS ABSENTIS

THE SIXTH ANGEL

BOOK 1: BEGINNING

Денис Абсентис

ШЕСТОЙ

АНГЕЛ

ORACO CO PUBLISHING

Denis Absentis

The Sixth Angel

Part 1: Beginning

Cover design by Elmira Kruglova

ISBN 978-616-305-533-0

RV 5585-306
www.zlayakorcha.com

От редакции:

Рукопись, первую часть которой мы предлагаем читателю, была анонимно прислана в редакцию более года назад вместе с папкой старых газетных вырезок. Редакторский портфель был к тому моменту уже сформирован, поэтому публикация была отложена. К тому же текст представлялся нам излишне сенсационным и конспирологическим, что могло отрицательно сказаться на безупречной репутации нашего издательства. Тем не менее некоторые исторические моменты, обсуждаемые в тексте, показались нам небезынтересными, и мы решили обратиться за консультацией к ведущим специалистам. К сожалению, никто из экспертов так и не смог определенно ответить на поставленные редакцией вопросы. В такой ситуации редколлегия приняла решение издать в сокращенном виде первую часть присланных нам заметок, относящихся, по всей видимости, к 2009 году. Редакция уверена, что описанное в данной книге является несомненной мистификацией и не имеет ничего общего с действительностью. Но мы также надеемся, что наши читатели сами смогут отделить зерна от плевел и найти ответ на вопрос, стоит ли оставлять упомянутые ядовитые плевелы расти на пшеничном поле до жатвы, как учит нас известная библейская притча.

Сколько жертв поглотило оно, это окровавленное чудовище, на пути своем сквозь чащу столетий, сквозь времена и страны? Судьба многих людей представляется мне теперь в ином свете. На оборотной стороне переплета, среди имен прежних владельцев книги я открыл одну полустертую подпись. Правильно ли я разобрал ее?

Лео Перуц. Мастер Страшного суда, 1921 г.

Глава 1

Навильи

Уже несколько дней я жил в небольшом семейном отеле недалеко от Порта Дженова в районе миланских каналов. В отеле был всего десяток номеров, и даже на них не хватало постояльцев. Зима — не лучшее время на севере Италии. В этот год по ночам иногда случались заморозки. Промозглая сырость конца февраля, казалось, въелась в стены комнаты и комфорта не добавляла. Бутылка джина, купленная в аэропорту, закончилась еще накануне.

Я спустился в холл и заказал горячий чай. В небольшом холле, наоборот, было уютно, настоящий камин весело потрескивал перевариваемыми поленьями. Декорированные причудливыми витиеватыми узорами стены вкупе с развешанными масками создавали странное ощущение эклектики. Маски эти выглядели довольно мрачно, несмотря на то, что февраль в Милане — месяц веселых карнавалов. Пожилой англичанин расположился в большом кожаном кресле в углу и читал «Таймс». Трубки он, правда, не курил, чем нарушал штампованный образ классического викторианского джентльмена. Илона, дочь хозяйки лет пяти, бегала вокруг клетки с кроликом и дразнила его морковкой. Я допил чай, вышел на улицу, сел в машину и поехал на первую встречу с клиентом.

Светофоры почему-то не работали. На перекрестке застрял трамвай — символ Милана. Я посмотрел на часы — нормально, времени еще достаточно, если только не встретится по дороге какое-нибудь карнавальное шествие. Впрочем, основной карнавал святого Амвросия, покровителя Милана, должен быть только через неделю, великий пост у католиков еще не начался. Свернув на набережную, я вскоре поравнялся с нужной мне баржой-рестораном.

Когда-то воды в Милане было почти столько же, сколько в Венеции, город можно было обогнуть на лодке. Теперь район Навильи — это все, что осталось от каналов, окончательно засыпанных при Муссолини. Только пришвартованные к берегу и превращенные в рестораны и клубы баржи, отражаясь в грязно-свинцовой воде, напоминали о былом величии главной водной транспортной системы города. Снаружи ресторан казался на удивление тихим, посетителей было немного, на столах никто не танцевал. Впрочем, время еще не позднее, часа в два ночи все здесь может выглядеть по-другому.

Клиента я опознал почти сразу. Высокий худощавый парень в очках и сером свитере сидел за столиком у второго окна. На вид ему было лет двадцать восемь. Я вошел внутрь и осмотрелся более внимательно. Несколько компаний за стойкой пили пиво и смотрели футбол. Одна девушка все же танцевала на столе в глубине салона. Вокруг улюлюкала компания рокеров. Я в своем дорогом костюме и с дипломатом выглядел здесь несколько чужеродно. Впрочем, мой вид вполне вписывался в роль, заместителю редактора крупного российского издательства вполне органично выглядеть идиотом. Наверняка, клиент с подобными персонажами общался и ничего подозрительного не заметит. Я направился прямо к столику писателя.

— Здравствуйте, Алексей, — приветливо кивнул я. — Кажется, я опоздал на пару минут, прошу прощения.

— Добрый вечер, можно просто Алик, — представился парень, привстав из-за столика. — Вы ведь из издательства? Это я с вами говорил по телефону?

— Да, Алик, так уж сложилось, что редактор вам прислан с доставкой на дом, так сказать, — я глуповато рассмеялся. — Зовут меня Александр. По телефону вы говорили, очевидно, с нашим главным редактором. Поскольку мне предстояло ехать в командировку в Милан, то шеф попросил меня заодно встретиться с вами на предмет публикации вашего романа. Сегодня он мне тоже звонил и сказал, что вы будете ждать меня в этом ресторане. Вы ведь у нас уже печатались?

— Нет, я просто разослал рукопись в десяток издательств, вы первые, кто откликнулся.

— Значит, я не совсем правильно понял нашего главреда. Ну, да не важно. Он вашей темой заинтересовался и попросил меня составить свое мнение, так сказать, с натуры. Вы, кстати, давно живете в Италии?

— Лет восемь уже. Приехал сюда учиться и как-то прижился. Работаю обычно дома, делаю проекты для небольшой фирмы, пишу иногда фантастические книги. Это для души только, денег в наше время на книгах не заработаешь. В России у меня несколько рассказов выходило в сборниках, и два романа про космических вампиров были выпущены, правда, не очень большим тиражом.

— Но ваш новый роман исторический, а не фантастика, как мне сказали?

— Я вообще-то считаю себя фантастом, но последний роман и в самом деле получился скорее историческим. Это художественный роман, но в результате я почти вовсе убрал всю фантастическую линию, поскольку реальность оказалась еще фантастичней чем... — Алик замолчал и только после долгой паузы добавил: — Собственно, роман не закончен, я послал вам только первую книгу серии. Сейчас я уже начал набрасывать продолжение, о котором поначалу даже не думал, поскольку не сразу осознал весь масштаб той исторической картины, которую пытался описать.

— Признаюсь, я сам романа вашего еще не читал, шеф сообщил мне о нем по телефону только накануне моего отъезда. Он сказал, что тема необычная и интересная, а глаз у него наметанный. Но человек он очень занятый, так что я не уверен, смог ли он ознакомиться с книгой целиком. Пока я знаю лишь то, что ваша новая книга затрагивает какие-то древние тайны, галлюцинации, средневековые ордена и сталинские репрессии. И все это как-то связано, и якобы вовсе не фантастика в чистом виде. Вот со всем этим мне и надо разобраться. Дело в том, что у нас в редакции в последнее время сложилось мнение, что определенный круг читателей уже пресытился эльфами, гоблинами и орками. Что скрытые пружины реальных процессов, влияющих на окружающую действительность, становятся для некоторых интереснее, чем саги о полностью выдуманных неземных мирах. Если книга фантастическая, то это должна быть качественная фантастика.

— Это не совсем фантастика... — откликнулся Алик.

— Если же альтернативный взгляд на историю — то достаточно рациональный, — продолжил я, проигнорировав реплику писателя. — Все возвращается на круги своя, спираль замкнулась. К слову, лично я далеко не уверен, что это верный подход, но такова политика издательства на текущий момент. Наш главред считает, что существует некий сегмент рынка, который пока заполнен теряющей свои позиции фолк-историей, бессмысленными эзотерическими изысканиями и подобной макулатурой, и в этом сегменте образуется вакуум. А книжный рынок сужается, и нам нужно гибко реагировать на любые его запросы. Шефу показалось, что ваша книга вписывается в его концепцию. Если это действительно так, то вы могли бы рассчитывать на очень хороший тираж. Поэтому у меня к вам будет просьба рассказать мне в общих чертах сюжет и дать мне распечатку романа. А также по возможности подробней пояснить, в какой мере он отражает историческую реальность?

— Вполне себе отражает. Только подробный рассказ займет довольно много времени.

— Так нам торопиться некуда, чем подробнее расскажите, тем лучше. У меня официальных дел в Милане где-то на неделю. Подпишу договор с местным издательством — и на юг, в отпуск. Ненавижу эту мерзкую погоду. Но пока в ближайшие несколько вечеров я в вашем распоряжении. Могли бы вы для начала поведать мне о тех предпосылках, которые привели вас к необычному историческому миксу?

Алик на минуту задумался, прикидывая, по-видимому, с чего начать. Кажется, я немного озадачил его своим вопросом.

— Начало этой истории лежит, вообще говоря, в моем детстве. Правда, понял я это не сразу. Моя дальняя родственница, ныне уже покойная, работала библиотекарем в Москве. Потом она перебралась в Ленинград и жила какое-то время в нашей квартире.

Мы с братом очень любили заходить к ней в комнату. Тетя Валя — так мы ее звали — угощала нас конфетами и печеньями, а особенно нам нравился ее письменный стол с секретами. Это был большой старинный стол из красного дерева. Ящики очень хитро запирались, и мы разгадывали, за какой надо потянуть сначала, чтобы открылись другие. А как-то раз я случайно нажал на панель между ящиками, и она тоже вдруг открылась. За ней скрывался маленький тайник, в котором лежало несколько пожелтевших листов. Я тогда был еще ребенком, и меня интересовал только сам загадочный стол. Вскоре этот случай выветрился у меня из памяти. Много лет спустя в случайном разговоре тетя Валя вспомнила про то, как Трофим Денисович Лысенко приходил к ней за переводом журнала.

— Лысенко? Знаменитый «народный академик», гонитель генетики? Он тогда еще работал?

— Академик Лысенко в то время уже был директором экспериментальной лаборатории «Горки Ленинские», но в начале семидесятых все еще регулярно приезжал на своей черной «Чайке» в академическую «кормушку». Так называли спецстоловую на Ленинском проспекте. В спецхране Библиотеки биологической литературы он лично появлялся крайне редко, поэтому моя тетя его посещение и запомнила. Иностранные научные журналы тогда выписать даже ведущим институтам было не слишком просто, приходили они с опозданием и попадали в спецхран. Потом заказывались переводы статей. И вот осенью 1976 года в спецхране оказался апрельский номер известного журнала «Сайенс». Почему-то цензоры Главлита поставили на журнал сразу несколько «шайб» — печатей в виде шестиугольников, определяющих уровень доступа. А в середине ноября Лысенко пришел заказать перевод статьи из этого журнала. Но запомнила его визит тетя не только в связи с этим — через несколько дней стало известно, что академик Лысенко умер. А журнал из спецхрана изъяли.

— И вы связали его смерть с какой-то информацией, которая была в этом журнале?

— Вовсе нет, мне тогда это не пришло в голову. Точнее, тетя рассказала мне еще одну деталь, которая отвлекла мое внимание от журнала. Кроме статьи, Лысенко заказал перевод с латинского одного листа, вырванного из какой-то антикварной книги.

— Этот лист тоже изъяли после смерти Лысенко?

— В том-то и дело, что нет. Видимо, он еще не был отдан в отдел переводов и лежал отдельно. Кажется, Лысенко вообще просил его не регистрировать. Я не знаю, чем моя тетя руководствовалась, но в результате она этот лист просто унесла домой, рассудив, что после смерти Лысенко он никому не нужен. Конечно, я заинтересовался и расспросил ее об антикварном листе подробнее.

— Любопытно. Она вам его показала?

— Тетя тогда уже переехала в свою квартиру, поэтому показать лист не могла, только рассказала, что на нем был текст на латыни, описывающий встречу членов неназванного ордена с неким братом Казариусом. В тексте обсуждались, в основном, бытовые и религиозные вопросы. Загадку, по ее словам, представляла только последняя фраза: «И тогда он поведал нам о секрете забытой силы черного зерна». Но на этом рассказ обрывался, а следующей страницы не было. Кроме текста на листе была часть какого-то плохо сохранившегося рисунка, что-то вроде библейского Древа Познания.

— А что за статья была в том номере «Сайенс»? Чем она так заинтересовала Лысенко?

— Вот это самое странное. Статья, по словам тети, была о ведьмах и галлюцинациях.

— Старинные трактаты? Ведьмы? Галлюцинации? Звучит как сюжет желтого бульварного романа. Может, под конец жизни «народный академик» просто свихнулся?

— Если бы... То есть поначалу я примерно так и подумал, хотя таинственный антикварный лист взбудоражил мое воображение. Знаете, все эти рассказы о пиратах, сокровищах, старинные планы кладов — кого это не привлекало в детстве? Впрочем, в тот раз мы вскоре сменили тему разговора, и я забыл об этом случае. Спустя несколько лет тетя умерла.

— А теперь этот антикварный лист у вас?

— Я не увидел его в бумагах, которые разбирал после смерти тети. Но потом я вспомнил о секретном ящике. Стол так и оставался в ее квартире. В нем я нашел этот старинный лист, в том самом тайнике, знакомом мне с детства. На карту клада это явно похоже не было. Только латинский текст и расплывчатый рисунок Адама у дерева. Рисунок ясности не прибавлял, и я опять почти позабыл об этом листе, но однажды мне в руки попал тот старый номер «Сайенс», который хотел перевести академик Лысенко. Я прочитал статью, которая называлась «Эрготизм. Сатана вырвался на волю в Сейлеме?», и все стало казаться мне еще более странным. Автор статьи утверждала, что процессы «сейлемских ведьм» были вызваны отравлением галлюциногенным грибком. Вы что-нибудь знаете о спорынье?

— Только самые поверхностные сведения, — не моргнув глазом, соврал я. — Читал в каком-то журнале, что спорынья — это исходное сырье для изготовления знаменитого наркотика ЛСД.

Конечно, на самом деле я успел перечитать множество специальной литературы по этому вопросу до встречи с клиентом, я всегда готовлюсь к заданию тщательно. Да и сама тема меня заинтересовала. Уносящие десятки тысяч жизней многочисленные исторические моры и эпидемии, вызванные грибком-паразитом, были лишь небольшой частью проблем. Более неожиданными для меня оказались не ядовитые, а галлюциногенные свойства спорыньи.

Рос грибок в основном на ржи, а ржаной хлеб с начала средних веков постепенно становился основной пищей европейского населения. Выпечка хлеба не сказывалась на алкалоидах спорыньи, они были устойчивы к высокой температуре и сохраняли свои свойства. Полностью очистить зерно от грибка было в то время невозможно, да и не понимал никто, что страшная болезнь вызывается хлебом. Ведь хлеб — это сама жизнь, как он может быть ядовит? А видения и галлюцинации воспринимались населением как божественные откровения или дьявольские наваждения — в зависимости от того, виделись ли съевшему хлеб крестьянину ангелы, или же мучили демоны. Галлюциногенные свойства спорыньи зависели от конкретного урожая и иногда могли совершенно пропадать, а иногда вдруг становились лишь на порядок или два слабее полученного из нее сильнейшего галлюциногена ЛСД, синтезированного химиком Альбертом Хофманном.

Случайно приняв синтезированное им вещество, Хофманн довольно живо описал его действие на примере своего личного неудачного опыта. Химик оказался в другом мире, в другом месте, в другом времени. Окружающий его привычный мир ужасающе преобразился. Все в комнате вращалось, знакомые вещи и предметы мебели приобрели гротескную угрожающую форму.

Все они были в непрерывном движении, как бы одержимые внутренним беспокойством. Женщина, которую Хофманн с трудом узнал, принесла молока, но представилась ему не доброй соседкой, а злой и коварной ведьмой в раскрашенной маске. Еще хуже, чем эти демонические трансформации внешнего мира, была перемена того, как он воспринимал себя самого, свою внутреннюю сущность. Любое усилие его воли, любая попытка положить конец дезинтеграции внешнего мира и растворению внутреннего «Я», казались тщетными. Хофманн вскочил и закричал, пытаясь освободиться от демона, но затем опустился и беспомощно лег на диван, охваченный ужасающим страхом сойти с ума. Ему представилось, что демон вселился в него, завладел его телом, разумом и душой и презрительно торжествовал над его волей. Вещество, с которым он хотел экспериментировать, покорило его.

Конечно же, я ни на минуту не поверил в то, что лукавый Хофманн принял свой препарат случайно, как с его же подачи стало принято считать. Но в этом описании что-то еще меня настораживало. Какой-то скрытый нюанс, который я пока не мог себе объяснить. Тема действительно была интересной, и получалось, что питающаяся ржаным хлебом Европа неспроста многие столетия жила словно в галлюциногенном угаре, среди чертей, ползающих по стенам соборов, летающих ведьм, говорящих лошадей, восстающих из могил вампиров, подстерегающих путников ликантропов и оборотней, религиозных экстазов и костров инквизиции. Но каким образом все это могло относиться к антикварному листу и к покойному советскому академику, мне пока было совершенно непонятно.

— Да, спорынья — это прекурсор ЛСД, — кивнул Алик, — но ее действие оказалось значительно более многогранным. Я потратил довольно много времени, изучая загадочную историю этого паразита. Спорынья сильно повлияла на историю Европы и России. И в некоторой степени даже на историю Америки, Африки и Китая. Как в давние времена, так и в 20-ом веке. Вот об этом я, собственно, и написал книгу, которую хотел продать вашему издательству, — Алик замолчал и только минуту спустя добавил: — Точнее, как я уже говорил, пока только первую книгу, многое я еще не успел охватить. И пока я писал, та почти забытая история с Лысенко постоянно всплывала в моей памяти. Но только под самый конец я понял, при чем он здесь.

— Действительно, мне тоже довольно сложно представить, каким образом Лысенко может быть связан с историей Европы.

— Думаю, это сложно представить не только вам, — усмехнулся Алик. — Мне, как я уже сказал, это тоже далеко не сразу пришло в голову. Я засомневался в своих мыслях и стал собирать и проверять информацию. И осознал, насколько это удачно, что я не родился на полвека раньше.

— В смысле — во времена лысенковщины?

— Нет-нет, я совсем о другом. Об информации. Нам сейчас уже трудно представить жизнь без интернета. А ведь каких-то десять лет назад в сети в открытом доступе даже Википедии еще не было. Не говоря уж о более серьезных источниках. Теперь же все меняется. Именно этот фактор перевернет мир.

Глава 2

Антропологический тупик

Алик налил себе vino della casa из графина и задумчиво посмотрел в окно.

— Я полагаю, — начал он, — что того антропологического поворота в науках об обществе, о котором говорят много высокоумных слов, в реальности почти нет. По крайней, в том значении термина, каким его вижу я. Все полезное, что мог дать этот дискурс, утонуло в надуманных идеалистических концепциях. И только интернет сможет со временем прорвать этот тупик философской мысли.

— То есть у вас получился не исторический, а футуристический роман? — уточнил я.

— Нет, я имею в виду саму возможность его появления, — ответил Алик. — Вы знаете, я преклоняюсь перед учеными прошлого. Представьте, какой великий труд стоит за каждой серьезной книгой, обобщающей некую сумму знаний и наблюдений. Я говорю даже не о скрипе гусиного пера при свечах, а о более позднем времени. Еще в прошлом веке нужно было много лет провести в пыли библиотек, медленно ища уже устаревшую информацию. Необходимо было найти и прочитать все источники на интересующую тему, обдумать прочитанное, подчеркнуть и заложить нужные моменты в книгах, вручную выписать искомые цитаты. И все это необходимо было постоянно держать в памяти. Полжизни можно было писать одну книгу. Затем появление компьютеров серьезно изменило ситуацию. А интернет вообще поменял весь расклад. Я ведь тоже начинал с того, что собирал газетные вырезки. У меня целая папка накопилась. А потом многие газеты просто появились в сети, значительно облегчив поиск нужных статей.

— Осталась, я полагаю, другая проблема — обработке этой информации мешает сама человеческая природа. Быстрый доступ вовсе не означает автоматически, что люди научились адекватно воспринимать прочитанное.

— Конечно, — кивнул головой Алик. — Студенты, скажем, не мыслят себе жизни без компьютеров, многие хорошо умеют пользоваться поиском, но они зачастую еще не имеют опыта обработки прочитанного. Ведь отделить зерна от плевел не так уж легко, как кажется, а «шумовой» и недостоверной информацией забита вся сеть. С другой стороны, старые маститые ученые, умеющие хорошо анализировать материал и вычленять главное, к компьютерам так пока и не привыкли. Почтой электронной пользоваться или в университетский библиотечный каталог заглянуть — это максимум. Да и гибкость мышления у них уже не та. То есть пока, несмотря на все растущий вал интернетных данных, скорость их обработки увеличивается отнюдь не пропорционально. Возможно, это изменится уже лет через пять, когда нетбук будет у каждого школьника и студента.

— Все равно большинство владельцев компьютеров ограничиваются в основном социальным общением и поверхностным чтением. Кстати, именно нетбуков у них уже не будет, их явно сменят интернет-планшеты.

— Вероятно, но я вовсе не о технических формах, а о самом наличии свободного информационного пространства. Другое дело, что пользоваться этим будут, конечно, далеко не все. Тем не менее доступность информации многократно увеличивается, это не может не сказаться. И относительно скоро, я полагаю, многим все же станет ясно, что концепции истории человечества надо пересматривать.

— Вы считаете, что интернет позволит по-другому взглянуть на мир? — недоверчиво спросил я.

— Безусловно, — уверенно кивнул Алик. — Он позволяет посмотреть на историю на стыке разных научных дисциплин, увидеть то, что просто ускользало от взгляда узких специалистов. Понятно, что на развитие человеческой цивилизации влияло множество факторов. Природных, экономических, социальных, биологических. При этом последние, надо заметить, в определенном смысле до сих пор особенно недооценены. На мой взгляд, нам предстоит переосмыслить мировую историю, признав ее системообразующими эпизодами не только войны, революции, смены правящих династий, крупные миграции, экологические сдвиги и тому подобное. Не меньшее значение имели изменения рационов питания, воздействие психотропных веществ и эпидемии. Более того, как раз эти факторы могли провоцировать те самые войны, восстания, революции и формировать культурный контекст.

— И таких «агентов влияния» было много?

— Мы их всех еще не знаем. Личности отдельных людей, да и структуры целых сообществ, могли, например, формироваться под воздействием различных инфекций. Вирусы, прионы, что угодно. Быть может, что-то еще не открытое, вроде фантастических мидих-лорианов из «Звездных войн». Сегодня мы обнаружили, к примеру, что токсоплазмозом заражено больше половины населения мира. Этот паразит умеет изменять психику и поведение человека, соответственно. И давно, вообще говоря, стоило бы задуматься, не являются ли ум и глупость, агрессивность и доброжелательность, успешность и неуспешность результатом различных инфекций и состава пищи? Но пока еще никто серьезно не изучал, какие именно культурные коды возникали в обществе под действием множества таких факторов. Как отражалось в мироощущении людей влияние галлюциногенных веществ, исторически употребляемых практически всеми народами? Как сказывалось потребление, скажем, кактусов, мухоморов или алкоголя на фоне того же заражения токсоплазмозом? И что получалось, если такие факторы действовали совместно, усиливая друг друга?

— Как я понимаю, действие даже отдельных таких факторов плохо изучено, что уж говорить о синергии?

— В том-то и дело. В своей книге я хотел описать только лишь один из таких исторических факторов, влияние которого не оценено и сегодня. Меня заинтересовало постоянное наличие в хлебе — основной пище средневековья и нового времени — грибка спорыньи. Действие его очень многогранно. Это яд, лекарство, наркотик и психоделик одновременно. Человечество столкнулось с этим грибком-паразитом тысячи лет назад, когда стало выращивать злаки. Первое время спорынья досаждала людям мало — из-за климата междуречья, да и рожь тогда почти никто не растил, а на пшенице спорынья встречается значительно реже. Впрочем, на севере Европы злополучный грибок тоже был известен давно. Выяснилось это, когда в прошлом веке в торфяных болотах на севере Европы стали находить так называемые «болотные мумии» — тела людей железного века, некоторые из которых почти не были затронуты разложением. У хорошо сохранившегося «человека из Граубалле», которому 23 столетия назад проломили череп и перерезали горло от уха до уха, в желудке обнаружили спорынью, причем в такой концентрации, что он явно должен был страдать галлюцинациями, судорогами и адскими болями в суставах.

— Может быть, из-за его галлюцинаций или же из-за своих собственных сородичи посчитали этого парня одержимым злыми духами, потому и убили?

— Трудно сказать. Во всяком случае у одного из этих «болотных людей» в желудке была также найдена омела, которая ядовита в любом количестве. Возможно, его предварительно отравили. Но это лишь отдельные эпизоды. О влиянии спорыньи на исторические события существует множество гипотез. Вероятно, грибок ответствен за остановку громадной армии Александра Македонского, который, как сейчас считается, умер после съедения хлеба, зараженного спорыньей. Утверждают, что мор в Галлии во время осады Марсилии Гаем Юлием Цезарем также был вызван спорыньей. Король Магнус из скандинавских саг «Круга земного» умер от нее же.

— Когда это все началось? Хотя бы с приблизительной степенью достоверности.

— Начались вспышки отравлений, полагаю, еще в античные времена, и знаменитая Афинская чума была вызвана все той же спорыньей. Да и в Библии некоторые исследователи находят свидетельства действия спорыньи, например, во время Исхода. Но более серьезно действие грибка стало проявляться где-то в 3–4 веках уже новой эры. Именно тогда в Римскую империю возвращаются дикие суеверия, которые еще Цицерон считал забытыми тенями прошлого. В литературе возникают описания ада и загробных мучений, до того неявные. Ад больше не место тихого забвения, подобное ветхозаветному шеолу, а вместилище страха и ужаса. У нас нет точных данных, что в это время вновь появился Священный огонь, уже подзабытый со времени Афинского мора, только намеки в различных хрониках. Но сама трансформация культуры в эти века предполагает некий неучтенный фактор.

— Учитывая галлюцинации и видения от спорыньи, возникает желание известный ходячий лозунг времен распада Римской империи «Хлеба и зрелищ!» трактовать несколько в другом смысле, не так ли? Но, как я понял, нет точных данных, что отравление пошло именно тогда?

— Это были лишь отдельные штрихи, призрачные предсказания грядущего ужаса, а настоящая беда пришла в Европу вместе с распространением ржи в конце первого тысячелетия. Это были уже не легкие видения и смешение разума, а лютое беснование Священного огня, убивающего и калечащего тысячи и тысячи людей. Болезнь была чудовищна. Грибок вызывал гангрену или дикие судороги, а в меньших дозах — психозы и галлюцинации. Если доза была большой, то больным казалось, что невидимый огонь сжигает их изнутри, а дьявол выкручивает им мышцы. Они сбрасывали с себя одежду, ибо им становилось нестерпимо жарко и казалось, что невидимые насекомые ползают под кожей, отгрызая их плоть. В то же время этот невидимый огонь пронизывал свои жертвы таким холодом, что уже ничто не могло согреть их. Я думаю, что само описание ледяного ада у Данте могло быть вызвано этим парадоксом. Потом у людей отваливались руки и ноги, и они умирали или становились калеками. Другие, будучи не в силах вынести адской боли, отрывающей мясо от костей, кончали жизнь самоубийством, прыгая в воду, которая, как казалось им, могла затушить невидимый огонь. Третьих било злыми корчами, и они сходили с ума, впадая в неистовое безумие. Этот бич средневековой Европы позже стали называть огнем святого Антония. И еще сотней других имен.

— Кажется, спорынья еще аборты вызывает?

— Да, действие Священного огня было гораздо разнообразнее, чем казалось современникам. Отравление женщин приводило к выкидышам, вследствие чего население Европы не увеличилось ни на человека за долгую тысячу лет. И это еще до того, как в Европу пришла Черной смерть. Свой вклад в уменьшение населения, конечно, вносили и войны — но их зачастую провоцировала та же спорынья. Если несчастных отравившихся людей даже миновали физические страдания, то их разум все равно повреждался. Съевшие хлеб неудачного урожая люди, на фоне нарушений мышления и речи, резко теряли умственные способности, превращаясь почти в зомби. Иногда они даже плохо ориентировались в пространстве и времени, их настроение в период психоза неоднократно менялось — от эйфории к депрессии и наоборот. У многих пораженных возникала мания преследования, они становились недоверчивыми и враждебно настроенными, их агрессивность значительно увеличивалась.

— И такое состояние населения не могло, конечно, не сказаться на самом ходе истории?

— Безусловно. Все это спровоцировало в Европе крестовые походы. Потом подогрело охоту на ведьм, которых обвиняли в насылании порчи на умерших от отравления, а обвинители под действием тех же алкалоидов спорыньи видели этих ведьм уже летающими на метлах, что их вину, несомненно, и доказывало. Это я утрирую, конечно — изначально за крестовыми походами и за преследованием ведьм стояли вполне понятные финансовые интересы папства и орденов. Но затем система пошла вразнос, и само безумие охоты на ведьм было вызвано повышением агрессивности и параноидальных страхов населения под действием алкалоидов спорыньи. Нередко отравление доводило до полных эпидемий помешательства, как случилось, например, в Англии в 1355 году, когда люди прятались в лесных чащах или по зарослям в оврагах, пытаясь скрыться от преследующих их демонов. Ровно так же целыми деревнями будут прятаться по лесам во время Французской революции, спасаясь от наступающих со всех сторон врагов и иностранных диверсантов, которых в реальности не было вовсе.

— А как обстояло дело в России?

— Из русских летописей тоже хорошо известны подобные случаи. Это, например, погубившее многих людей нашествие невидимых бесов на Полоцк накануне первого крестового похода в Европе. Или так называемый «новгородский пополох», случившийся в 1571 году, когда после обедни в церкви святой Параскевы людей внезапно стали охватывать то паника, то нестерпимый страх, то истерический смех. Затем под действием таинственного ужаса, толкая друг друга, мужчины, женщины и дети побежали в разные стороны, сами не зная, куда они бегут. Купцы в панике сами крушили свои лавки и собственными руками раздавали товары первому попавшемуся. Никто потом не мог объяснить, что произошло. За всеми этими событиями стоит отравление спорыньей во влажные годы. И я пока говорю только о психозах, но еще практически ничего не сказал о сопровождающих их галлюцинациях, хотя границы этих разных проявлений действия алкалоидов спорыньи довольно размыты. Кстати, ровно через 11 лет после новгородского переполоха из некой реки, согласно псковской летописи, полезли лютые крокодилы и погубили множество людей.

— Крокодилы в русских реках — это и были галлюцинации? И почему важно именно 11 лет?

— Нет, не галлюцинации, всего лишь ошибка позднего переписчика, не понимающего уже, что речь в летописи шла о хорошо известной в 16 веке болезни «коркоты», которую он переписал как «коркодилы», зная, что это слово — тогда оно писалось именно так — представляет каких-то страшных неведомых заморских чудовищ. Коркотная болезнь в летописях — это отравление спорыньей, то же, что и «злая корча». А период в 11 лет — это условный солнечный цикл, активирующий спорынью, поэтому она всегда била по большим площадям, вызывая одновременные отравления совсем в разных частях света, но об этом подробней в другой раз, хорошо?

— В другой, так в другой. Кстати, этот новгородский «пополох» приходится на время опричнины. Она тоже была спровоцирована грибком?

— Конечно. Как и большинство религиозных войн, Реформация, Великая Французская революция, Великие религиозные возрождения в Америке и в Африке и многое другое. Да и сама Черная смерть была вызвана не чумой непосредственно.

— Все-таки заметно, что вы фантаст, — улыбнулся я. — Кажется, вам спорынья чудится за каждым значимым событием в истории. Тогда уж и известное «августовское переживание» в Германии в начале Первой мировой войны стоит рассматривать в том же ключе.

Ведь отравление спорыньей проявляется сильнее всего в августе, если я не ошибаюсь? А революция 1917 года, например, как-то без спорыньи обошлась?

— Далеко не за каждым подобным событием стоит спорынья, и без нее хватало потенциальных источников безумия. Например, та же кукуруза, давно выращиваемая прямо здесь, на севере Италии, часто приводила к пеллагре. Изнурительную болезнь провоцировало отсутствие в кукурузе триптофана, но этого никто тогда не понимал. Авитаминоз проявлялся не только поражением кожи, но также приводил к спутанности сознания, дезориентации, галлюцинациям и нарушению памяти, что в конечном итоге логично выливалось в органический психоз и заканчивалось смертью через несколько лет. Позже виновником заболевания стали считать не саму кукурузу, а грибок головню на ней.

— Разве кукурузная головня ядовита?

— Так думали. В десятках работ упоминалось об отравлении кукурузной головней. Только в 20-х годах стало понятно, что рецепт против пеллагры прост — не надо питаться одной только кукурузой, нужно разнообразить рацион. У меня, правда, есть некоторые сомнения в верности этого объяснения. А в конце 30-х годов прошлого века стало понятно, что головня не ядовита. В России, правда, с ней еще несколько десятилетий по инерции продолжали бороться. Бороться не только из-за той реальной проблемы, что она урожай губит, а поскольку продолжали считать этот грибок смертельно ядовитым. Теперь же кукурузная головня — изысканное блюдо в дорогих американских ресторанах, ее рецепт ушлые маркетологи возводят прямо к ацтекам. Тем не менее характерных случаев, когда за неадекватное поведение отвечала спорынья, действительно довольно много.

— А еще были белладонна, белена, мухоморы, мандрагора... Мало ли других веществ?

— Никто не ел мухоморы или белену на обед каждый день, никто не капал белладонну в глаза и не втирал мазь из нее с такой частотой. Да и действие их хорошо знали, не зря существовала поговорка «белены объелся», а белладонну не случайно называли «бешеница». Влияние любых других растений и грибов нельзя сравнивать со спорыньей, которая попадала на стол с каждым куском ежедневного хлеба, часто вызывая отравление медленное, а потому незаметное. Безумие вызывала и ртуть, например, но можно ли сравнивать количество людей, работающих со ртутью, и количество людей, едящих хлеб? Поэтому за многими событиями, связанными со странным и необычным поведением людей, стоит именно спорынья, а не что-либо другое. Как вы сами заметили, в самом начале Первой мировой войны в Германии стали распространяться панические слухи о вражеских диверсиях, что привело к непонятному «ликованию» народных масс и одновременно к повсеместной охоте на мерещащихся повсюду русских шпионов. Эти августовские события остались в немецкой памяти как Augusterlebnis, но никто не заметил, что они очень напоминают панику видений шпионов и диверсантов во время Великой французской революции.

— Ну, а революции в России?

— Пики солнечной активности, от которых зависит и развитие спорыньи, пришлись на 1905 и 1917 годы. Насчет 17-го года — я пока еще совершенно не изучал это время, но какое-то влияние отравления тоже не исключаю. Собственно, еще февральская революция провоцировалась паническими слухами о нехватке хлеба, что вывело на улицы столицы тысячи людей.

Запасы хлеба в городе, тем не менее, были в норме. А затем в июле на Петербург напали бешеные собаки. Обезумевшее население, перекусанное стаями бешеных собак, представляло собой неуправляемую массу. Только вот собаки эти, якобы массово нападающие на людей на Петроградской стороне, были не реальностью, а лишь слухами и фобиями готовых поверить уже во что угодно горожан. Уже летом смертность от отравлений далеко опередила смертность от других болезней, тогда это списывали на антисанитарию.

— Честно говоря, не знал ничего об этом. Но, повторюсь, заметно, что вы фантаст.

— Ну и прекрасно, ведь ваше издательство как раз и специализируется на фантастических романах? По крайней мере, так уверял меня ваш главный редактор.

— Фантастика фантастике рознь, я уже говорил о политике нашей редакции. У нас и без того всегда была довольно старорежимная редколлегия, они предпочитают относительно разумные произведения и опасливо относятся к альтернативной истории и конспирологии. К тому же мы собираемся печатать вас именно в исторической серии. Убедите меня в определенной рациональности вашего произведения, и вопрос об издании книги будет решен положительно.

— Моя история получилась вовсе не «альтернативна», как вам представляется, — грустно усмехнулся Алик. — Некоторые вещи, нарушающие привычные представления, плохо укладываются в голове, но тем не менее они совершенно реальны. К тому же, как я уже говорил, от фантастики в книге уже мало что осталось. Я принес вам часть рукописи, как мы и договаривались. Постараюсь ответить на те вопросы, которые у вас могут возникнуть.

— Спасибо, начну читать сегодня же вечером. А почему только часть?

— Вчера у меня пропала сумка в кафе, там лежала половина распечатанных глав, — развел руками Алик. — Я обычно предпочитаю перечитывать готовый текст на бумаге, а не на компьютере, вот и взял их с собой. А распечатать еще раз я забыл, рассеянность — моя беда с детства. Вы пока хотя бы эти главы прочитайте, а на днях я распечатаю остальное.

— Ладно, встретимся завтра в это же время. Кстати, не могли бы вы захватить этот загадочный антикварный лист, очень хочется на него взглянуть, вы меня сильно заинтриговали.

— Хорошо, вернусь домой, положу его в портфель и буду носить с собой, иначе забуду, — кивнул Алик. — До завтра.

Я вышел из кафе и пошел вдоль набережной. Затхловатый запах обмелевшего канала преследовал меня даже тогда, когда я свернул на боковую улицу. Телефонный звонок раздался сразу же, как только я сел в машину. Похоже, заказчики наблюдали за нашей встречей, это мне не понравилось.

— Джованни передает вам большой привет, — голос в трубке был мне незнаком. — Встретимся около Триумфальной арки через тридцать минут. Мне нужно вам кое-что передать.

Я развернулся и поехал на север. Проезжая мимо парка Семпионе, я вспомнил, что когда-то лужайки этого проекта английской ландшафтной архитектуры перепахивались под поля с кукурузой. Пожалуй, этот Алик явно перемудрил со своей спорыньей. Я тоже помнил, что пеллагра была бичом севера Италии и носила названия ломбардской проказы или миланской рожи. Люди гибли тысячами, и никто не понимал, что из-за кукурузы. Медики вплоть до 20-х годов прошлого века отправляли немало людей с внешними признаками психических заболеваний за высокие заборы психиатрических лечебниц, вместо того, чтобы лечить их с помощью смены питания. Хотя, тут бы Алик сказал, что смена кукурузы на хлеб вряд ли помогла бы, может, и наоборот.

Но мало ли было подобного? Если по одну сторону Альп люди сходили с ума и умирали в мучениях от дефицита витаминов в кукурузе, то по другую сторону гор население страдало от дефицита йода, в результате чего нарушалась деятельность щитовидной железы. Именно оттуда пришло к нам слово «кретин», отражающее состояния жителей этого альпийского региона. Иногда целые горные деревни состояли из жителей с разной степенью умственной отсталости. И игрушки у детей там были соответствующие — резные деревянные фигурки с огромными зобами. Так что и без спорыньи проблем хватало. Впрочем, я был почему-то уверен, что Алик и здесь найдет ее следы, поставив под сомнение общепризнанные диагнозы. Увлекающиеся люди эти фантасты.

Не доезжая площади, я оставил машину и пошел в сторону Арки Мира. Связной заказчика был уже на месте. Разговор с ним мне совершенно не понравился. Похоже, я серьезно влип, согласившись на эту работу.

Час спустя я вернулся в свой отель, уселся в старое кожаное кресло в холле и стал читать вытащенный наугад лист из распечатки Алика.

Черновик Алика

Тайна жрецов Элевсина

Хорошо снаряжен тот, кто сходит во гроб, зная истину Элевсина. Ему ведом исход земной жизни и новое ее начало — дар богов.

Пиндар, Оды, V век до н. э..

6-ой день Пианепсиона, 4-ый год 292-ой Олимпиады (392 год).

Иерофант пустым взглядом смотрел в окно. Осеннее солнце неохотно шло к закату. На восточный склон элевсинского акрополя опускались сумерки. Рядом с главным храмом мистерий, Телестерием, суетились христианские монахи в черных капюшонах. Они поднялись на портик с восточной стороны храма и вошли внутрь. Иерофант уже не мог их видеть, но почувствовал, как защемило его сердце, когда монахи вошли в анакторон — священное место, куда никто и никогда не смел входить, кроме него, высшего жреца.

Иерофант понимал, что великим элевсинским мистериям пришел конец, но сердце отказывалось в это верить. Ведь эта древняя традиции просуществовала уже две тысячи лет. Каждую осень, девятнадцатого боэдромиона, на седьмой день с начала всенародного пышного праздника, по Священной дороге с юго-востока, из Афин, тянулись в Элевсин на главный праздник Деметры паломники. Мистагог, вождь посвящаемых, сопровождал несколько тысяч мистов, идущих в праздничном убранстве и распевающих священные гимны. Женщины несли плющ, ветви мирта и факелы, а мужчины — украшенные венками земледельческие орудия и колосья. Каждого новичка, принимаемого в число посвященных, одна из жриц обрызгивала водой, а другая трясла над ним решетом с зерном в знак возрождения и воскресения.

А двадцатого числа начиналось «причастие посвященных», которое связывало людей с божеством. И об этой части мистерий непосвященные не знали ничего. Рассказывать о ней посторонним было запрещено под страхом смерти. И хотя за две тысячи лет в элевсинские мистерии было посвящено множество людей, никто не выдал подробностей ритуала. Но не страх земной смерти заставлял участников держать язык за зубами. Они клялись в сохранении тайны самой Деметре, а лишь Деметра, порождающая хлеб, может дать воскрешение человеку. Только она, рождающая, может возродить. Обмануть Деметру значит умереть навсегда.

— Есть ли смысл запираться, жрец? — разорвал тишину резкий скрипучий голос афинского епископа Климатия. — Указом Феодосия Великого твои мистерии запрещены теперь навечно. Почему бы тебе не сохранить себе жизнь и не рассказать свой секрет? Тогда Бог простит тебя, ибо Бог наш есть любовь.

Иерофант презрительно посмотрел на христианского пастыря и ничего не ответил. Только сейчас он почувствовал, как нестерпимо болят руки, связанные за колонной, к которой он был прислонен спиной. Жрецу было ясно, что прошлое не вернуть, и что мистерии, которые последний раз закончились всего две недели назад, отныне станут лишь воспоминанием. Но пусть уж лучше они будут воспоминанием, чем таинством в руках христиан.

— Он не скажет, — проворчал Хризостом, посланник императора Феодосия. — Этот иерофант не просто главный элевсинский жрец, но одновременно еще и жрец Митры. К тому же он не простой жрец, а посвященный, прошедший все семь ступеней от Ворона до Отца, его бесполезно запугивать смертью. Да нам это и не нужно, сейчас монахи принесут его тайный ларец со святынями, и мы все увидим сами. А если не увидим, то, значит, Господь не пожелал познания нами этого языческого извращения. Наша главная задача уничтожить этот мерзкий культ, а не узнать его секреты.

— И все же, иерофант, — не обращая внимания на слова Хризостома, продолжил епископ, — я не знаю твое новое священное имя, которое по вашим правилам не положено произносить непосвященным, но знаю, что ты не истинный первосвященник. Никто не избирал тебя, ты даже не из рода Эвмолпидов. Прошлый иерофант, которого назначил Юлиан Отступник, был первосвященником законно, а ты — всего лишь самозванец из Феспии, что у горы Геликон. Скажи нам секрет напитка, и мы отпустим тебя, уедешь в свою родную Беотию и проживешь там долгую жизнь. Или умрешь мучительно прямо сейчас. Выбирай.

— Зачем таинство, несущее людям радость, нужно твоей религии смерти, епископ? — нарушил свое молчание иерофант. — Вы возводите безумие в добродетель, сжигаете книги для отречения от разума, почитаете мертвые кости вместо живых людей, восхваляете смерть во имя лучшей жизни в обителях вашего бога, ненавидите весь этот мир во имя любви, но радость и познание вам не нужны ни под каким предлогом. Зачем же тебе эта тайна, епископ?

Климатий еще не успел ничего ответить, когда дверь распахнулась, и в зал вволокли еще двух человек, мужчину и женщину.

— Смотрите-ка, кого нашли! — обрадовался епископ. — Теперь почти все в сборе. И даидух, второй верховный жрец-факелоносец, и иерофантида, верховная жрица Деметры. Не хватает только иерокерюкса и мистагога.

— Ни священный вестник, ни вождь посвящаемых нам не понадобятся, они все равно не владеют тайной, — снова встрял Хризостом, наблюдая, как его личная стража привязывает даидуха и иерофантиду к колоннам рядом с иерофантом. — А вот и священный ларец!

Монахи внесли небольшой ящик, поставили его у ног епископа и, пятясь, удалились из зала.

— Ну что ж, — в последний раз обратился к жрецам епископ Климатий, — у вас есть последний шанс сохранить ваши ничтожные жизни, не знающие света Христова. Покайтесь и раскройте тайну напитка. Только Спаситель может дать истинное бессмертие, ваши лживые языческие боги бессильны.

— Ничто не заставит сказать то, что несказуемо, — ответил даидух. Кровь из разрезанной щеки факелоносца капала на его пурпурную мантию, но он тоже не выглядел сломленным.

Тем временем Хризостом открыл ящик и внимательно изучал содержимое. Епископ Климатий подошел к нему и тоже уставился в пустоту ящика. Лишь на дне лежали листья мяты — растения богини горы, нимфы Менты — и несколько зерен ячменя. Больше там не было ничего.

— Мы и так знаем, что священный напиток кикеон содержит экстракты ячменя и мяты, — разочарованно произнес епископ. — Но здесь нет никаких рецептов, никакого устава мистерий, как я думал...

— Ну нет и нет, — чувствовалось, что Хризостому разочарование епископа совершенно безразлично. — Император приказал мне уничтожить богопротивные таинства, а не искать их истоки.

— Но ведь мы могли бы использовать эти мистерии во славу Господа...

— Наш Господь не нуждается в этой языческой мерзости! — воскликнул Хризостом и сделал знак стражникам. — Именем Христа!

Начальник стражи подошел к иерофанту, сорвал с головы жреца пурпурную повязку и одним махом короткого меча перерезал ему горло.

— Кто разрешил тебе? — гневно прошипел епископ. — Здесь я решаю, кого можно убивать, а кого нет, посланник.

— У меня прямой приказ императора, епископ, и я не нуждаюсь в твоем разрешении, — глаза Хризостома налились кровью. — И я буду убивать, кого сочту нужным и когда захочу.

— Стойте! — вскричала вдруг иерофантида. — Я расскажу вам секрет!

— Не смей! — почти зарычал даидух. — Ты давала клятву!

Хризостом снова сделал знак стражникам, и в ту же секунду стражник ударил жреца в висок рукоятью меча. Но за мгновение до того, как даидух потерял сознание, он успел поймать взгляд иерофантиды. Не страх увидел факелоносец в ее глазах, а лютую ненависть. И понял.

— Говори, дочь моя, и будешь жить, — ласково пропел епископ, подходя к пленнице. — Что еще не хватает для напитка, который вы называете кикеоном?

— Второе дно в ящике. Открой его. Нажми одновременно на левый и правый угол, и получишь подарок от Деметры из Фельпусы.

Епископ бросился к ларцу, нажал на углы, и через мгновение дно ящика приподнялось. Климатий в нетерпении заглянул вовнутрь. Через секунду он извлек из-под второго дна пшеничный колос.

— Ты и так должен был догадаться, — равнодушно сказал Хризостом. — Ведь по их верованиям Деметра научила людей выращивать как раз пшеницу. Да и этот маленький городок Элевсин издавна славился именно своей превосходной пшеницей. Что еще ты ожидал там увидеть?

— Да, правильно, — задумчиво пробормотал Климатий, — известно, что в конце мистерий жрец показывал участникам таинства пшеничный колос. Я считал, что этим жителям Афин просто давался образ надежды на бессмертие, но вот что в нем скрыто такого... О Господи, вижу! Вот оно, вот раскрытая тайна! Действительно, я должен был догадаться раньше. Теперь я знаю, что принесет славу Господу!

Епископ, держа колос в руках, подошел к иерофантиде.

— Что ж, дочь моя, ты сказала правду, и Господь простит тебя, — нараспев произнес епископ. — Только скажи мне, как приготовить напиток.

Епископ подставил ухо к губам жрицы и, слушая, довольно кивал головой.

— Хорошо, хорошо, — елейным голосом прошептал с довольным видом епископ, выслушав жрицу. — Господь прощает тебе твои заблуждения и дарит тебе вечную жизнь.

С этими словами епископ отошел от жрицы и направился к выходу, сделав знак солдатам. Начальник стражи вопросительно посмотрел на Хризостома.

— Стража! Сожгите здесь все, — подтвердил Хризостом, направляясь к выходу вслед за Климатием.

Иерофантида презрительно смотрела им вслед. Она не сомневалась в том, что христиане не сохранят ей жизнь, как лживо обещал епископ. Но она теперь знала, что боги отомстят им за поруганные святыни.

Епископ вышел на улицу и набросил капюшон, скрыв свое лицо от посторонних глаз — в Афинах еще было далеко до полного торжества христианства, и за покушение на элевсинские мистерии, пусть даже по указу императора, можно было лишиться жизни.

— Ты наивен, епископ, да и невежествен, как я погляжу, — насмешливо бросил Хризостом, выйдя на улицу за Климатием и взглянув на колос в его руках. — Иерофантида сказала тебе, что это подарок Деметры из Фельпусы. Может, ты и знаешь, что на Пелопоннесе в Аркадии есть такой город, названный в честь нимфы Фельпусы, дочери Ладона. Но ты забыл, что там тоже есть святилище Деметры Элевсинской, а Деметру там называют Эриния, что значит «гневающаяся и мстящая».

— Зачем мне знать имена всех этих бесов, посланник императора? Я и так знаю, что имя им легион.

— Эринии, как ты наверняка слышал, преследуют клятвопреступников, лишают их рассудка и навлекают на него беды. Но иерофантида не испугалась нарушить клятву, хотя сама же об Эринии проговорилась. Ты понимаешь, о чем я говорю? Жрица обманула тебя, епископ. Это яд.

— Откуда тебе это точно знать, посланник?

— Год назад, когда я по приказу Феодосия уничтожал вместе с патриархом Феофилом храм Сераписа в Александрии, я захватил с собой несколько книг из библиотеки, прежде чем мы все там сожгли. В этих книгах было и описание мистерий. Все пояснялось очень расплывчато, но было понятно, что ошибка в приготовлении напитка чревата смертью. Эти книги я тоже потом сжег — они не представляли для нас интереса.

— Не предполагал, что ты это знаешь. Но я не настолько наивен, как ты возомнил себе, посланник, — самоуверенно возразил Климатий. — Я тоже знаю об опасности. Поэтому я и не рассчитывал, что жрица скажет правду. Правильно приготовленный напиток мне и не нужен — он сможет только привести христианина к встрече с языческими демонами и лишить его Божьей благодати, зато ложный напиток отдаст в руки демонов еретиков.

— Не могу сказать, что я понял тебя, епископ, ты говоришь загадками.

— Тебе и не нужно понимать, посланник, — Климатий недобро улыбнулся. Хризостом даже вздрогнул от неожиданности, ибо вдруг увиделся ему в этой улыбке оскал самой Смерти.

***

Когда даидух пришел в себя, пламя уже пожирало дом иерофанта. Факелоносец посмотрел на иерофантиду, привязанную к соседней колонне. Она была еще жива, хотя пламя медленно подбиралось к ней.

— Я молю богов, чтобы они не дали совершиться ошибке. Ты ведь не сказала ему настоящий рецепт?

— Я бы и не смогла, я знаю только ту часть, которую не знаешь ты. Только иерофант знал секрет полностью. Но теперь это не важно, факелоносец. Мы умрем в ближайшие десять минут. Епископ так или иначе узнал бы секрет ящика, он просто распотрошил бы священный ларец. Теперь же он будет хранить тайну как зеницу ока. Его уста будут закрыты.

— Ты надеешься, что он умрет, испробовав напиток?

— Нет, епископ не так глуп, чтобы поверить в то, что я сказала ему правду. Он уверен, что перехитрил меня, но я слишком хорошо знаю христиан. На самом деле ему не нужен настоящий кикеон. Ему вообще не нужен напиток. Ведь для христианина таинство Деметры — это общение с бесами. Но епископу нужно смертельное оружие, которое он будет использовать против своих же братьев-христиан. Они сами нашлют на себя месть Эринии и разожгут давно забытый смертельный Священный Огонь.

Даидух хотел сказать еще что-то, но увидел, что иерофанта потеряла сознание от дыма. А затем факелоносец вспомнил древнее сказание о Священном Огне, который в давние времена, во время Пелопоннесских войн, уничтожил треть населения Афин. И ему, стоящему привязанным к колонне посреди горящего дома и хладнокровно ждущему в ближайшие минуты свою неминуемую смерть, вдруг стало по-настоящему страшно от мысли, что христиане могут снова выпустить Огонь на волю.

***

Когда Климатий со своими монахами скрылся из виду, маска напускного равнодушия слетела с лица Хризостома. Ситуация была опасной. Посланник императора не предусмотрел, что у епископа может быть свой интерес к элевсинскому таинству. Судя по всему, епископ еще не до конца понял все возможности Священного Огня, но он уже знал слишком много. И, вероятно, уже догадался о главной тайне Рарийского поля, что располагалось по соседству. Хризостом не сказал Климатию правду о том, что он прочитал в якобы сожженных им книгах. Он ни словом не обмолвился о подробном описании в этих книгах страшного мора, произошедшего во время войны Спарты с Афинами более восьмисот лет назад, когда Священный Огонь впервые случайно вырвался на свободу, и о том, что император Феодосий приказал сжигать старые книги именно для того, чтобы уничтожить все такие упоминания. Несколько книг с наиболее полными описаниями Хризостом не сжег, а доставил в Рим, как и приказал император. Никто, кроме властителей мира, не должен знать основную причину массовой гибели людей в те страшные года. Тайна этого забытого оружия должна принадлежать только избранным. Климатий, проговорившись о своих мыслях и желаниях, мгновенно подписал себе смертный приговор. Но на глазах монахов Хризостом убить его не мог. Оставалось только одно — подослать убийц в Афины и распустить там слухи о том, что епископ имел отношение к убийству элевсинских жрецов. Тогда никто не будет сомневаться, что смерть епископа — это месть разгневанных язычников.

Глава 3

Последний ужин

Утром я спустился к завтраку позже обычного, немногочисленные постояльцы уже разошлись. Хозяйка отеля выглядела немного расстроенной. Я заказал лазанью с тыквой и сел за столик в углу. Хозяйка ушла на кухню, и вскоре по холлу разлился запах свежесваренного кофе.

Илона сидела около стойки и методично откручивала руки своей новой кукле.

— Мой кролик вчера умер, — сообщила она. — Он был такой красивый! Как вы думаете, он попадет на небо?

— Конечно, попадет, его там будут ждать бескрайние поля морковки, — пообещал я.

— Зато теперь мама пообещала мне купить вместо него большого попугая, — доверительно сообщила Илона. — Хорошо, что кролик умер, он мне давно надоел.

Все-таки дети — самые жестокие существа на свете.

Я вышел на улицу и больше часа гулял по городу, заглядывая в сувенирные лавки. Затем свернул на узкую Виа Маголфа. Стены вокруг были хаотично разрисованы ужасными граффити и грязными разноцветными надписями. Справа шла неспешная стройка, слева возвышались кучи мусора. Небо потемнело, пошел холодный дождь. Хвоста, вроде, не наблюдалось, но на всякий случай я зашел в проход между домами, быстро снял свою ярко красную куртку и вывернул ее наизнанку. Мой приятель Стефано давно шьет для своих криминальных друзей такие двойные куртки, даже фасон при выворачивании меняется, не только цвет. Я натянул на голову мешковатый серый капюшон, обогнул здание, вышел на улицу Сегантини и прошел еще два квартала. Все было чисто, слежки не было.

Вскоре я добрался до нужного мне дома. Выглядел он немногим лучше, чем здания на картине Луиджи Премацци «Трущобы Милана». Однако дверь мне открыла одна из самых красивых итальянок, которых я встречал в Милане за последнее время.

— Вы из полиции? — спросила она удивленно. — Мы ведь еще даже не успели вызвать, сами только вернулись.

— Простите синьорина, — я виновато развел руками, — увы, с полицией меня связывают только бесконечные штрафы за парковку.

Девушка улыбнулась, хотя настроение у нее вряд ли было хорошее. За ее спиной я разглядел в квартире полный бедлам. Вещи были разбросаны повсюду. Что-то здесь искали в большой спешке. Я перевел глаза на девушку. Да, очень красива. Густые волосы, светлые бездонные глаза, чувственные губы и умопомрачительная улыбка. У хозяина квартиры хороший вкус. Однако если его самого сейчас нет дома, то решение проблемы сильно усложняется. Но опасения не подтвердились, хозяин тоже возник в дверях и растерянно воззрился на меня.

— Откуда вы знаете мой адрес? — озадаченно спросил он, явно не понимая причины моего появления.

— У меня к вам есть один очень серьезный разговор. Не вызывайте полицию. Пошлите девочку в магазин купить что-нибудь. Желательно на другой конец города.

— Она ни слова не понимает по-русски, — попытался было возразить хозяин, но сдался и быстро заговорил со своей любимой на итальянском.

Девушка пожала плечами, еще раз очаровательно улыбнулась, ушла в комнату и минуту спустя выпорхнула на улицу.

Я сел в кресло и постарался устроиться поудобней. Разговор мне предстоял недолгий, времени оставалось в обрез. Но многое зависело от того, поверит он мне или нет.

***

Вечером я подъехал к знакомой барже-ресторану. Холодный ветер гнал мелкую рябь по каналу. Ресторан был почти пуст. Алик уже ждал меня за столиком у окна.

— Буона сэра, синьор, — приветствовал я писателя. — Кажется, я немного опоздал.

— Добрый вечер, — задумчиво откликнулся Алик, сосредоточенно разглядывая открытую бутылку Пино Неро. Он был слегка пьян.

— Прочитал пока только первую главу вашего романа. Я так понял, что христиане всегда боялись этих мистерий. Просто конкуренция?

— Различные религиозные культы всегда конкурируют, это естественно.

— Полагаю, вы считаете, что тайна элевсинских мистерий не потерялась, а была экспроприирована христианами? Ведь мистерии просуществовали тысячелетия. Почему бы не воспользоваться наработками побежденной религии?

— Нет, я все же так совсем не думаю. Непосредственно эти мистерии христиане использовать не могли, христианство для этого просто не подходит. А специально ли христиане распространяли рожь, борясь с языческим культом деревьев, достоверно мне не известно. Я в этом сильно сомневаюсь. Мой коварный епископ Климатий, мечтающий о смертельном оружии против язычников, — это все же не совсем исторический персонаж. Другое дело, что католические монахи пользовались плодами спонтанного отравления и прекрасно знали, отчего оно происходит.

— Но вы все-таки считаете, что в древних элевсинских мистериях жрецы использовали именно препараты спорыньи?

— Для меня это очевидно. Причем, спорыньи пшеничной, как и было заповедовано Деметрой, а вовсе не ячменной, как считал Альберт Хофманн. Как жрецы добились возможности безопасного применения этого яда — другой вопрос. Но их напиток приносил людям не адские видения, а божественную радость и «сияние светлого чуда», как описывал Порфирий.

— Насколько я знаю, ужасные видения тоже описывались античными авторами.

— Да, случалось и такое, грань здесь тонка. Понятия «установки» и «обстановки» при приеме психоделиков никто не отменял. Только религия Радости и Жизни могла давать положительную установку, сводя эти сбои к минимуму. При других установках картина была бы обратной, лишь сонмы чудовищ и демонов вырвались бы на волю, приводя в дикий ужас обезумевших адептов. Именно поэтому у тех же христиан не было никакого шанса возродить эти мистерии на пользу себе. Только уничтожить их они могли. Ибо увидеть в христианстве религию света и возрождения способны лишь очень сильно и искренне верующие люди, а таких в любом обществе меньшинство. Остальные же всегда чувствовали в христианских ритуалах лишь пугающее дыхание смерти.

— Ну, сами-то христиане, я полагаю, все же вряд ли так считали, — возразил я. — Это знаменитый психолог Карл Юнг мог высказываться в таком духе и писал, что Иисус казался ему богом смерти и вызывал у него ассоциации «со зловещей чернотой людей в церковных одеяниях, высоких шляпах и блестящих черных ботинках, которые несли черный гроб», но Юнг с точки зрения догматического христианства предстает очевидным еретиком.

— Увы, слишком многие христиане воспринимали и воспринимают христианство именно так. Вспомните споры таких известных религиозных философов, как Бердяев с Розановым, когда первый обвинял второго в неверии в воскрешение Христа: «Поверив в реальность воскресения, будет ли он настаивать на том, что религия Христа есть религия смерти?». И добавлял: «Страшно было бы, если бы, поверив в реальность воскресения, он все-таки имел бы силу показать, что религия Христа есть религия смерти».

— Розанов, будучи искренним христианином, тем не менее много чего нелицеприятного о христианстве понаписал. Бердяев как раз выступал против тех людей, которые «готовы простить Розанову его чудовищный цинизм, его писательскую низость, его неправду и предательство» и утверждал, что Розанов «много лет хулил Христа».

— Тут все еще интересней. Бердяев ведь не с Розановым спорил на самом деле, а с самим собой. С каким-то другим Бердяевым в своей голове. Он пытался именно себя самого разубедить в том, что давно его мучило, поскольку помнил в глубине подсознания, что всего тремя годами раньше он и сам отзывался о христианских обрядах ровно в тех же тонах: «Наша православная панихида — это какая-то мистическая влюбленность в сладость смерти, религия смерти, а не жизнь в ней чувствуется». А при таких установках любые психоделические препараты принесут только страшную беду, они противопоказаны христианству и самой христианской цивилизации. Поэтому светлый праздник мистерий античности закономерно трансформировался в средневековое безумие охоты на ведьм. Ржаной хлеб — это, по природе своей, «кикеон» средневековья, а по действию — смертельный «анти-кикеон». Подобное, впрочем, также может происходить, если попытаться вообще убрать из общества сакральную составляющую на фоне жесткой идеологии. Такое буйство «бесов» и затемнение сознания мы можем увидеть в Большом терроре 1937 года.

— Вы намекаете на то, что репрессии 1937 года тоже могли быть вызваны отравлением спорыньей? — искренне поразился я.

— Нет, ни в коем случае я не намекаю на это. Я это утверждаю с полной серьезностью. Именно к такому выводу я пришел в процессе написания романа, и у меня есть доказательства, хотя, конечно, далеко еще не все. Только в отличие от спонтанного средневекового безумия, бывшего роковым стечением обстоятельств, отравление 1937 года было продумано и тщательно организовано. Я полагаю, что во второй части своей книги смогу раскрыть эту тему более подробно.

— Ну, знаете, вы все-таки неисправимый конспиролог. Вряд ли я в это поверю.

— Думаю, что придется. Другого объяснения нет.

Если бы я действительно был редактором серьезного издательства, которое по легенде желало издать роман

Алика, то в жизни бы такую чушь не стал печатать. Однако сейчас я задумался над его словами более серьезно, у меня был для этого повод.

— Кстати, вы принесли этот старый лист Лысенко?

— Да, с утра ношу его с собой.

Алик открыл портфель и протянул мне прозрачную целлофановую папку с лежащим в ней желтым листом. Вот он передо мной, корень всех проблем. Какую древнюю опасную тайну он хранит? На странице, как Алик и говорил, располагались только текст и часть блеклого рисунка. Рисунок сохранился очень плохо, его вообще с трудом можно было разглядеть. Вероятно, он изображал Адама у библейского Древа Познания. Адам прикрывал свой член каким-то круглым предметом. На лист смоковницы это было не похоже. Само Древо тоже было не слишком похоже на дерево, змея и вовсе сложно было рассмотреть. Картинка обрывалась по краю листа, скорее всего, часть его была оторвана. Или же рисунок изначально занимал две соседние страницы. Над головой у Адама располагалось что-то вроде орнамента из десяти знаков. Шесть кругов и еще какие-то двойные треугольники. Что в этом листе могло быть такого ценного?

— Довольно давно я видел какую-то телевизионную передачу о Лысенко, — заметил я. — В ней мимоходом сообщалось, что сразу после смерти академика сотрудники КГБ провели у него дома и в рабочем кабинете в Москве обыски, допросили родственников и изъяли все документы. И в архиве, вроде бы, хранится докладная записка Андропова в ЦК по этому поводу. Это была просто очередная утка?

— Нет, действительно существует такая секретная записка Андропова в ЦК КПСС от 8 декабря 1976 года об изъятии документов в результате обыска у Лысенко.

Андропов докладывал: «В связи с тем, что в случае попадания на Запад указанные документы могут быть использованы в невыгодном для СССР плане, они были взяты в КГБ при СМ СССР и направляются в ЦК КПСС». Речь, естественно, шла не о печально знаменитом докладе Трофима Лысенко «О положении в советской биологической науке», как почему-то считают некоторые, — этот доклад никак не мог быть секретным документом, он в свое время широко печатался в советской прессе.

— И еще я как-то читал в старых газетах, что незадолго до смерти Лысенко воры-домушники обокрали его квартиру в знаменитом «Доме на набережной» в Москве, — вспомнил я. — Не искали ли и те и другие как раз этот старинный лист?

— Ну, кто теперь это может знать... — отмахнулся Алик. Голос его звучал несколько странно. Я оторвал глаза от листа и взглянул на собеседника. Алик выглядел нездорово бледным.

— Прошу прощения, мне надо выйти на минуту, — пробормотал он, вставая из-за стола.

Как только Алик зашел в туалет в конце зала, я быстро положил лист в свой дипломат и пошел к выходу. Сев в машину, я проехал несколько сотен метров вдоль набережной и свернул на небольшую улицу. За углом меня ждал заранее припаркованный там невзрачный «Пежо». Я снова выехал на набережную, вытащил бинокль и стал наблюдать за обстановкой. В окне прямо напротив ресторана шелохнулись занавески, уронив на мокрую мостовую слабый отблеск света. Затем свет пропал. Похоже, следили за нами именно оттуда. Алик тем временем вернулся к столу. Он вертел головой и выглядел растерянно. Потом сел за стол и внезапно схватился рукой за горло.

Время ускорилось до дискретности. Картинка в бинокле отражала последние моменты жизни незадачливого фантаста. Удушье, несколько беспомощных взмахов рукой, и вот его голова падает прямо в тарелку. Подбегают два официанта, один в панике трясет клиента, второй набирает номер на телефоне. Проходит минута. Ага, вот и скорая помощь подъехала. Санитары выносят носилки с телом Алика и рвут с места с завыванием сирены. Все идет по плану. Звонок. Я откладываю бинокль и беру трубку. Неизвестный голос сообщает, что меня ждут на улице Джовио в городе Комо у швейцарской границы. Это в полусотне километров от Милана. Там мне заплатят оговоренную сумму. Отмечаю, что они не спрашивают о том, удалось ли мне заполучить этот чертов лист. Значит, я не ошибся насчет слежки. «Буду через два часа», — отвечаю я. Проехав с километр, опускаю стекло, выбрасываю трубку в канал и включаю запасной незарегистрированный телефон.

Не доезжая до замка Сфорца, я повернул налево и погнал на запад в сторону французской границы. Несмотря на несколько закрытых сезонных дорог, четыре часа спустя я уже въезжал во французский департамент Савойя. До Парижа оставалось километров пятьсот.

Глава 4

Париж

Дождь уже прошел, мокрые булыжники паперти перед собором Парижской Богоматери тускло блестели под неуверенными лучами безжизненного февральского солнца. Группа туристов толпилась у вмонтированного в брусчатку бронзового медальона «нулевого километра» французских дорог. Каждому хотелось ступить ногой в «центр Парижа», ведь если встать ногой на этот медальон, то обязательно вернешься в Париж хотя бы еще раз. Вдавленный многочисленными туристами медальон — это все, что осталось от статуи в честь Эскулапа — бога врачей. Впрочем, никто уже не помнит точно, чья статуя это была на самом деле. История забывается и искажается очень быстро.

Алик сидел на самой дальней каменной скамье паперти и рассеянно смотрел по сторонам. Меня он заметил только в тот момент, когда я подошел уже совсем близко.

— Ну, привет, все в порядке? Довезли без проблем?

— Мне показалось, что эти твои золотозубые друзья, притворявшиеся медиками, какие-то лютые мафиозники, — откликнулся Алик.

— Они, собственно, примерно такие и есть и, скажем так, кое-чем сильно мне обязаны, — ответил я, присаживаясь рядом с «воскресшим».

— Почему именно Париж?

— У меня здесь есть свои дела. Да и небольшой запас на проблемный день у меня здесь хранится. Кажется, этот день возник на горизонте.

— В отеле, куда меня поселили твои друзья, номер записан на Стефана.

— Конечно, это твое новое имя.

— Что мы теперь должны делать?

— Для начала ознакомься со своим польским паспортом, — я протянул Алику тщательно выполненный документ.

— Стефан Ржевуский? — возмутился Алик своей новой фамилией. — Хорошо еще, что не поручик Ржевский. Да и по-польски я ни слова не знаю.

— Других бланков, прости, в наличии не было. Перемещаться под настоящими именами нам, полагаю, несколько рискованно.

— Странно, но я ведь так и не спросил тебя вчера... — задумчиво пробормотал Алик. — Как ты узнал, что это был яд?

— Кролик. Он был очень милый и симпатичный. Жаль его. Я вылил ему в поилку несколько капель из ампулы, предназначенной для тебя.

Я вспомнил вчерашний разговор с Аликом. Когда я пришел утром к нему в квартиру, у меня не было никакой уверенности, что он мне поверит. Однако те, кто распотрошил его жилище, сыграли здесь мне на руку. Даже не важно, были ли это какие-нибудь конкуренты заказчиков, или сами заказчики мне не слишком доверяли и попробовали решить свой вопрос проще, обыскав квартиру. Им не повезло, Алик унес из дома документ в своем портфеле. Но знать наверняка они не могли, поэтому никто не попытался напасть на него на улице. Я вкратце обрисовал Алику ситуацию, пояснив, что по плану заказчиков он должен быть отравлен, когда передаст мне антикварный лист. И когда я понял это, мне стало ясно, что дело слишком серьезное. Изъять якобы украденный из частной коллекции старый документ, как мне это было представлено, — что ж, даже Шерлок Холмс такими заданиями не гнушался. А вот на что-либо другое я не подписывался. Когда мне передали пластиковую ампулу с якобы быстродействующим слабительным, под действием которого Алик должен был выйти в туалет, а я тем временем просто забрать его антикварный лист и уехать, мне это уже показалось подозрительным.

— Я тут подумал, — оторвал меня от воспоминаний Алик, — может, это только на кролика так ампула подействовала, а у тебя всего лишь разыгралась профессиональная паранойя?

— Мною руководила просто разумная осторожность. Вчера у меня не хватило времени пояснить тебе все детали. Когда у меня возникли подозрения, я сразу позвонил своему старому контакту, предложившему мне эту работу, хотел получить всю возможную информацию о заказчиках. Он, кстати, как раз и звонил тебе, представившись главным редактором. Мне сообщили, что мой контакт несколькими часами ранее погиб в автомобильной аварии. Это мне уже совсем не понравилось. Поэтому, проверив и убедившись в действии яда, я пошел к тебе вчера утром объяснить ситуацию и подготовить наш маленький театр.

— Кажется, я сыграл неплохо, — оживился Алик. — Только вот мордой в салат получилось немного неуклюже, чуть зуб себе не выбил.

— Ничего, зато теперь у нас есть небольшая фора. Если бы мы просто скрылись, искать нас начали бы сразу. А так есть шанс, что они будут какое-то время выяснять, не перехватили ли меня по дороге какие-нибудь их конкуренты, не виноват ли их связной в Комо. Пока они будут разбираться, пока проверят больницы и морги, убедятся, что твое тело никуда не поступало, время будет работать на нас.

— Но кто они такие?

— Понятия не имею. И поэтому теперь мне бы хотелось выяснить, что такого опасного знаешь ты? Почему заказчикам недостаточно было только изъять этот твой непонятный старинный лист?

— Если бы я знал! Вероятно, они меня переоценили. Я ведь просто писал исторический конспирологический роман и не думал, что он может иметь настолько серьезную связь с современной действительностью. Мне представлялось, что все это осталось в прошлом.

— Кстати, о прошлом. Ты сидишь прямо рядом с характерным напоминанием о нем, — я указал рукой на плиты метрах в десяти от скамейки.

— Что там? — удивился Алик.

— Сходи туда, посмотри.

Алик, подозрительно покосился на меня, как будто ожидая какого-то подвоха, но пошел в указанное мной место, глядя себе под ноги.

— Никогда не слышал о такой часовне, — вскоре воскликнул он, прочитав надпись «EGLISE SAINTE GENEVIEVE DES ARDENS» на плитках. — Церковь Горячечной Женевьевы!

— В контексте того, что парижане благословляют святую Женевьеву за то, что она спасла Париж от *mal des ardents,* огненной чумы в 1129 году, стоит переводить — церковь Женевьевы Эрготической. Саму церквушку снесли еще в восемнадцатом веке, только надпись теперь осталась в напоминание. Тысячи и тысячи туристов проходят здесь каждый день, но никто из них не знает, что когда-то на этом месте стояла церковь, в которой хранились святые мощи Женевьевы. Да и мало кто из них вообще слышал, что главным чудом Женевьевы, после которого ее стали почитать, было избавление города от отравления спорыньей.

Алик вернулся к скамейке, сел и задумчиво уставился на собор Парижской Богоматери.

— Никогда не задумывался о Женевьеве в контексте той эпидемии.

— Ты не поверишь, сколько всего любопытного можно узнать из рассказов старых экскурсоводов, с которыми я долго болтал сегодня. Им самим очень нравится рассказывать то, что не интересует обыкновенных туристов.

— А надпись, кстати, искаженная. Там буква пропущена: «ARDENS», а не «ARDENTS», — хмуро пробормотал Алик. — Интересно, просто забыли значение «огненной болезни» или попытались скрыть?

— Сложно что-то скрыть, если официально еще папой Иннокентием II было установлено празднество в честь чуда прекращения той эпидемии, и по сей день церковь ежегодно отмечает этот день славы Женевьевы. Все это, как рассказали мне экскурсоводы, описано в любой католической энциклопедии и многочисленных календарях святых.

— Но все-таки для непосвященного теперь это звучит скорее как какая-то Женевьева Арденнская, а не Женевьева Горячечная.

— Возможно, изготовители надписи были не слишком искушены в средневековых легендах и перепутали Женевьев.

— Конечно, я просто забыл! — воскликнул Алик. — Ведь была же еще Женевьева Брабантская, которая по легенде жила лет на триста позже той Женевьевы, и ее обвинили в нарушении супружеской верности. Она была приговорена к смерти, но спасена слугой, которому поручили ее умертвить. И эта Женевьева прожила вместе с сыном шесть лет в пещере как раз в Арденнах, питаясь кореньями. В конце концов она была найдена мужем во время охоты и возвращена домой. Эту легенду поведал один богослов пятнадцатого века. Так со временем Женевьевы и перепутались. Надпись делали уже в девятнадцатом веке, когда Осман разрушил детский приют на месте бывшей церкви. Роберт Шуман положил этот сюжет Женевьевы из Арденнской пещеры в основу оперы, поставленной в 1850 году. А барон Осман начал переделывать Париж несколько лет спустя. Так что путаница неудивительна. Кстати, подобным же образом перепутались и святые Антонии.

— Погоди, это ты о чем? — удивился я. — Вот этого я уже не знаю.

— За день до официального празднования дня святого Антония Великого, давшего название «огня святого Антония» отравлению спорыньей, в январе 1946 года Учителем церкви был провозглашен совсем другой святой, Антоний Падуанский. Понятно, что теперь этих святых широкие народные массы исправно путают, оба они стали восприниматься покровителями животных. А ведь между этими святыми есть существенная разница — Антоний Падуанский не галлюцинировал, не был одержим демонами, бесы его не искушали. Он не боролся денно и нощно с дьяволом, а ходил и мирно проповедовал евангелие рыбкам, так же, как его учитель Франциск Ассизский — птичкам. Картина Барталоме Мурильо «Видение святого Антония», выставленная в Эрмитаже в Санкт-Петербурге и посвященная Антонию Падуанскому, отражает вовсе не такие видения, какими славился его предшественник Антоний Великий — те ужасные видения, подобные видениям при *mal des ardents*, были вполне адекватно отражены Босхом.

— Интересный ход католической церкви.

— Чуть больше месяца назад я как раз был в Сан-Бартоломе-де-Пинарес в Испании на ежегодном празднике святого Антония Великого. Это было впечатляющее зрелище, лошади прыгали через пылающие костры, разложенные по всей деревне. Аллюзия на «огонь святого Антония» полная, но исходных причин уже никто не понимает. Кстати, надо заметить, есть у этих двух Антониев и кое-что общее — Антоний Падуанский считается основателем секты флагеллантов-самобичевателей. Так что он тоже связан с массовыми психозами.

— Ладно, сейчас возвращайся в отель. Сегодня у тебя по плану отдых, походи по магазинам, купи ссбс новую одежду, а у меня есть еще дела в городе. С утра решим, что нам делать дальше, но в Париже в любом случае излишне задерживаться тоже не стоит. Я купил пару нетбуков, памятуя, как ты увлеченно рассказывал, что любую информацию можно найти в сети. Что ж, сейчас у тебя есть возможность доказать это на практике. В этой сумке твой, возьми его с собой. Необходимо понять, с чем мы столкнулись и с кем имеем дело.

— Да, все прямо как по Перуцу, — пробормотал Алик. — Нам дано пять дней, чтобы победить чудовище...

Я подозрительно покосился на Алика. Мне показалось, что он воспринимает происходящее как какую-то компьютерную игру.

— Я Лео Перуца имею в виду, — пояснил Алик, — очень загадочный автор. Ты читал его книгу «Мастер Страшного суда»?

— Нет, никогда даже не слышал о таком авторе. При чем он здесь?

— Я с детства люблю его романы. А когда начал разрабатывать поднятую им тему влияния спорыньи на историю, то был поражен, каким образом Перуцу удалось предвосхитить не только открытие ЛСД, но и наглядно описать механизмы действия «установки» и «обстановки», которые будут официально признаны лишь полвека спустя.

Я довел Алика до отеля, взял у него второй ключ от номера и поехал на окраину Парижа, где у меня была назначена встреча.

Глава 5

1937

В отель я вернулся только под утро и, решив позавтракать позже, сразу пошел в номер. Алик сидел в кресле с нетбуком в руках. Похоже, он вообще не спал ночью. Я мельком взглянул на его компьютер. На экране была открыта книга Перуца. Черт, вовсе не для этого я покупал нетбуки.

— Мне кажется, что читать сейчас художественную литературу — это не самая актуальная задача в нашем положении, — осторожно заметил я.

— Мне представилось, что Перуц писал в своей книге о нас. Мы столкнулись с чудовищем и должны идти по его следу, — ответил Алик и продекламировал верхний абзац с открытой страницы:

«Пять дней продолжалась романтическая охота, преследование незримого врага, который был не существом из плоти и крови, а страшным призраком минувших веков. Мы набрели на кровавый след и пошли по этому следу. Молча открылись ворота времени. Никто из нас не предвидел, куда ведет путь, и чувство у меня теперь такое, словно мы с трудом, шаг за шагом, ощупью пробирались по длинному темному

коридору, в конце которого нас поджидало чудовище
с поднятой дубиной...»

— Дело не в том, уложимся мы в пять дней или нет. Меня как-то не очень волнуют мистические призраки и чудовища из глубины веков. Я больше опасаюсь вполне живых людей, мотивов действий которых я не понимаю.

— Не принимай все так буквально. Но не стоит недооценивать Перуца. На мой взгляд, он тонко чувствовал нечто подобное тому, с чем мы столкнулись. Что, если неявный ключ к происходящему мы сможем найти именно у него?

Я ничего не ответил, но подумал, что иметь в невольных напарниках в игре на выживание романтического фантазера — не самое удачное в данных обстоятельствах. Однако раз уж все так сложилось, пора было попробовать внести хоть какую-то ясность в происходящее.

— Хорошо, давай пока оставим Перуца в покое и выясним некоторые более существенные сейчас моменты. Для начала я, пожалуй, жду твоего подробного рассказа о том, каким образом ты нажил себе неких таинственных врагов. Что такого важного ты накопал по вопросу этой спорыньи? Понимаю, что ты этого сам не знаешь, посему просто рассказывай все подряд. Кому ты посылал рукопись? Кто был в курсе наличия антикварного листа с печатью? Начни, впрочем, с основных выводов своих исследований. Или, лучше, с более недавних по времени событий, а средневековые чудища пусть подождут своей очереди. Например, упомянутая тобой связь отравления спорыньей с безумием 1937 года может быть более интересна. Отношение Лысенко с дьяволом и колдунами Вуду пока прибереги для следующего романа.

— Ну, хорошо, — задумался Алик, — Дело в том, что мы до сих пор не знаем, что именно произошло в пресловутых 1937—1938 годах. В исторической литературе события в СССР тех лет обычно называют «ежовщина», «большой террор» или «великое безумие» и преподносят как акцию, не имеющую никакого рационального объяснения. Иногда термины размазывают на больший период, но это неверно. В остальные годы террор вполне объясним без привлечения мистических причин. Но этот год выдался очень влажный, и урожай был хороший.

— Я понимаю, что твоя мысль — это все от спорыньи. Не слишком ли ты увлекся?

— У тебя всегда привычка возражать, не выслушав аргументы? — огрызнулся Алик. — Прежде всего надо понять, что все многочисленные споры на эту тему ведутся вокруг количества расстрелянных и арестованных в те годы, что для нас не имеет никакого значения. Спорить об этом — бессмысленное занятие, только динамика важна для анализа. Подобным образом количество ведьм, сожженных инквизицией, долго увеличивали и дошли до абсурдных 13 миллионов. А когда стало ясно, что перегнули раз в сто, то многим стало казаться, что ведьм вообще не жгли. Как будто даже сотня тысяч — это вообще ничего. Обычно такое вольное обращение с цифрами — это не осознанный антипиар, а просто несовершенная человеческая психология, так спонтанно получается. Но в итоге черные страницы истории частично отмываются таким способом. Ровно то же самое произошло и со сталинскими репрессиями. Когда стало известно, что цифры иногда полемически завышали чуть не в сотню раз, то многим стало казаться, что и самих репрессий почти не было. Тем не менее репрессии все равно были массовыми, даже средневековые инквизиторы могли бы позавидовать размаху, но для анализа только относительные показатели имеют значение. По ним видны тенденции, а большего нам ничего не надо. Ты в курсе, какой всплеск расстрелов был в эти годы в сравнении с остальными? Только это имеет значение для понимания процесса.

— Полагаю, ты не хуже меня знаешь, что всплеск был огромный. Насколько я помню, число расстрелянных увеличилось по сравнению с предшествующими годами более чем в 300 раз. То есть расстреливать в 1937 году стали каждый день столько людей, сколько за весь предшествующий год. В 1938 году все повторилось, а в 1939-ом закончилось, в смысле, вернулось к состоянию до всплеска. Я сужу по минимальным официальным цифрам, тут ты прав — пропорции не меняются от того, занижены они или нет. Эти два года совершенно аномальны по репрессиям.

— Тут есть еще один момент, на который обычно не обращают внимание. Правильнее было бы сказать, что во время Большого террора каждый день расстреливали в полтора или даже в два раза больше, чем за весь предшествующий год. Ибо фактически безумные репрессии шли отнюдь не все эти два года целиком. Магия двух цифр 1937−1938 застилает нам глаза, но реально массовые расстрелы в целом шли всего чуть больше года — с августа 1937 года по октябрь 1938-го. Или, скажем по-другому, основной психоз начался после летней страды 1937 года и закончился после страды года следующего. Эти данные справедливы для всех областей, можно посмотреть любой график расстрелов. Таким образом, расстреливали за этот период, соответственно, примерно в 500 раз больше, чем за любой другой год репрессий. То есть система взбесилась и уничтожила за год столько людей, сколько в обычном своем, пусть и тоталитарном состоянии, могла приговорить к смерти лишь за полтысячелетия.

— Ну, если ты имеешь в виду не просто политическую борьбу с троцкистами, ленинцами и прочими, а именно неоправданно гигантский масштаб расстрелов в данный конкретный период, то да, это явно требует объяснения. И, как я понимаю, никакой вразумительной версии по сей день нет.

— Именно так, я не о причинах, а о катализаторах. За время правления Сталина, да и в царской России, репрессивные меры применялись достаточно широко — но такого никогда не происходило. Неизбежно встает вопрос — в чем состояла цель? И возникает ответ — цели не было. Все существующие объяснения суть надуманные рационализации. Ну, собирались отстранить какую-то группу от власти. Легко допускали возможность их расстрела — человеческие жизни в то время ценились мало. Был создан механизм репрессий, прослеживалось желание расправиться с политическими врагами, троцкистами, ленинской гвардией, кулаками и — возможно, настоящими — вредителями. Как повелось, в мясорубке страдали и невиновные, «лес рубят — щепки летят», это тогда никого не волновало, государство, как ни крути, тоталитарное. Но вдруг маховик репрессий раскрутился настолько дико, как никто даже не ожидал. Чистка, направленная в основном против номенклатуры и противников Сталина, неожиданно обернулась Большим террором против самых широких слоев населения. Из-за «щепок» уже стало не видно «леса». Пошел какой-то другой незапланированный изначально процесс. Началось то самое безумие, исходный источник которого нужно искать все же далеко не только в органах, приказах и установках сверху, а в самом обществе, в сложившейся обстановке.

Возникла лавина доносов и сшитых на скорую руку дел. Репрессии охватили все регионы и все без исключения слои населения, от высшего руководства страны до бесконечно далеких от политики крестьян и рабочих.

— Может, просто надо было внушить населению страх и ужас перед властью?

— Не репрессии внушили страх, а страх породил репрессии. Это явилось не сразу осознанным и неприятным сюрпризом. Как будто какие-то высшие силы вмешались в планы. Но руководство в высшие силы не верило и на Господа не уповало. Зато свято верило в плетущих свои сети классовых врагов. Где-то они даже были, возможно, правы, но слепы. Год спустя Сталину стало ясно — вредители как-то сумели обмануть советскую власть и расстрелять не только тех, кого, по мнению власти, следовало, но и тех, кого, вроде бы, не следовало, и многократно больше, чем планировалось. Значит, столь массовые расстрелы тоже суть вредительство, и пришло время разобраться с хитрыми врагами-хамелеонами, пробравшимися в органы. Что именно произошло, никто не понял, но теперь стали уничтожать уже тех, кто стрелял или чересчур одобрял эти расстрелы. Репрессии развернулись против их инициаторов. Заколдованный круг. Ну, и «щепки» по-прежнему продолжали массово разлетаться в разные стороны. Примерно то же самое происходило во Французскую революцию, которая также была спровоцирована отравлением спорыньей.

— Тут вот какая штука — крестьяне, отравленные спорыньей, это понятно. Местные работники НКВД — вполне допустимо. Но ведь репрессии в годы Большого террора проводились планово. Определялись группы и категории населения, подлежащие арестам и расстрелам, выделялись «лимиты» на расстрел. На заседании

Политбюро утверждались контрольные цифры на арест и расстрел врагов народа. А эти-то ребята зараженный хлеб не ели. Или ели?

— А какой хлеб они ели? Не иначе, как из зерна с особо проверенных полей. А кто такими полями мог заниматься? Надо полагать, Лысенко и занимался.

— То есть точно ты этого не знаешь? К тому же у них, надо думать, хлеб был пшеничный.

— Не знаю пока, — признался Алик. — Но пшеницу Лысенко заражать научился.

— Опять додумываешь?

— Нет, об этом Лысенко пишет прямым текстом.

— В смысле? Сам признается, что заразил зерно спорыньей?

— Фактически, да — у него не было возможности совсем это скрыть, из многих колхозов шли тревожные сигналы о заражении пшеницы спорыньей. Мягкая пшеница спорыньей заражается в естественных условиях крайне редко, но у народного академика это получилось. Лысенко вынужден был отреагировать и, конечно, постарался сильно занизить масштаб проблемы. Ну и насчет контрольных цифр на расстрел — их ведь снизу подавали. И панически большие. Ибо враги кругом мерещились. Увеличивали лимиты, чем вводили руководство в еще большую панику — стреляют, стреляют — а врагов все больше и больше. Положительная обратная связь. Система пошла вразнос. Так и продолжалось до следующего урожая. Благо, что 1938 год был сухой. Зерно оказалось заражено меньше, безумие прекратилось.

— Оно, как ты сам говоришь, прекратилось в октябре.

— Конечно, эпидемии эрготизма обычно и заканчивались осенью, с запозданием от сбора урожая. Пока новый хлеб попадет на стол, пока спадет паника...

Напомню, что чудо Женевьевы, спасшей Париж от эпидемии, празднуется вообще в ноябре. Кстати, тех, кого арестовали до ноября 1938 года и не успели сразу отправить в лагеря или расстрелять, стали с конца года просто отпускать, не менее ста тысяч были освобождены в 1939 году. К тому же спорынья — не единственный фактор. Ее ядовитость и состав алкалоидов связаны с солнечной активностью, которая может влиять на людей не только опосредованно через спорынью, но и другими путями, теми же магнитными бурями, например. А 1937 год — максимум солнечной активности. К концу 1938 года одержимость населения пошла на спад, хотя психозы и галлюцинации вспыхивали еще на протяжении нескольких лет. В 1939—43 годах по России, Белоруссии, Украине прокатилась волна дел, связанных с видениями. Люди получали сроки за «распространение диверсионных слухов и пропаганду мистических настроений». Средневековые архетипы ужаса вновь ожили и обрели свою кровавую плоть. Теперь кто угодно, колхозники, шоферы, военные, врачи и дачники, видели все тех же женщин, бредущих по колено в лесных кронах, огненные колеса, пляшущих мертвецов без головы. Об этом можно было прочитать в подборке материалов из архива НКВД в начале 90-х.

— И все же не слишком ли вольная гипотеза?

— Это была бы абстрактная гипотеза, одна из многочисленных умозрительных попыток объяснения необъяснимого, если бы не был понятен по крайней мере один из механизмов заражения. Но он существовал, и о нем открыто говорил сам Лысенко. Ты хорошо помнишь школьную ботанику?

— Плохо помню, прогуливал большинство уроков. Ну, там, рыльца-пестики-тычинки, не более.

— Вот в них-то, кстати, и суть. Трофим Денисович решил открыть для пшеницы брачное агентство. Переженить колоски между собой. Он утверждал, что самоопыление пшеницы, овса и ячменя — это вынужденный брак, брак не по любви. И что это приводит к деградации злаков. «В июне 1935 г. лично для меня этот вопрос был разрешен, — писал народный академик. — Было найдено объяснение причин ухудшения сортов». Поэтому, мол, надо изменить ситуацию так, чтобы колоски опыляли друг друга. То есть лишить пшеничных «невест» девственности, разрезав им защитную пленку. Этот агроприем как раз и поспособствовал заражению урожая спорыньей, совпав с влажным годом и с очередной циклической вспышкой распространения грибка во всем мире.

— Так, это уже плохо усваивается на голодный желудок, — заметил я, посмотрев на часы. — Время завтракать. Жду тебя внизу в кафе на той стороне улицы через десять минут с рассказом о брачном агентстве Трофима.

— Хорошо, — послушно согласился Алик.

Глава 6

Брачное агентство

Десять минут спустя Алик спустился в кафе с нетбуком подмышкой. Он заказал завтрак, открыл нетбук и стал что-то молча читать.

— Алик, после завтрака мне нужно будет уехать, у меня все еще есть дела в городе. Тогда у тебя будет время почитать вволю. А пока ты, кажется, собирался рассказать мне что-то о брачном опылении невест?

Алик оторвался от компьютера.

— Просто хотел уточнить один момент... А с «брачным агентством» дело обстояло так. В 1936 году Лысенко объявил о грядущем «решающем эксперименте» в сельском хозяйстве. Он писал, что сорта самоопыляющейся пшеницы весьма нестабильны и постепенно теряют свои ценные свойства, поскольку у них опыление происходит внутри собственного цветка. Академик утверждал, что пшеницу, ячмень и овес можно улучшить внутрисортовым скрещиванием, то есть заставить их опыляться перекрестно, как рожь. А для этого по методике, разработанной Лысенко, надо разрезать защитную пленку цветка, чтобы помочь яйцеклетке «выйти замуж за того парня, который растет от нее за три вершка». А также кастрировать цветки пшеницы. Для грандиозного сельскохозяйственного прорыва Лысенко потребовал полмиллиона ножниц для колхозников, разрезающих цветковые пленки, и 800 000 пинцетов для вырывания пыльников. В СССР в магазинах пропали пинцеты и ножницы — колхозники послушно бросились кастрировать пшеницу. Кузницы в самих колхозах перестали ковать подковы и перепрофилировались на выпуск ножниц и пинцетов, дабы восполнить их недостачу. Тем самым «брачное агентство» Трофима Лысенко, разрезающее защитные пленки и как бы лишая цветки «девственности», открыло дорогу к «невесте» вовсе не «тому парню», а спорынье, которая заражает именно открытые цветки.

— Какая-то сюрреалистическая картина получается. По бескрайним полям бродит почти миллион колхозников с пинцетами наперевес, кастрируя пшеницу. Живописно. И когда этот решающий эксперимент планировался?

— Вот, сам смотри, — Алик повернул ко мне нетбук с цитатами из книги «Агробиология» академика Лысенко:

В 1937 году я буду добиваться проведения внутрисортового скрещивания в десятках тысяч колхозов нашей страны. Буду я это делать потому, что вижу прекрасные результаты этого мероприятия...

Необходимо, максимум через два года, а еще лучше через один год, обеспечить всю посевную товарную площадь основных культур самоопылителей улучшенными путем внутрисортового скрещивания семенами...

В 1937 г. любой человек сможет убедиться в том, что будут уже получены сотни тонн обновленных семян из посева семенами от внутрисортового скрещивания, проведенного в 1936 г.

— Последнюю фразу сам Лысенко выделил курсивом, — пояснил Алик. — И как ты думаешь, что вышло из этого «решающего эксперимента»? В чем именно убедились люди в 1937 году? Естественно, зерно оказалось заражено спорыньей. Академику пришлось изворачиваться и во всеуслышание объявлять о своей профнепригодности.

Алик прокрутил страницу и ткнул пальцем в строчку с признанием Лысенко:

Раньше я знал, что спорынья (рожки) поражает цветы колосьев ржи. Я не знал, что она может поражать и пшеницу. При проведении же опытов с внутрисортовым скрещиванием пшеницы мы получили еще в августе тревожные сведения от ряда опытников-колхозников Горьковской, Челябинской областей и других восточных областей нашего Союза о том, что при внутрисортовом скрещивании у части колосьев пшеницы развивается не зерно, а спорынья (рожки).

— Разве на тот момент действительно было неизвестно, что пшеница тоже заражается спорыньей?

— В том-то и дело, что это было прекрасно известно всем, кроме Лысенко. Пшеница в обычных условиях заражается значительно реже ржи, но все же при определенных условиях спорынья пшеницу тоже поражает, и об этом писалось во всех энциклопедиях и во всех сельскохозяйственных работах. Вольтер экспериментировал с заражением пшеницы спорыньей еще в восемнадцатом веке, все словари в России, включая Даля, об этом сообщали, указывая, что пшеничная спорынья еще более ядовита, чем ржаная. Вавилов писал о поражении пшеницы спорыньей еще в 1919 году. В предыдущую эпидемию эрготизма 1926 года на Урале спорыньей сильно поражалась именно пшеница. В 1936 году

Государственная плановая комиссия обязывала колхозы для высококачественно будущего урожая 1937 года тщательно протравливать от спорыньи семена ржи и пшеницы. Во всех советских энциклопедиях об опасности этого грибка для пшеницы указывалось, даже в советском ОСТе заражаемость пшеницы спорыньей была прямо прописана, причем особо подчеркивалась трудноотделимость ее рожков от здоровых семян. Агроному этого невозможно было не знать.

— Удивительно. А власти как-то среагировали на такое явное вредительство?

— Нет, сделали вид, что все нормально. Вот, взгляни на хвалебную статью, изданную год спустя «Молодой гвардией» ЦК ВЛКСМ, — Алик развернул ко мне нетбук.

Великая битва развернулась на украинских полях. На одной стороне был Лысенко и армия колхозников — помощников его, а на другой — трудности, неудачи и неполадки. Началось с крупного успеха: процедуру опыления ускорили и упростили. Пыльцу не клали пинцетом в каждый цветок, предоставляя это делать ветру. Он подхватывал пыльцу и густо одарял ею кастратов. За удачей пошли испытания. Оказались исчерпанными запасы пинцетов и ножниц в стране — Лысенко приспособил мастерскую института: вместо приборов там стали готовить пинцеты. Но что значит сотня этих изделий, когда нужны тысячи. Он посылает рентгенолога — единственно свободного человека — в Павлов Посад заказать и привезти пятьдесят тысяч пинцетов. Он самолетом доставляет их на поля, но и этого запаса не надолго хватает. Ножницы и пинцеты грозят погубить все планы института, и Лысенко неожиданно находит исход. Колхозные кузни будут делать эти вещи из кос... Кузнецы поддержали ученого, его идея нашла у них решительный отклик. — Кастрированная пшеница поражается спорыньей, — стали прибывать недобрые вести, — в колосьях вместо зерна встречается спорынья. — Спорынья у пшеницы? — недоумевает Лысенко. До сих пор ему было известно, что она поражает исключительно рожь. Впрочем, понятно, кастрированный колос цветет так же открыто, как рожь. Вместе с пыльцой в цветок может проникнуть и паразит... Ученый телеграфно дает указание: — Спорынью и головню осторожно выбирать руками, обновленное зерно протравить... Опасность больше не повторится, пшеница будет по-прежнему закрыто цвести до следующего обновления... Неизвестно откуда поползли зловещие слухи, что кастрация идет на полях неудачно, агрономы недостаточно следят.

— Насколько много получилось зараженного зерно? Упоминаемые Лысенко сотни тонн... Мне кажется, это недостаточно для столь глобального отравления.

— В планах, как он сам пишет в своей «Агробиологии», было «обеспечить всю посевную товарную площадь» чудо-семенами. С возникновением проблем Лысенко сразу забыл даже об обещанных им сотнях тонн и десятках тысяч колхозов, стал бормотать о всего лишь каких-то килограммах на колхоз. Но процесс пошел. Спорынья в провоцировании массовых психозов выступает как катализатор. Сначала идут первые отравления. В обстановке всеобщей подозрительности местные органы НКВД начинают искать вредителей. Находят, естественно — всегда есть люди, готовые подставить им неугодных, воспользовавшись удобным поводом. Пока мы даже непосредственно галлюциногенное влияние спорыньи не рассматриваем. Данные об отравлениях идут наверх. Там начинают волноваться — активизировались враги, зерно травят.

— Есть какие-нибудь сведения о реакции властей на отравления в то время?

— Да, здесь показательно выступление Микояна: еще на февральско-мартовском пленуме он сообщал об отравлениях и призывал к повышенной бдительности — враг, мол, не дремлет. Отравления тогда были еще не массовые, и даже непонятно, связаны ли они непосредственно со спорыньей. Но это и неважно — главное, их с параноидальным ужасом ждут. Летом 1937 года худшие прогнозы сбываются — на полях вырастает новый урожай из внутрисортоскрещенных чудо-семян Лысенко. Начинается психоз.

— В августе, как обычно?

— «Большой террор» разгорелся сразу с началом летней страды. Если до того репрессии носили в основном чисто политический характер, то теперь они закономерно принимают «пищевой» уклон. Не в силах понять, что происходит с зерном, НКВД бросается на поиски долгожданных «отравителей» и «диверсантов». Органам ясно: коварные враги, о которых предупреждал Микоян, нанесли свой сокрушительный удар, травятся даже красноармейцы. Циркуляр НКВД «Об оперативных мероприятиях по борьбе с отравлениями и бактериологической диверсией в частях РККА» от 29 августа предписывает дела об отравлениях красноармейцев вести «в особо ударном порядке, добиваясь обязательного вскрытия организаторов и активных участников отравлений». Развивается психоз общественного масштаба, в котором власти пытались сначала как-то ориентироваться, а потом и сами начали психовать.

— Вообще говоря, такой мрачный сценарий мог, наверное, и без спорыньи пройти. В обществе сложилась определенная обстановка. Массовый террор — реакция цепная, то есть самоподдерживающаяся. Многие простые люди увидели в происходящем удар против «зарвавшегося» и коррумпированного начальства и использовали террор в личных целях, в 1937—1938 годах тысячи простых граждан заваливали НКВД доносами на своих сослуживцев, соседей, начальников, знакомых. Этих доносов было столько, что НКВД просто не справлялся. Много было случаев, когда доносы писали друг на друга в институтах и прочих учебных заведениях. Люди ведь довольно мерзкие твари. Дай простым гражданам право на оформление вышки — это породит лавину сведений личных счетов на местах на самых разных уровнях, трупы бы не успевали закапывать. Ситуация патовая. Одновременно ежедневно печатались провокационные статьи завзятых «разоблачителей», которые, не стесняясь в выражениях, писали об обнаруженных «гнездах троцкистов и диверсантов», объявляли конкретных руководителей предприятий «пособниками врагов народа». А работники органов отмахнуться от таких заявлений не могли, ибо в таком случае сами рисковали оказаться в роли пособников и укрывателей врагов народа. Власти запаниковали и начали «ковровые бомбардировки» в надежде, что ими накроет и тех «кого надо».

— Увеличение расстрелов раз в десять я бы принял. Но не в 500 же раз. Спорынья — прекрасный катализатор таких процессов. Ровно такие же доводы могли предоставить средневековые судьи. Если они не признавали ведьму виновной, то тем давали повод подозревать их самих в пособничестве колдунам и в связях с дьяволом. Это старый архетип мышления. Знаменитый демонолог Боден прямо высказывался о том, что «тот судья, который не доглядит и упустит ведьму, сам должен быть казнен». И он же утверждал, что в судах над ведьмами нельзя придерживаться общепринятых правил ведения следствия, поскольку «доказательства могут быть настолько неубедительны, что вряд ли удастся вынести смертный приговор хотя бы одной из миллиона ведьм, если действовать лишь в рамках закона». Пресловутые «расстрельные тройки» сталинских времен — это то самое, к чему призывал Боден. Но почему вернулось средневековье? Откуда вообще настолько массово появилась такая мера как смертная казнь, почему она затронула широкие слои невиновных? Подобного не вызвала даже более острая ситуация в годы раскулачивания, реакция органов тогда была несопоставимой с мирными 1937−1938 годами. Мы имеем дело с классическим психозом, вызванным отравлением.

— Но есть ли основания полагать, что Лысенко не был просто совершенно безграмотным прохиндеем? Может, он и в самом деле всего лишь по своей тупости не подозревал о том, что спорынья заражает пшеницу?

— Ох, нет, — покачал головой Алик. — Вот что еще мы можем прочитать в его «Агробиологии». Признавшись в том, что он знать не знал про возможность заражения пшеницы спорыньей, народный академик тут же дает колхозам чудесные указания, как бороться с этой напастью: «спорынью всю выбрать руками из урожая зерна» и «протравить термическим способом». Ни то, ни другое для борьбы со спорыньей не годится, об этом еще в царской России было прекрасно известно.

— А как раньше очищали зерно?

— Соляным раствором. Руками в России выбирали до девятнадцатого века, затем всем уже стало ясно, что это не работает, и применение соли всегда рекомендовалось Министерством Внутренних Дел и Ученым Комитетом Земледелия. Особенно жестко это касается именно семенного зерна. Сельскохозяйственная газета в 1911 году четко отвечала на вопрос крестьянина о соляном растворе, цитирую: «только соляным раствором можно совершенно отделить спорынью от зерна, а отделить спорынью всю руками от зерна невозможно. Непременно останутся мельчайшие крупинки, которые при посеве будут служить рассадником спорыньи на колосьях в следующий год». В Малой Советской энциклопедии того же 1937 года это было ясно прописано: «Борьба со спорыньей — очистка посевного зерна в 32%-ном растворе поваренной соли».

— То есть Лысенко либо абсолютно невежественный идиот, либо расчетливый сознательный вредитель?

— Есть факты, а как их интерпретировать — дело другое. И факты говорят о том, что заражение с помощью агроприема Лысенко пошло, а предложенные им меры борьбы ситуацию усугубили.

— Термическое протравливание тоже не помогает от спорыньи?

— Нет, термическое протравливание — обычно это замачивание семян в воде, нагретой до примерно $45°$, в течение нескольких часов — действует против головни, а спорынье оно по барабану. Позже Лысенко стал прямо запрещать использование любых препаратов, кроме «АБ», также и для сухого химического протравливания семенного фонда, предназначенного для яровизации. «Никаких других препаратов, кроме „АБ“, для сухого протравливания семян, которые берутся для яровизации, употреблять нельзя». Это дословная цитата из статьи Лысенко. А препарат Борггардта с медью, так называемый «АБ», применяется только против головни и вообще по сегодняшним меркам малоэффективен. Сам изобретатель препарата специализировался именно на головне. Может, Борггардт и смог бы подсказать, что против спорыньи его препарат бессилен, но, увы, он умер в том же 1937 году. Такие вот кукушки из пеночек.

— Стоп! Напомни-ка об этих кукушках и пеночках.

— Это же старая известная байка о том, как Лысенко утверждал, что кукушонок родится вовсе не от кукушки, а просто птенцы пеночки превращаются в кукушек от смены питания. Наверняка ты ее слышал, она еще более популярна, чем пресловутый анекдот про Ландау и девственниц.

— Я и про Ландау никакого анекдота не знаю, — пожал плечами я.

Алик молча развернул ко мне компьютер:

Однажды на выступление Лысенко попал Лев Ландау. Лысенко делал доклад о воспитании наследственности.

И вот, когда подошло время вопросов, Ландау, как прилежный ученик, поднял руку:

— Правильно ли я вас понял, товарищ Лысенко? Если у коровы отрезать ухо, у ее потомства отрезать ухо и так далее, то через сколько-то поколений родится одноухая корова?

— Да, совершенно верно товарищ Ландау! — обрадовался такой понятливости будущего Нобелевского лауреата Лысенко.

— Тогда у меня вопрос, — задумчиво произнес Ландау. — А как вы объясните рождение девственниц?

Гробовая тишина воцарилась в зале...

— Был еще один вариант этого анекдота про обрезание евреев, — добавил Алик. — Лысенко также на полном серьезе утверждал, что овес превращается в овсюг, а пшеница в рожь.

— В рамках твоих построений логичней предположить, что история про кукушку — это действительно именно байка, а в самой фразе был вполне определенный смысл. Только по методу испорченного телефона значение сказанного переврали, речь, возможно, шла совсем о другом. Было ли это опубликовано самим Лысенко?

— Нет, ничего подобного о кукушках он лично не публиковал. Но многие генетики писали, что он говорил о рождении кукушек из пеночек на выступлении в заповеднике Аскания-Нова и еще где-то, не вижу никаких причин не доверять этой информации.

— Тем более подозрительно — в тех местах не водится глухая кукушка, его бы не поняли. Генетики — не орнитологи, и странности не увидели.

— Пока что это я тебя не понимаю.

— Все просто — яйца в гнезда пеночек подкладывает не обыкновенная кукушка, а совсем другой ее вид — глухая кукушка. Я их часто на Дальнем Востоке встречал. Вот она паразитирует в основном на пеночках. Но обитает за Уралом. А на территориях европейской части России и Украины существует лишь один самый распространенный вид — обыкновенная кукушка, которая редко выбирает пеночек в качестве приемных родителей, подкидывая яйца другим воробьиным. Экологические расы кукушек достаточно хорошо изолированы одна от другой по виду-воспитателю. Трясогузка, например, для обыкновенной кукушки на этой роли встречается на порядок чаще.

— То есть в данном случае для Лысенко логичнее было сказать «кукушки рождаются от трясогузок»?

— Полагаю, что именно так. Если бы он выступал в Сибири или на Дальнем востоке, то «пеночка» воспринималась бы нормально. Но он сам украинец, и говорил это в Аскания-Нова, то есть в Украине. Поэтому я скорее предположу, что тот, кто случайно услышал некий разговора на эту тему, просто не понял, о чем речь. Лысенко же сказал что-нибудь вроде: «пшеница ведет себя как рожь, из пленочек рождаются кукушки».

— Все равно я ничего не понял, — мотнул головой Алик. — Ну, можно случайно расслышать «пеночек», а кукушки тут при чем?

— «Кукушки» — это в Украине старое распространенное название рожков спорыньи. Так их во всех справочниках по фармакологии называли лет сто назад — по аналогии, поскольку они чужеродны ржи. А рожки-кукушки появлялись после прорезания Лысенко пленочек цветков пшеницы под флагом «внутрисортового скрещивания». В смысле легкости заражения «кукушками» кастрированная пшеница и в самом деле «превращалась» в рожь. А в связи с лишением пшеницы «девственности» мне уже представляется, что и анекдот про Ландау с девственницами тоже изначально мог звучать как-то по-другому.

Алик недоверчиво посмотрел на меня и полез в компьютер.

— Никогда не знал такого, — пробормотал он пять минут спустя. — Кажется, ты уже разбираешься в спорынье лучше меня. Действительно, в словарях девятнадцатого века рожки спорыньи всегда «кукушками» называют. Похоже, что и распространенный русский обряд «похорон кукушки» с изготовлением куклы — ровно то же самое, что изготовление «куклы-спорыньи» в других местах, в Пскове, например. Интересно, в других языках тоже существует связь с кукушкой? Может, Кен Кизи, принимающий ЛСД в рамках программы ЦРУ, в своей знаменитой книге «Пролетая над гнездом кукушки» имел в виду «Полет над ржаным полем»? Там, получается, у «кукушек» гнездо.

— Тогда уж «Полет над пропастью во ржи». Не знаю о Кене Кизи, но, возвращаясь к Лысенко, надо заметить, что о кукушках и их способе размножения писали в России в детских книжках еще в середине девятнадцатого века, любой ребенок, учившийся даже в церковно-приходской школе, как Лысенко, с детства знал о подбрасывании яиц. Даже если бы народный академик был клиническим олигофреном, он вряд ли мог сказать то, что ему приписывают. Поэтому не исключаю, что Лысенко никогда про кукушек не говорил, а те, кто утверждал: «мой знакомый профессор N это слышал» или даже: «я сам это слышал», лишь следовали классическому шаблону развития «городской легенды». Но более вероятен другой вариант — Лысенко случайно проговорился о рожках-кукушках, а потом ему пришлось нести откровенный бред про «пеночек» и включать дурку, чтобы заболтать тему. Хорошая, кстати, защита — юродивых на Руси всегда привечали. Гонит пургу, а что, мол, с болезного возьмешь? Так байка про кукушку и расползлась, а генетики купились на нее, как малые дети.

— Кукушка, кукушка, сколько мне жить?   нараспев продекламировал Алик. — Съешь меня, отвечает кукушка, тогда и узнаешь.

— Видимо, жить недолго, если «кукушка» большая — иногда и одного грамма рожков хватало. Но вернемся к Большому террору. Были какие-то свидетельства, пусть даже косвенные, отравления спорыньей в 1937 году? Смертность, психозы, галлюцинации?

— Сам 1937 год — одно такое большое свидетельство. Да и много неадекватного можно найти. Например, аресты ворон — вполне характерный штрих.

Алик быстро набрал что-то в поисковике и опять развернул ко мне экран с публицистической статьей некоего Сергея Лебедева:

Шизофрения реальности. Сама реальность начинала «двоить», как плохое стекло, и уберечься не мог практически никто. Даже работники НКВД, знавшие свою долю правды о репрессиях. *«31 мая с. г. на Ладожском озере была убита ворона, на которой обнаружено кольцо за № Д-72291 с надписью «Германия», – передает 20 июля 1937 года Сталину начальник главного управления государственной безопасности НКВД М. Фриновский. – Одновременно с этим вблизи дер. Русыня... коршуном сбита ворона, на которой имелось кольцо за № Д-70389 с надписью «Германия». Надо полагать, что немцы с помощью ворон исследуют направление ветров с целью использования их в чисто диверсионных и бактериологических целях (поджог населенных пунктов, скирд хлеба и т. п.)».* Думается, немецкие орнитологи сильно бы удивились, прочитав эту шифровку, присланную Фриновскому начальником 3-го отдела ГУГБ НКВД Минаевым. Вороны-диверсанты, которыми занимается госбезопасность, – это точный показатель, что в стране произошло тотальное смещение представлений о психической норме, произошло, так сказать, «замещение реальности». Понятно, что аресты были и в тридцать четвертом, и в тридцать пятом годах. Но в 1937 году обстоятельства арестов, поводы для арестов были таковы, что зачастую другие люди уже не могли найти им объяснение. Хотя бы какое-то, хоть сколь-нибудь правдоподобное.

— Историю с воронами-диверсантами я слышал, эта июльская записка приводилась в сборниках документов. Выглядит, конечно, забавно — начальник контрразведки Минаев внимательно следит за воронами и считает необходимым доложить о столь существенном инциденте по инстанции. А его начальнику Фриновскому известие представляется настолько важным, что он немедленно ставит в известность товарища Сталина. Паранойя как она есть. Кстати, потом приславшего записку о воронах комиссара госбезопасности

Минаева тоже расстреляют за фальсификацию уголовных дел и массовые репрессии. А затем расстреляют и самого Фриновского. Но ведь это отдельный эпизод, сам по себе ничего не доказывающий. Может, они просто психами были изначально. К тому же в моменты просветления Фриновский, наоборот, не поддерживал психозы по изъятию пионерских галстуков и зажимов, в которых чекистам чудились фашистские символы, и школьных тетрадей с картинами Васнецова, где кто-то высмотрел контрреволюционный лозунг в орнаменте.

— Вероятно, именно в те дни Фриновский хлеба не ел. Но ведь не в нем лично дело, таких эпизодов зафиксировано в документах НКВД множество. Пока одни следователи разбирались с вредительскими репродукциями Васнецова, другие тем временем изымали юбилейные пушкинские тетрадки, где зоркие доносчики разглядели красноармейские шлемы под дубом, который у Лукоморья. А на безымянном пальце Пушкина и вовсе нашли свастику. Обо всех таких эпизодах следователи докладывали по инстанции. Формирование иллюзорных образов — это хорошо известные в психиатрии парейдолические иллюзии, которые часто возникают в инициальных стадиях острых психозов. Обычное дело для религиозных видений, когда на куске сыра видят Христа, на мокрой стене — Деву Марию, а на старых картинах — скрытые изображения дьявола. Выгодный сейчас, кстати, бизнес — эти бутерброды с Христом неплохо уходят на аукционах eBay.

— Они просто пока не догадались выставить лоты тетрадок с лукоморским контрреволюционным дубом. Займусь их продажей на пенсии. Интересно бы увидеть, как в народе все это развивалось. Галлюцинации у крестьян отмечались, например?

— Конечно, это тоже зафиксировано в документах НКВД. К примеру, видения кровавого хлеба — визитная карточка спорыньи. Дело в том, что она нередко придает выпеченному хлебу кроваво-красный цвет. Это замечалось еще во времена крестовых походов, когда шли массовые эпидемии. Хронисты тогда не знали, с чем это связано, просто отмечали «кровавый хлеб» во время мора. Такой же красный хлеб упоминается во время процессов сейлемских ведьм. И легенды о кровавом хлебе появились в Поволжье как раз летом 1937 года во время уборочной страды. В материалах НКВД зафиксировано пять видов таких легенд. Крестьянам чудились то огненные столбы, то чаны с кровью, то старик, который толкует виденное, то женщина в белом в лужах крови. В документах НКВД эти рассказы крестьян получили оперативное название «Легенда о мешке с хлебом, луже крови и таинственном старике».

— Погоди, а раньше такого не наблюдалось?

— В том-то и дело, что было два всплеска таких слухов. Впервые эта легенда появилась за 11 лет до того, во время большой эпидемии эрготизма. Записал ее известный фольклорист Николай Ончуков на Урале в конце августа 1926 года. Современные историки и филологи удивленно сравнивают эти две волны страхов, но объяснить их схожесть совершенно не могут. Между тем ларчик открывается просто: так уж получилось, что Ончуков, сам того не зная, случайно оказался прямо в эпицентре начинающейся эпидемии, которая разразится на Урале с сентября, а в августе, как сообщал исследующий эту эпидемию врач Максудов, уже отмечались первые случаи заболевания. Ну, а где спорынья — там и видения. Крестьяне рассказывали Ончукову о найденной в лесу груде несмолоченной ржи, в середине которой оказался гроб, а внутри гроба — кровь. Также в этих быличках фигурировала женщина в белом в луже крови, страшные предсказания и таинственные «дивьи люди», что-то вроде фантастических карликов из подземного мира. НКВД и тогда заинтересовался подобными слухами, но Ончуков успел в 1928 году эту быличку напечатать, хотя сам он, бывший фельдшер, ее истоков тоже не понял. А умрет Ончуков в заключении только после второй эпидемии.

— Как ты сам заметил, от страды 1926 года до страды 1937-го прошло ровно 11 лет. Ты, кажется, хотел мне что-то рассказать о солнечных циклах в этой связи?

— Одиннадцать лет — это давно известный цикл солнечной активности. Здесь стоило бы ознакомиться с наработками Чижевского, который пытался связать распространение психических эпидемий с солнечными циклами. Ему это не слишком удалось, поскольку он не смог предложить никакого механизма возникновения психозов, кроме мистических «Z-лучей». Характерно, что он в своей книге даже упоминал зависимость развития спорыньи от солнечных циклов, но ничего не понял. А о кровавых видениях 20-го века он вообще ничего не писал. Может быть, не знал, может, просто не хотел писать — это же было опасно тогда. К тому же максимумы солнечного цикла сильно плавают, ориентироваться непосредственно на них вообще не стоит без учета связей и взаимодействия солнечных, климатических и трофических циклов.

— Кстати, ты знаешь, тут ведь не абстрактный кровавый цвет хлеба сам по себе характерен. Спорынья — значит, самопроизвольные аборты. Так что мифическая женщина в луже крови — это не только галлюцинация, но и мифологизированное отражение реальности, проекция постоянных выкидышей. В Европе 16-го и 17-го веков было много подобных легенд о гробах с кровью.

— Да, пожалуй, — пробормотал себе под нос Алик. — Вероятно, запрет на аборты в 1936 году тоже мог быть не случаен. Начальный процесс уже пошел.

— У меня все же большие сомнения в том, что даже сотен тонн отравленного зерна хватило бы для столь значительного сдвига ситуации. Может, был применен еще какой-то способ заражения урожая, помимо внутрисортового скрещивания?

— Да, зерна маловато. К тому же даже этот упоминаемый урожай мог быть не весь еще заражен. Но, полагаю, зараженного зерна оказалось достаточно для индуцирования безумия. Для распространения психических эпидемий нужна критическая масса, а дальше все пойдет само, будет работать так называемая психическая индукция. Впрочем, я пытался найти и другие способы распространения паразита, хотя они выглядят довольно экзотически. Например, меня насторожил завоз с Кавказа в 1936 году пчел с длинным хоботком...

Завершить мысль о пчелах Алик не успел. Он вдруг замолчал и уставился в окно кафе.

— Это хорошо, что ты проголодался вовремя, — наконец произнес он. — Я узнаю одного из тех парней, он сидел в углу ресторана на барже в Милане и ушел вскоре после твоего прихода.

Я посмотрел на дорогу. Из подъехавшей машины вышли четверо крепко сбитых парней в черных костюмах и направились к отелю. Как-то чересчур штампованно это смотрелось, по-голливудски. Не покажись Алику, что он кого-то узнал, я бы на них даже особого внимания не обратил.

— Ты точно не обознался? — недоверчиво спросил я.

— Абсолютно. У меня хорошая память на лица.

— Хорошо, что захватил свой нетбук. Паспорт с собой? Что осталось в номере?

— Паспорт с собой, но, кажется, его еще раз придется переделывать. В номере совершенно ничего нет, кроме старой одежды. А лист Лысенко у тебя.

Тем временем вся команда зашла в двери нашего отеля напротив.

— Выходим, идем налево, — тихо шепнул я Алику, бросая деньги за завтрак на стол.

Мы вышли из кафе и быстро свернули за угол на соседнюю улицу. Удачно, что я оставил свою машину именно там, а не на стоянке за отелем.

— Твои итальянские друзья нас сдали? — спросил Алик, когда мы уже отъехали пару кварталов.

— Они не очень разговорчивые люди, — ответил я. — Пока у меня нет ни малейших мыслей по этому поводу.

— Я с собой не брал ничего, как мы и договаривались, телефон выкинул, — Алик с подозрением оглядел свою одежду.

— Подумал о передатчике в ботинке? Успокойся, мы все-таки не в голливудском боевике, тут что-то другое. К тому же, я вижу, одежду ты уже всю сменил, так что это нам по-любому не грозит.

Я вынул телефон, набрал нужный номер и пожаловался на плохую погоду.

— Вечно у тебя какие-то проблемы, идиот, — проворчала трубка.

— Я тоже буду рад тебя видеть, Рене, — искренне ответил я.

Мы доехали до нужного места на окраине Парижа довольно быстро. Гориллоподобную фигуру Рене я заметил издали, он сильно постарел за те последние лет пять, что я его не видел, огромный шрам стал еще более заметен.

— Ты стал еще более похож на сына Франкенштей-
на, — любезно приветствовал я его, выйдя из машины.

— А ты не изменился, все ищешь приключений
на свою задницу. Тебя всегда привлекала только игра,
а не работа. Проблемы серьезные?

— Конкретные проблемы — не уверен. Возможно,
мой компаньон все-таки обознался. Они не могли так
быстро взять след. В целом — уровень пока не могу
определить. То ли небольшая религиозная секта, то ли
малобюджетные спецслужбы.

— Главное, чтобы не спецслужбы большой религиозной секты, — отозвался Рене, заводя нас в шикарные
апартаменты. Несколько спален, огромная гостиная,
бассейн с морской водой. Мы оставили Алика в гостиной и вышли в холл.

— Твою машину мы сейчас отгоним на свалку.
Об этой квартире никто не знает. Оставайтесь, сколько
нужно. Сам я уже отошел от дел, но долги не забываю.
Мой человек будет на чердаке напротив. Если он увидит что-нибудь подозрительное, даст знать. Запасной
выход из квартиры в гостиной у камина. Дернешь
за кольцо. Лестница ведет на соседнюю улицу. Новая
машина будет припаркована там. Тайник открывается,
если сильно нажать кнопку проигрывателя. Там чи-
стый Файв-севен с полной обоймой. Знаю, что у тебя
табу на оружие после того случая, но мне так спо-
койней. Вот ключи, документы, паспорта и телефон
с новой картой и перепрошитым IMEI. Я попробую
узнать что-нибудь по твоему вопросу.

Рене хлопнул меня по плечу и, не прощаясь, вышел.
Он всегда был немногословен.

Глава 7

Пчелы и свет

Я вернулся в гостиную. Алик сидел в кресле и рассматривал альбом с репродукциями Босха.

— Не хотелось бы отвлекать тебя от высокого искусства, но, кажется, ты не успел закончить свою мысль о пчелах. Почему они тебя заинтересовали?

— У тебя любопытные друзья, — пробормотал Алик, продолжая рассматривать альбом.

— Некоторые не забывают тех, кто спас им когда-то жизнь, а некоторые — забывают. Вот и вся разница между людьми. Это давняя история, тебе она не интересна. Расскажи лучше о пчелах.

— Я пытался найти еще какой-нибудь канал распространения спорыньи перед 1937 годом, — ответил Алик, оторвавшись наконец от альбома. — Лысенко с 800-тысячной армией колхозников с пинцетами — это красиво, но, как ты сам и заметил, все же могло быть недостаточным для столь широкого распространения паразита. Может, был еще какой-то способ? И вот я обнаружил, что в 1936 году в среднюю полосу начали массово завозить пчел. Только в Калининскую область, ныне Тверскую, было завезено более 15 тысяч семей.

В Северный край — 10 тысяч, вдвое от уже имеющегося количества. Всего в 1936 году количество завезенных пакетов с пчелами достигло почти 60 тысяч. С того же 1936 года стали промышленно делать ульи.

— А как пчелы могут помочь заражению спорыньей? И откуда их везли?

— Везли с юга. Заранее провальная операция, кстати. Эта схема уже была опробована в небольших количествах еще до революции и была признана нецелесообразной. Был такой знаменитый агроном Иван Николаевич Клинген. Он и вывозил с Кавказа пчел с длинным хоботком. Но результата не добился.

— А до революции-то зачем везли?

— Из-за красного клевера. В России его разводят с конца 18-го века. Урожайность клеверного поля очень хорошая, несравнима с продукцией даже отличных природных лугов. За пару укосов можно и сотню центнеров клеверного сена с гектара получить. Так что он является важнейшей культурой травопольных севооборотов, занимает в смеси с тимофеевкой примерно треть полей. Но есть с ним и пара проблем. Первая — опыление. Поэтому клевер просто приводил в отчаяние луговодов в разных странах во все времена.

— То есть отрицательный опыт уже был?

— Да, был, и не один раз. Например, когда англичане обживали Австралию, они привезли с собою клевер. Но не тут-то было. Рос он неплохо, а семян почему-то не давал. Выяснилось, что недостает шмелей, которые ведут опыление клевера. Пришлось шмелей завозить из матушки Европы. Интересная проблема и с пчелами. Они бы тоже рады медоносный клевер опылять, да только хоботки у них короткие. Русская пчела, например, не могла опылить красные цветки клевера, потому что длинная узкая трубка венчика, где копился нектар, оказалась для нее слишком длинной. Так что медоносные пчелы также активно посещают цветущий клевер, собирают с него нектар и пыльцу, но опыляют лишь мелкие цветки, которые развиваются, в частности, в засушливые периоды. А вот горные популяции пчел, кавказские в том числе, обладают длинными хоботками и осуществляют опыление клевера более успешно.

— И почему тема провалилась?

— Не прижились пчелы у пчеловодов, вороватыми оказались, болели в российском климате, потом быстро смешивались со среднерусскими, и тогда уж и никто не мог разобрать, где какая пчела.

— Хорошо, а спорынья-то здесь причем?

— Медвяная роса. Одна из стадий развития спорыньи.

— Это не та, о которой до революции в России было море пословиц?

— Она самая. Если заболевала скотина, говорили: «Верно напала на медвяную росу». Только тогда не знали, что это спорынья. Думали, что тли растения прокалывают. Называлась она еще Ивановой росой или худой росой. Замечал народ, что медовая роса «сладко стелется да больно выедает». Детям во многих губерниях запрещалось бегать по росе из-за нее. Дети, конечно, заболевали не из-за того, что бегали, а потому что любили ее есть. Сладкая она. Выпадала, считалось, такая роса на Иванов день.

— И с этих сладких выделений на ржи пчелы могли собрать взяток чистого спорыньевого меда?

— Именно так.

— Но с какой стати они предпочтут медовую росу клеверу? Тоже на алкалоиды подсаживаются, что ли?

— Нет, не в этом дело. Я не зря упомянул, что пчелы на красном клевере опыляют относительно мелкие цветки, которых больше в засушливые годы. Большие цветы — не могут, хоботок не достает.

— Понятно, в дождливые годы цветы вырастают большими, пчелам нектара не достать, они летят на ближайшее ржаное поле, где из-за того же дождливого лета развилась спорынья. Так?

— С дополнением. Не просто цветы большие, клевер здесь еще проблем пчелам подкинул. Понимая необходимость, агрономы стали пытаться выводить сорта клевера с короткой трубкой, чтобы пчелы могли нектар достать, и вот что обнаружили. Если год выдался дождливый, то цветочная трубка вытягивается, становится длинней. Чем пышней растет клеверный куст, тем длинней становится трубка. Так что в дождливый год у пчелы с нектаром проблемы серьезные. Зато спорынье в такие годы — раздолье. Ну, а звание самого «мокрого» месяца весны до сих пор носит март 1937 года, по крайней мере, в некоторых областях. Очень влажный год был.

— Тогда еще вопрос: пчелы могут способствовать только распространению спорыньи, или мед тоже становится отравленным?

— Никто этого не проверял. В Закавказье и на Черноморском побережье, например, нередки случаи заболевания людей после употребления меда, собранного с произрастающего там рододендрона. Во всяком случае, раньше думали, что из-за рододендрона. Так называемый «пьяный мед» вызывал головную боль, рвоту, потемнение в глазах, иногда и обморочное состояние, то есть были признаки, характерные для сильного опьянения. А спорыньевый мед никто даже не изучал. По крайней мере, мне это неизвестно. Нет никаких открытых данных. Известно только, что самим пчелам такой мед вреден.

— Кстати, стоило бы рассмотреть возможность того, что русские пчелы уже пострадали от спорыньи, а кавказские были привезены им как раз на замену. Нет ли данных о массовой гибели пчел в эти годы? Не осуждали ли, например, в то время кого-нибудь по обвинению в саботаже в виде отравления пчел?

— Я пока не встречал таких данных. Но должен добавить, что первый директор Института пчеловодства Борис Михайлович Музалевский рассказывал о своем долгом разговоре с Лысенко летом 1936-го года. Он утверждал, что Лысенко очень заинтересовался биологией пчелы.

— Ты знаешь, это все забавно, но в любом случае я не думаю, что шесть десятков тысяч пчел могли сильно повлиять на заражаемость. Не глобально это, я бы списал на случайность. Приз тебе за оригинальность схемы, но этого тоже мало, может сработать только как второстепенный добавочный фактор. Какой то еще способ должен был быть.

— Больше мне ничего в голову не приходит, — развел руками Алик. — Разве что свет...

— Свет?

— Лысенко экспериментировал со светом. Точнее, с отсутствием света. Для отвода глаз вешались фонари на полях, но на самом деле производилась «прививка темнотой». Лысенко утверждал, что западный фотопериодизм трактует стадии развития неверно, и что для процессов развития растению необходима темнота, ибо без нее невозможен переход к плодоношению. Он стал помещать слабопроросшие семена в темноту, чтобы они, по его словам, питались запасным веществом, находящимся в семени, а не за счет фотосинтеза. А потом, наоборот, освещал их электрическими лампами на полях.

— Есть где взглянуть на какую-нибудь старую статью по этому поводу?

Алик нехотя открыл компьютер.

— Вот, например, издаваемый Максимом Горьким журнал «Наши достижения» в 1934 году пишет о «прививках темноты»:

Рост и развитие — не тождественны, установил Лысенко. Для роста нужен свет, для процессов же развития растению необходима темнота, без нее невозможен переход к плодоношению... Лысенко не считается ни с длинным, ни с коротким днем. Растения короткого дня могут расти и плодоносить там, где нескончаемо длятся дни. Темнота им «привита» до посева.

— Неплохо. Правда, я опять же сомневаюсь, что в реальности отсутствие света могло сильно влиять на распространение спорыньи. Это все же не плесень. То, что Лысенко верил в такой способ, само по себе не доказательство. А вот вероятность заражения фузариозом, вызывающим синдром так называемого «пьяного хлеба», это, надо думать, действительно увеличивало.

— Здесь есть более существенный момент, ты его не заметил. Данный факт намекает на то, что Лысенко был знаком с книгой Перуца и пытался использовать ее как инструкцию по заражению посевов.

— Опять Перуц? Что там у него про свет?

— Перуц фактически писал про те же «прививки темнотой» для провоцирования заражения, — Алик быстро нашел нужную цитату и повернул ко мне нетбук.

Прежде всего мы с моей ассистенткой попробовали привить паразита здоровому растению, и тут оказалось, что молодой пшеничный колос и впрямь можно заразить спорами этого паразита, вызвав интересовавшую нас болезнь искусственным путем. Но один лишь лабораторный успех не открывал никаких перспектив. Любая прививка является насильственным актом, не встречающимся в природе, а ведь наше растение сделалось восприимчивым к воздействию грибка только благодаря этому насильственному акту. Очень скоро мы прекратили наши опыты и принялись за поиски средства, которое способно было бы понизить или совсем сломить сопротивляемость хлебных злаков. В прошлом году мне наконец удалось вызвать интересовавшую нас болезнь на очень маленьком участке посевов, не прибегая для этой цели к прививке. Почва этого участка была сырая, открытая воздействию северных ветров и к тому же плохо удобренная. Однако самую важную роль сыграло то обстоятельство, что я уменьшил доступ света. Впервые после столетнего перерыва на пшеничном поле снова появился «Снег Святого Петра»!

— И обрати внимание на прикрытие в виде знаменитых ламп на полях Лысенко, — заметил Алик. — Если кто-то скажет, что Лысенко экспериментировал со светом, то всем в голову придут только эти лампы, фотографии освещенных их призрачным светом ночных полей, а про предварительную выдержку семян во влажности и в темноте никто не вспомнит. Во время яровизации намоченные семена прикрывали от света рядном или мешками. Хотя, соглашусь, это тоже лишь очередной штрих к вопросу. В основном проращивание в темноте касалось скорее проса, а не пшеницы.

— Значит, были еще какие-то технологии заражения непосредственно для ржи и пшеницы. Вот, например, в большинстве дореволюционных работ утверждалось, что крестьяне заболевают эрготизмом при сборе недозрелой ржи. Считалось, что именно такая свежая спорынья наиболее опасна. Не уверен, что это так на самом деле — на мой взгляд, настолько быстро ядовитость рожков не уменьшается. Однако мнение об отравлении зеленой рожью было широко распространенным, и академик, руководствуясь им, мог бы действовать соответствующим образом. Лысенко, случаем, не предлагал убирать зеленую рожь раньше срока?

— Нет, такого не встречал, — ответил Алик, быстро набирая запросы на компьютере. — Ага, ты прав, уже через два месяца после начала войны в газете от 24 августа 1941 года Лысенко предлагал «немедленно развернуть скашивание хлебов, у которых содержимое зерна уже находится в тестообразном состоянии». Он мотивировал это спасением урожая от якобы неминуемых заморозков и утверждал, что «на тех площадях, где зерно еще слишком зеленое, можно получить хотя и пониженный, но хозяйственно вполне пригодный урожай».

— Так, а посадки по стерне, которые Лысенко проводил в Сибири, как сказываются на распространении спорыньи?

— Хорошо сказываются. Собственно, одна из основных целей глубокой зяблевой вспашки — это как раз закопать склероции спорыньи на глубину в несколько сантиметров, откуда они не смогут прорасти и заразить посевы. Посадки по стерне заражаемость спорыньей увеличивают значительно, это было прекрасно известно еще до революции.

— А в СССР об этом писали?

— Конечно. Ну вот смотри, к примеру, журнал «Природа» от 1954 года, — Алик снова повернул ко мне нетбук. — «Земледелец борется со спорыньей путем очистки зерна от склероций спорыньи, более глубокой пахотой, мешающей прорастанию склероций, и другими агротехническими приемами». Соответственно, во время войны Лысенко предложил сеять по стерне, без вспашки, что якобы улучшит плодородие почвы и в 3–4 раза удешевит зерно ржи. Начал он со стерневыми посадками экспериментировать в 1942 году. Воюющая страна ухватилась за брошенную им соломинку. «Предлагаемый нами способ стерневых посевов, — писал позже Лысенко, — не является, как многие считают, старым приемом, уже изжитым практикой и наукой. Этот способ не мог устареть, так как он еще только лишь зарождается. По нашему глубокому убеждению, этот способ найдет в ближайшем будущем в степных районах Сибири широкое применение».

— Подумалось... А сама зяблевая вспашка не возникла ли исторически как спонтанный ответ на огонь святого Антония? Может, люди стали просто замечать: вспашешь — и Священный огонь обходит деревню стороной.

— Интересная мысль, кстати. Люди действительно уже забыли, зачем пашут. В Америке в 1943 году даже вышла книга фермера Эдварда Фолкнера «Безумие пахаря». Фолкнер пытался понять, зачем вообще нужно пахать, но так и не понял. «Но ведь должны существовать ясные научные обоснования этой практики. Однако если они и есть, я не сумел найти их более чем за двадцать пять лет поисков», — утверждал фермер. Его книги стали в США бестселлерами в 50-х годах и вызвали огромный резонанс. Фолкнер утверждал, что плуг — бессмысленная традиция и приводил в подтверждение слова своих единомышленников.

Алик быстро нашел книгу Фолкнера на компьютере и зачитал абзац:

Редактор одного из ведущих изданий пишет мне 5 августа 1937 года: «Я проехал три тысячи километров. И всем задавал вопрос: почему вы пашете?

Меня поражали неясные ответы. Очевидно, фермеры и почвоведы и в самом деле не знают».

— То есть в Америке был свой Лысенко? Или для оправдания Лысенко книга и выпущена? Как-то одновременно это у них получилось.

— Да, Лысенко стал проводить посадки по стерне с того же 1943 года, когда была выпущена книга Фолкнера. Влага без вспашки лучше сохраняется, ресурсы экономятся, при другом климате способ даже возможен, хотя требует особо высокой культуры земледелия, только вот в России так сеять вообще нельзя из-за спорыньи. Последовавшие отравления сибирских колхозников были вызваны именно практикой посадок по стерне «по Лысенко». Кстати, и тогда НКВД подозревал диверсии. После войны, например, при отравлении спорыньей колхозников в Кемеровской области в 1946 году МГБ тоже искало диверсантов. Но искали не там, поднять голову и посмотреть повыше они не могли. Тем не менее и это лишь запасная попытка Лысенко, проводимая уже позже, во время и после войны. Непосредственно к 1937 году она отношения не имеет.

— Что ж, тогда получается, что Лысенко неграмотным лопухом явно не был, а действовал четко, расчетливо и упорно, постоянно добиваясь заражения урожая спорыньей любыми доступными ему способами. Не зря, выходит, журналист Федорович еще в 1927 году писал, что от Лысенко остается ощущение зубной боли и «только и помнится угрюмый глаз его, ползающий по земле с таким видом, будто, по крайней мере, собрался он кого-нибудь укокать». На кого, интересно, академик работал? На немцев? Или просто был маньяком, обиженным на весь свет и страстно мечтающим всех отравить?

— Маститый журналист Вит Федорович, прославивший Лысенко на страницах центральной газеты и вытащивший будущего академика на свет из безвестности, был тертым калачом, просто так он ничего бы не написал. Настоящая его фамилия была Добровольский, в прошлом — сценарист фильма «Хлеб», в будущем — сотрудник Совинформбюро. Не исключаю, что он закладывал в свою статью возможной слив. Если бы что-то пошло не так, то Лысенко бы сдали — именно как маньяка-одиночку — и свалили на него все проблемы. В той же статье в «Правде» Федорович не случайно подчеркнул, что Лысенко «на пшеницу смотрел неприязненно» и добавил довольно странную для хвалебной статьи фразу: «Да и говорят тоже немецкие ученые, что хлеб не особенно чтобы того... полезен». Причем расположил эту фразу так, что стало не совсем понятно — слова ли это Лысенко или же авторский текст. Так что я пока скорее склоняюсь к работе некоторой группы на немцев.

— А что было в упомянутом старом фильме «Хлеб»? Бескрайние поля со спорыньей?

— Фильм 1918 года, он не сохранился. Что именно там показывалось, мы теперь точно не узнаем, любые описания сомнительны и непроверяемы. Хлебом и золотом Россия выплачивала тогда контрибуцию Германии.

— Я уже готов и твоих пчел более серьезно рассматривать, и «прививки темнотой». Припоминаю, что упомянутый журнал Горького «Наши достижения» в 1937 году прикрыли.

— Так и самого Горького предварительно «прикрыли», вытащили из его головы мозг и отправив в Московский Институт мозга для изучения. Генрих Ягода на процессе утверждал, что Максим Горький был убит по приказу Троцкого.

— Можно ли верить хоть каким-то показаниям того времени? Там кругом одни шпионы и изменники. Кто из них был реален?

— Кстати, о реальных изменниках. Что тебе известно о родственниках Лысенко, работавших во время войны на немцев?

Глава 8

Брат

Я удивленно взглянул на Алика, подумав, что ослышался, и переспросил:

— О родственниках Лысенко, работавших во время войны на немцев?

— Да, — кивнул головой Алик, — в биографии нашего уважаемого академика были и такие.

— Ты мог бы этот момент припомнить пораньше, он, полагаю, поважнее пчел с длинными хоботками. Мне ничего о таких фактах неизвестно. Хотя... Вообще-то, я одну странную историю прочитал как раз на прошлой неделе в февральском номере «Бульвара Гордона». Там было интервью с известным писателем Павлом Загребельным. Он утверждал, что после войны служил офицером «по сбору советских граждан» — они старались потихоньку, чтобы не узнали американцы и англичане, задерживать людей с нансеновской картой, которая давала право сесть на пароход, отплывающий в Аргентину. Задержанных переправляли в Советскую миссию в Западной Германии, а оттуда — в советскую зону оккупации. В публикации упоминалась жена академика Лысенко, на которую велась охота.

— Черт, первый раз об этом слышу, а еще тебя хотел удивить. Подробности помнишь?

— Нет, я просто мельком просмотрел. Это же желтая газетка, я не воспринял ее серьезно.

— А чем вызвана твоя страсть к желтой прессе, выписываешь, небось?

— В аэропорту газета валялась.

— Как ты думаешь, может эта статья быть в интернете?

— Почему бы и нет? Поищи.

— Номер-то хоть какой?

— Не помню.

Алик бросился к компьютеру, но с ходу ничего не обнаружил.

— Про Павла Архиповича Загребельного информации много, — разочарованно проворчал он, — но именно этого интервью с ним не вижу. Вероятно, еще не выложили. Самой газеты у тебя не осталось?

— Вряд ли, — покачал головой я, но вдруг вспомнил, что, кажется, заворачивал купленную в такс-фри бутылку джина как раз в эту газету.

Я вывернул сумку и действительно обнаружил мятую газету на дне.

— Как видишь, не только твой любимый интернет может хранить информацию, — сказал я, протягивая Алику символически уже немного пожелтевший газетный лист.

— Ага, шестой номер от 10 февраля 2009 года, — Алик удовлетворенно откинулся на спинку кресла и спустя пару секунд зачитал искомые абзацы вслух:

Часто сами немцы нам помогали. Однажды приходит какая-то фрау: мол, помогите вернуть мужа — он связался с русской и бросил нас с детьми. Этого блудного мужа я, между прочим, ловил месяца два. А кто его охмурил? Стыдно сказать — жена академика Лысенко. Она была намного моложе своего борца с вейсманизмом-морганизмом, красивая такая женщина. Война застала ее на опытной станции в Одесской области. Попав в окружение, эта дама добровольно уехала в Германию, а в 45-м познакомилась с богатым тамошним инженером, которого нам и предстояло разыскать. Ну, не хотелось ей возвращаться к своему академику!

Взять ее было не так просто. Однажды, когда я гнался за ней по перелеску, оставалось преодолеть буквально метров 10, чтобы схватить беглянку, а тут на пути ручей. Ну, думаю, до водной преграды добежит и остановится, она же слабый пол. А дамочка как махнула через ручей вброд! Мне не хотелось в туфлях по воде шлепать, а пока подоспели солдаты и начали стрелять вверх, стемнело — ее и след простыл.

— Прелестная клюква, — пробормотал Алик. — «Однажды я гнался за ней». Прямо Том и Джерри какие-то. На мой взгляд, очень похоже на намеренное желание залить информацию желтухой. Номер, как я уже отметил, от 10 февраля. Это тебе что-нибудь говорит?

— Нет, а на какие мысли это должно меня навести?

— Например, на то, что писатель Загребельный умер как раз неделей раньше, 3 февраля, и, следовательно, ничего опровергнуть в своем интервью уже не смог бы, даже если там, например, было приписано что-нибудь лишнее.

— Все-таки ты неисправимый конспиролог. В самом начале было написано, что интервью старое.

— Я не знаю, как там обстояло дело с женой Лысенко, но я видел ее могилу на Кунцевском кладбище в Москве. Видимо, ее клонировали, чтобы не подставлять академика, так что ли? Но вот то, что родной брат

Лысенко сбежал из Германии, опасаясь именно того, что его похитят те самые «офицеры по сбору советских граждан» — это совсем другое дело, если исходить из того, что даже в желтой прессе обычно не бывает «дыма без огня».

— Стоп! Нельзя ли с этого момента поподробней? Никогда не слышал о брате Лысенко. Тогда, кстати, возможен более правдоподобный вариант о странных погонях — речь шла не о жене академика Лысенко, а о жене брата Лысенко. Загребельный же просто все перепутал по старости лет. Или журналист не понял, о каком именно Лысенко шла речь. Или, возможно, Загребельному изначально такую рабочую легенду залили, а таинственный богатый инженер, которого якобы надо было разыскать — это и был брат Лысенко.

— Вот это похоже на правду. Более вероятный сюжет, можно пока принять за рабочий вариант. Что же до брата — так о нем еще генетик Валерий Сойфер писал. Взгляни в сети, книга должна быть, — с невинным видом отомстил мне Алик. — А я, пожалуй, схожу на кухню, съем гамбургер. Потом дополню то, что ты найдешь.

Алик растворился за дверью, а я, чертыхнувшись, сел за компьютер. Впрочем, книгу «Власть и наука» я нашел сразу. Сойфер писал следующее:

Этот братец и подложил Трофиму свинью. Когда фашистские войска подошли к Харькову, он не стал эвакуироваться, скрылся и вынырнул только после того, как фашисты захватили город, открыто перейдя на службу к ним. Брата великого Лысенко — любимца Сталина и президента ВАСХНИЛ — оккупанты приняли с почестями. Он был назначен бургомистром Харькова. Город несколько раз переходил из рук в руки, и каждый раз фашисты увозили с собой младшего

Лысенко, а затем, возвращаясь, водворяли бургомистра на прежнее место. После войны он так и исчез из России, оказался в США.

На этом я, правда, застопорился. Никаких данных о бургомистре Харькова найти не удавалось. Хотя последним обер-бургомистром Харькова был некий коллаборационист Козакевич, эмигрировавший с немцами. Он тоже был химик, и звали его также Павел.

Алик пришел минут через десять, хитро улыбаясь.

— Нашел? Что думаешь?

— Ничего пока не думаю. Предпочел бы услышать твое мнение. Что из этого правда? — хмуро спросил я, ткнув пальцем в экран.

— Трудно сказать. Насчет бургомистра — официально таких сведений нет. Впрочем, память об этом эпизоде могли и стереть из архивов, заменив на фамилию другого химика. А вот то, что младший брат академика Павел Лысенко оказался в Америке — истинная правда.

— Мне кажется, что в России об этом ничего неизвестно. Я не нашел ни малейших намеков, кроме той цитаты Сойфера.

— Больше почти ничего и нет. В СССР это скрывали очень тщательно. Был тут один показательный момент. В начале перестройки эти сведения начали всплывать. Журнал «Коммунист», например, упоминал о брате Лысенко. В 1991 году о переходе брата Лысенко на сторону фашистов сообщил апрельский выпуск журнала «Известия ЦК КПСС». Публикация вызвала праведный гнев сына академика Лысенко, Юрия Трофимовича. Он послал раздраженное письмо члену редакционного совета, заместителю Генерального секретаря ЦК КПСС В. А. Ивашко. «Вы являетесь одним из высших руководителей правящей партии, от правильного (или неправильного) представления которой о тех или иных событиях и явлениях зависит жизнь страны», — укорял редактора сын академика, обвиняя журнал в лживой публикации, основывающейся лишь на непроверенных слухах. Он утверждал, что по наиболее достоверным сведениям его дядя Павел Денисович вместе с женой и группой других советских людей был сожжен в облитом керосином вагоне. Попытки редакции журнала запросить Государственный архив Харьковской области ясности не внесли. Редакция извинилась и признала, что данные взяты из публикаций Сойфера, а Сойфер записал их с чьих-то слов. Таким образом, Юрий Лысенко практически победил, утвердилось мнение, что сведения недостоверны, а Сойфер просто бессовестный сплетник. К августу журнал «Известия ЦК КПСС» и вовсе закрыли.

— Закрыли во время так называемого августовского путча 1991 года, как я понимаю? Опять август?

— Об этом августе я точно еще не думал, — хмыкнул Алик. — Давай лучше о более достоверных вещах поговорим. Лгал ли Юрий Лысенко о своем дяде, «сгоревшем в вагоне», или искренне в это верил, не суть важно. Интернета тогда не было, проверить было невозможно. При этом он также утверждал, что читал официальный ответ на запрос о судьбе своего дяди: «Органы государственной безопасности сведениями о судьбе Павла Денисовича Лысенко не располагают». Органы госбезопасности тоже лгали. Теперь же времена изменились, и нам не составляет труда узнать все подробности бегства брата академика на запад.

— Можно услышать об этих подробностях?

— Запросто. Только лучше начать эту историю издалека. Летом 1929 года в Москве работали два видных марксиста. Эксперт по марксистской философии Сидней Хук и пламенный коммунист-интернационалист

Бертрам Вольф, он же Берт Волфи, будущий маститый историк марксизма, автор известной книги «Трое, совершившие революцию». Бертрам Вольф возглавлял фракцию в американской компартии, которая, собственно, и была создана после написания им в 1919 году так называемого «Манифеста левого крыла». Написал он этот «Манифест» совместно с авантюристом Джоном Ридом, автором «Десяти дней, которые потрясли мир». Рид годом позже умер в Москве якобы от тифа. В 1929 году Вольф иммигрировал вместе с женой в Москву, где он уже пару раз бывал до того, и начал трудиться в президиуме Коминтерна.

— Полагаю, трудился он там недолго?

— Да, не слишком долго. Жена Вольфа тоже работала секретарем Коминтерна, хотя в Москве ей не очень нравилось. Даже мелочи раздражали — например, сразу по приезду бдительные чекисты на таможне в поисках компромата раскрутили все рулоны туалетной бумаги, которую супруги по совету друзей везли из Америки. Вольф же в Москве защищал тезис о взаимном сотрудничестве классов, считая, что у Америки должен быть иной путь к коммунизму, чем у России. Такая ересь Сталину не особо понравилась, и вскоре Вольф был исключен из коммунистического движения. А затем и вовсе попал под домашний арест. Они с женой пробыли в Москве несколько месяцев, прежде чем смогли получить выездную визу. Тем не менее Вольф вернулся в Америку, все еще оставаясь убежденным коммунистом и одним из основных гонителей Троцкого. А вот в 1937 году Вольф с коммунизмом порвал и стал Троцкого оправдывать. Троцкий этому очень радовался, упоминая в статьях и на конференциях, что «Бертрам Вольф увидел, наконец, кусочек правды», и что есть, мол, у Вольфа, оказывается, элементарная добросовестность.

— Чета Вольфов, надо заметить, легко отделалась — почти все лидеры Коминтерна были репрессированы и расстреляны. А Сидней Хук?

— И Сидней Хук с коммунизмом тоже порвал. Они с Вольфом внезапно стали очень серьезными антикоммунистами. Во время холодной войны Вольф работал в качестве идеологического советника международного бюро вещания, которое руководило радиостанциями «Радио Свобода» и «Свободная Европа», возглавлял идеологический отдел «Голоса Америки». А Сидней Хук организовал «Комитет за культурную свободу», вдохновивший, в свою очередь, создание нескольких спонсируемых ЦРУ антикоммунистических групп — таких, например, как «Американцы за интеллектуальную свободу». ЦРУ, кстати, до сих пор гордится последней, называя ее создание «смелой и эффективной тайной операцией холодной войны». Подробности можешь посмотреть прямо на сайте ЦРУ, а мне пора переходить к Лысенко, пока ты не потерял нить. Хотя, наверное, стоит вспомнить полет Барсова. Помнишь такого?

— Кажется, какой-то сбежавший летчик? Совершенно не помню подробностей.

— Да, он самый. Проект радио «Голос Америки», курируемый Вольфом, быстро начал приносить плоды — так это, по крайней мере, представлялось американской пропагандой. В октябре 1948 года двое советских летчиков, лейтенант Петр Пирогов и его командир Анатолий Барсов, угнали двухмоторный бомбардировщик в Австрию. Самолет, позже известный в НАТО под кодом «Летучая мышь», в результате СССР все же удалось вернуть, а летчиков западные спецслужбы переправили в Америку. Там Барсов рассказал, что оба пилота были регулярными слушателями передач «Голоса Америки» и захотели жить нормальной жизнью. Русских пилотов, одетых в рубашки цвета хаки, возили по всей стране, показывали американским обывателям и кормили бесплатными стейками. Американские газеты с удовольствием перепечатывали байки о том, как дикие русские залезали в ванну в плавках, принимая ее за бассейн. Все были довольны. Но ведь постоянной халявы не бывает, прошло время, и бесплатные стейки закончились. Стало понятно, что надо и работать.

— Подозреваю, исходя из контекста, что на этом этапе у летчиков возникли некоторые проблемы.

— У Пирогова все в порядке, он нашел литературного агента, договаривается проводить лекции, писать статьи и книгу. А вот у Барсова ничего не получается. Он пьет, понимая, что шоу закончилось, и он больше никому не нужен. Работает же наш летчик на швейной фабрике, где получает один доллар в час за глажку одежды. Такой вот облом. В результате Барсов то ли сам просит о возвращении в СССР, то ли советские спецслужбы его вынуждают угрозами. Пирогов на это бросает: «В течение шести месяцев он сдохнет как собака, как только вернется туда». Американские источники утверждают, что так оно и случилось. Но это нас не интересует, важно лишь отметить, что таким образом у американской пропаганды возникает сбой. Чтобы реабилитироваться, Государственный департамент вытаскивает заготовленный козырь: да, действительно, пьяница Барсов возвращается в СССР, но зато у нас есть ему замена посерьезней. И в тот же самый день, когда Госдеп сообщил об отправке лейтенанта Барсова обратно в СССР, было также объявлено о том, что химик Павел Денисович Лысенко, брат знаменитого русского генетика Трофима Лысенко, будет принят в США. Об этом же оповещает в газетах группа Хука, работающая на ЦРУ. А переброской Лысенко лично занимается уже знакомый нам Вольф.

— Начинаю уже привыкать, что все связано, как обычно. Но, кажется, затея выпустить к американским обывателям Павла Лысенко, сотрудничавшего с фашистами, немного хромает. Война только закончилась, а американцы как бы были союзниками СССР в войну. Так сильно надо было Барсову замену найти?

— Да кто же простым американцам скажет про сотрудничество Лысенко с фашистами, даже если так было? Официально комитет «Американцы за интеллектуальную свободу» сообщил в газетах, что Павел Денисович вообще сбежал из советского концентрационного лагеря, а вовсе не жил в Германии, владея там немецкой фирмой. Вольф тем временем хлопотал о визе для него. Письмо Вольфа к Рею Мерфи из Госдепа полностью приведено в его книге «Разрыв с коммунизмом». В длинном перечислении причин такой просьбы Вольф указывает, что Лысенко приглашен уже известным нам обществом Хука, и было бы хорошо, если бы Павел Денисович смог приехать вовремя и выступить против Опариных, Шостаковичей и прочих агитаторов, посланных Кремлем. В то время, действительно, планировалась известная конференция, спонсируемая СССР, против успеха которой работало ЦРУ.

— Успел Павел Денисович сорвать коварные планы СССР?

— Нет, дело все же затянулось, и Павел Лысенко прибыл из Германии в США только летом 1949 года, а широкой публике его предъявили в сентябре, аккурат через десяток дней после взрыва первой советской атомной бомбы. О бомбе его репортеры в основном и расспрашивали. Ну да ладно, идеологическая пропаганда с той и другой стороны нам не важна, а интересно другое: Трофим Лысенко в такой ситуации автоматически становится ЧСИР, «членом семьи изменника Родины». В те времена это могло сломать чью угодно карьеру, но только не нашего народного академика. Его влияние в СССР не уменьшается, он на коне. Да и поверить, что чекисты раньше были не в курсе пребывания родного брата Лысенко в Германии, тоже сложновато. Тем паче, как можно предположить, на него и его жену даже охоту в Германии устраивали. Так что же хранило Трофима Денисовича от опалы и ареста? Что за сила не давала его в обиду?

— У многих тогда близкие родственники сидели. Это не показатель.

— Конечно, есть и брат Вавилова, например. Тоже жив-здоров и работает. Но с Павлом Денисовичем дело совсем другое — это ведь не бумажное обвинение, цену которому, кому надо, знали. Тут вроде как действительно изменник, живой и настоящий. И вот в сентябре 1949 года Павел Лысенко дает интервью американским журналистам, а что происходит с академиком Лысенко? Ничего, 27 октября его награждают очередным орденом Ленина. В этот же день, кстати, в рамках Ленинградского дела арестовывают Вознесенского, председателя Госплана СССР.

— Это как-то связано?

— Не знаю, хотя Постановлением Политбюро Вознесенский был исключен из состава ЦК как раз 11 сентября 1949 года — то есть в день, когда Нью-Йорк Таймс сообщил о прибытии Павла Лысенко в США. Но пусть это все совпадения, я не к тому. Просто Ленинградское дело довольно характерно для описания бытующих в то время установок насчет родственников изменников и врагов народа. Основных фигурантов, примерно

200 человек, год спустя расстреляют, несмотря на то, что еще в 1947 году смертная казнь в СССР была отменена. И многие члены их семей — братья, сестры, даже престарелые родители — отправятся в ссылку в дальние районы Сибири. В случае же с Лысенко — ничего подобного не происходит. Его брат живет спокойно в США, поливает грязью СССР по «Голосу Америки», сообщает журналистам, что собирается писать открытое письмо Сталину, а академик только получает награды. Брату Лысенко, его жене Наталье Юрьевне и их детям дадут американское гражданство 12 апреля 1956 года, сразу после того, как в СССР в первый раз снимут Трофима.

— Отмечу, что 1949 год практически укладывается в упомянутый тобой одиннадцатилетний цикл. А также жду гипотезы, что Гагарина запустили в космос в день получения братом Лысенко американского гражданства как раз в честь пятилетия данного события. Может, Павел Лысенко был удачливым советским разведчиком, Штирлиц такой?

Алик не поддержал мой шутливый тон. Мне показалось, что он уже придумал какую-то конспирологическую теорию насчет этого совпадения с Гагариным.

— С какой, ты думаешь, целью пресловутые «офицеры по сбору советских граждан» старались выловить его жену и выйти на него самого? — спросил Алик.

— Если речь вообще шла о его жене, это пока еще не факт. Ну, хорошо, другой вариант, давай пофантазируем. А не мог ли брат как раз служить Лысенко щитом? Может, поэтому академик оставался жив и невредим? Брат в Америке слил бы некую информацию, если бы Лысенко арестовали. Для того туда и был направлен. Только вот что именно знал Лысенко?

— После получения гражданства о Павле Денисовиче мало что слышно. Но смерть того же Вольфа, переправлявшего Лысенко в Америку была какой-то странной, а он мог что-то лишнее узнать от младшего брата академика

— Постой, я догадаюсь. Вольф отравился рыбой?

— Нет. Он погиб несколько месяцев спустя после смерти Трофима Лысенко. Газеты писали, что на нем странным образом загорелся его собственный халат.

— Интересная смерть. Можно сказать, «сгорел на работе».

— Ну, скорей уж на пенсии. Зато его жена дожила до 103 лет.

— Значит, не только кавказцы долгожители, американцы тоже.

— Вообще-то жена Вольфа из Украины, урожденная Элла Голдберг из Херсона, познакомилась с Вольфом на Брайтоне после иммиграции в США.

— Так это не та Элла, которая считалась любовницей Маяковского?

— Та самая. В ее интерпретации, поэт занял у нее 200 долларов во время своего посещения Америки в 1925 году и стал на нее клеветать, чтобы не отдавать долг.

— Хорошие деньги для того времени. Кстати, Маяковский застрелился сразу после того, как Вольфы отбыли в Америку?

— Ну, знаешь, иногда банан — это просто банан, как говорил незабвенный Зигмунд Фройд из анекдота, — не попался Алик на мою проверку излишней конспирологичности. — Вряд ли здесь стоит искать связь.

— Слушай, а как ты раскопал всю эту темную историю с братом Лысенко? Ведь в России об этом никаких сведений нет?

— В СССР о брате Лысенко жестко молчали с самого начала, чему удивлялась в 1949 году даже английская разведка, судя по рассекреченной недавно переписке посольства. На западе никто этого не скрывает, книги, газеты и журналы найти было возможно, я целую папку вырезок собрал. А теперь, с развитием интернета, даже в архивах Google многие газеты лежат свободно с удобным поиском, просто никто не ищет. Там есть все, включая светскую хронику, описывающую кулинарные способности Шейлы, невестки брата Лысенко.

— Что-то мне кажется, что скоро Google этот поиск по газетам уберет. Мало ли, что там можно найти, не нужно это обывателю.

— Да брось ты, у тебя паранойя.

— Ну, через пару лет посмотрим. Давай, вернемся пока к гражданству брата Лысенко. Напомни мне, когда академик был снят с поста президента ВАСХНИЛ?

— В том же 1956 году... — Алик полез в компьютер. — Что-то число и месяц нигде не указывается, странно... Ага, вот, нашел — сообщение в «Правде» о снятии Лысенко было напечатано 10 апреля 1956 года, то есть за два дня до получения американского гражданства его братом.

— Думаешь, американцы так быстро отреагировали? Или опять совпадение?

— Вряд ли возможно отреагировать так быстро без подготовки. Совпадение — может быть, конечно, но более похоже, что американцы давно выжидали снятия академика. Или же Лысенко специально сняли раньше, получив оперативную информацию о планируемом гражданстве для брата. Сталина уже нет, культ личности осужден февральским съездом, противники Лысенко, написавшие еще за полгода до того известное «письмо трехсот» могут воспользоваться ситуацией и припомнить брата-изменника, раз такой повод есть. Поэтому, чтобы избежать возможного скандала,

Хрущеву надо было Лысенко срочно убрать с глаз долой, припрятать, сделать вид, что он уже побежден. А когда все затихнет, тогда пять лет спустя его вернут на пост.

— Вот поведение американцев во всей этой истории выглядит на первый взгляд довольно странно. Им бы радоваться, что Лысенко разваливает науку условного противника, а они ему все время палки в колеса вставить пытаются, брата пригревают и рекламируют акцию. Почему-то создается впечатление, что американцы хотели Лысенко уничтожить, хотя это бесценный, казалось бы, кадр для наглядной антисоветской агитации. Они молиться на него должны были бы. Но получается — бояться. Почему? Что они такого о работе академика знают? Хотя нет... Похоже, я погорячился. Нет тут ничего странного. И палок в колеса нет. Ведь не хвалить же его они должны? Наоборот, раз американцы ругают — значит, он истинный коммунист и великий ученый.

— Лысенко коммунистом, кстати, не был.

— Знаю, что не был, это я фигурально. Тогда американцы, получается, мариновали брата Лысенко с гражданством, дабы случайно не навредить академику. Вот и придерживали. А когда того уже все равно сняли — тут же гражданство брату и дали, терять уже нечего. Кстати, а когда Хрущев пять лет спустя вновь вернул академика Лысенко на пост президента ВАСХНИЛ, младший брат как-нибудь отреагировал? Не попросили ли его дать очередное интервью? Представить какой-нибудь компромат на академика по «Голосу Америки», например? Если да, то тогда я не прав.

— Думаю, брату, при любом раскладе, было немного не до того. Даже если предположить, что мог существовать какой-то компромат, то его внезапно не стало.

Жил Павел Лысенко тогда в Питсфилде. Незадолго до повторного назначения народного академика президентом Академии дом его брата в Питсфилде сгорел дотла. Ни одной бумаги не осталось. Самому брату и его семье повезло — в доме на момент пожара никого не было, а некая Женская Церковная Гильдия и Красный Крест через два дня предоставили семье Лысенко новый дом, мебель, белье, одежду, холодильник и все прочее. С тех пор мы почти ничего не слышим о Павле Лысенко. Он ведет спокойную жизнь, растит двух сыновей, Вальтера и Георгия, рожденных еще в его бытность в Германии. В 80-е годы изредка пишет экспертные статьи об абсолютной безвредности ныне уже запрещенного в Европе асбеста, да патентует всякие изобретения вроде краски из клея и железных опилок для вешания гобеленов на магнитиках, дабы дырки в стенах не сверлить. С этим его научным открытием ты можешь ознакомиться в любом бюро патентов прямо в сети. Зря все-таки академик Лысенко плохо к генной передаче наследственности относился — наглядно видно, что есть между братьями что-то общее. К слову, прожил брат долго, умер только несколько лет назад.

— Пожалуй, я уже привык к случайным совпадениям во всем, что касается событий вокруг народного академика. А других братьев у Лысенко не было?

— Был еще один брат. Есть старая фотографии, где все три брата вместе. Потом этот брат Владимир, горный инженер, был главой Джезказганского комбината. Ничего подозрительного.

— Как сказать... Еще одно совпадение. Вспомнил, что выступая по российскому телевидению в программе «Большие родители» в декабре 2000 года, сын академика Лысенко Олег обвинял покойного генетика Эфроимсона в том, что тот клеветал на его отца. Но за эти свои взгляды и за исследование «Об ущербе, нанесенном СССР новаторством Лысенко» арестованный второй раз Эфроимсон был отправлен в лагерь как раз под Джезказган. И ты упустил еще один момент. А чем, собственно, занималась фирма младшего Лысенко в Германии?

— Я этот момент вовсе не упустил. Именно он и навел меня на мысли о пчелах. Немецкая фирма Лысенко занималась изготовлением меда из конских каштанов. Как химик младший Лысенко не состоялся, но пчеловодом оказался опытным.

— Черт, только я подумал, что ты не переходишь рамки конспирологии, так ты опять про пчел.

— Я просто поясняю, откуда мысли о пчелах вообще взялись. Считаешь, что пчел, «прививок темнотой» и кастрации злаков недостаточно? Возможно. Ну так предложи другой и более глобальный вариант механизма заражения полей.

Я был вынужден промолчать — другого варианта пока не было. Но было чувство, что мы упускаем что-то серьезное, и это что-то должно лежать на самой поверхности.

Оставив Алика, который снова начал искать что-то в сети, я пошел к себе в комнату, нашел на каком-то сайте книгу Перуца «Снег святого Петра» и постарался ее быстро прочитать за несколько часов. Хотелось понять, какой такой ключ пытался разглядеть в этой книге Алик? Некоторые его мысли мне больше не казались совсем уж беспочвенными, как поначалу. Перуц почему-то читался тяжеловато. Потом я открыл очередную главу книги Алика.

Черновик Алика

Ошибка Руфина

23 мая 395 года.

Маленького роста, худощавый и слабый, Аркадий медленно шел вдоль дворца, подставляя свое смуглое лицо под лучи весеннего солнца. Флавий Руфин задумчиво смотрел из окна на гуляющего императора. На душе у временщика было неспокойно. Императору уже стукнуло восемнадцать, и Руфин чувствовал, что не за горами то время, когда Аркадий возьмет бразды правления империей в свои руки, и он потеряет свой пост самого влиятельного министра на Востоке, префекта претория. Впрочем, Руфин быстро отогнал от себя невеселые мысли — до того ли сейчас, когда Константинополь осажден армией Алариха! Префект отвернулся от окна и внимательно посмотрел на посетителя.

— Так о чем ты хотел поговорить со мной, Хризостом? — в голосе Руфина слышались искренние нотки заинтересованности. Раз Хризостом, преданный слуга покойного императора Феодосия, сам решил встретиться с ним, то это неспроста.

— Хорошо, что ты успел построить новые городские стены, Флавий. Аларих не сможет их преодолеть, — Хризостом почтительно склонил голову.

— Надеюсь, что наши укрепления остановят его. Но долгая осада лишит город сил, мы были совершенно не готовы к нападению. Я всегда проводил суровые законы против язычников, еретиков и прелюбодеев, и никогда у меня было доверия к этим готам! И не зря, как видишь. Не прошло и пары месяцев после смерти Феодосия, и вот эти приверженцы арианской ереси уже восстали, а теперь они покинули дунайские провинции и стоят под нашими стенами. Может, у тебя есть какие-то мысли по этому поводу?

Но не успел Хризостом ответить, как Руфин сделал предупреждающий жест рукой и поднес палец к губам. Несколько секунд префект прислушивался, а затем громко сказал:

— Лучше мы с тобой, Хризостом, пройдем на террасу. Негоже в такой прекрасный день сидеть в темных покоях.

Хризостом послушно последовал за приглашающим жестом Флавия.

— У стен так много ушей! — раздраженно заметил префект. — И я уже различаю их.

Руфин был прав. На этот раз уши принадлежали старому Евтропию. Плешивый евнух давно проделал маленькую дырку в стене, чтобы слушать разговоры своего соперника. И префект, хотя и подозревал это, но поделать пока ничего не мог — проклятый препозит священной опочивальни и придворный казначей Евтропий пользовался слишком большим влиянием при дворе. О чем не догадывался Флавий — так это о том, что терраса прослушивалась Евтропием не хуже, чем внутренние покои. Специальный воздуховод доносил до него эхо каждого слова. Только ветер мог иногда помешать евнуху расслышать разговор. Но сегодня ветра не было.

— Возможно, нам удастся изменить мысли Алариха, — сказал Хризостом, выйдя вслед за префектом на террасу. — Об этом я и пришел поговорить. Но вынужден я буду начать издалека.

— Говори. Это интересно.

— Четыре года назад император Феодосий послал меня в Александрию. Но основным моим заданием было не разрушение языческих храмов, как считают некоторые, — с этим прекрасно справился бы и сам александрийский епископ Феофил. Я должен был проследить за тем, чтобы были уничтожены книги, упоминающие элевсинские мистерии. В храме Сераписа на тот момент сохранилось еще около 50 тысяч свитков. Естественно, я не мог даже просто проглядеть такое количество книг, и единственным логичным решением было сжечь их все, что мы с Феофилом и исполнили во славу Господа. Нам пришлось воспользоваться помощью монахов-пустынников. С Феофилом было легко работать, этот недалекий фанатик жег книги с искренним удовольствием, не задавая лишних вопросов. О причинах он даже не задумывался, желание сжечь языческие книги казалось ему совершенно естественным и не нуждалось в обосновании. Некоторые свитки я успел отобрать по каталогу и прочитать. Из них я выяснил, что причина, по которой император хотел скрыть тайну элевсинских мистерий, оказалась даже серьезней, чем я предполагал.

— То есть император знал об элевсинских мистериях что-то особенное?

Руфин заинтересовался еще больше. Хотя он вышел из простонародья и был человеком не слишком образованным, но префектом стал совсем не случайно. Врожденная жестокость, властность и тонкое чувство интриги закономерно вывели временщика на самый верх. И сейчас он инстинктивно почувствовал, что тайна элевсинских мистерий сыграет в его судьбе значительную роль. В этом Руфин был прав, но не смог предвидеть, что элевсинская тайна вскоре убьет его самого.

— Нет, я не совсем точно выразился, — поправился Хризостом. — Первоначально император только хотел уничтожить древний языческий культ, мешающий распространению христианства. Слишком много влиятельных людей приезжало со всех сторон в Элевсин, и под действием волшебного напитка они видели своих языческих богов, то есть бесов. Это надо было остановить. Прочтение александрийских книг не прояснило мне точный рецепт напитка, но зато раскрыло глаза на опасность его ошибочного приготовления. Только элевсинские жрецы знали, как сварить напиток правильно. А незадачливый изготовитель ложного напитка вместо встречи со своими богами видел лишь звериный оскал демонов смерти и умирал в страшных мучениях, сгорая от внутреннего огня.

— И ты рассказал об этом императору?

— Да, и не только об этом. Мне также удалось узнать, из чего жрецы приготовляли свое варево. И это знание при определенных условиях могло превратиться в страшное оружие. Его можно было использовать, лишив врагов хорошего урожая и превратив весь их хлеб в страшную пищу одержимости и смерти. Тот, кто отведает такой хлеб, сначала встретится с демонами, а затем будет сожжен адским огнем. Этот огонь будет пожирать его руки и ноги, пока страдалец не лишится их, если только не умрет раньше. Я приехал в Константинополь и стал дожидаться возвращения императора из Италии. Когда Феодосий вернулся и выслушал меня, он убедился в верности своего решения стереть из памяти людей даже следы элевсинского таинства.

— Феодосий поручил это дело тебе?

— Не мешкая, император послал меня уничтожить сами элевсинские мистерии, чтобы никто больше не смог узнать эту тайну. Мы убили в Элевсине главных жрецов, сожгли их дома и храм Деметры. Правда, возникла небольшая сложность — афинский епископ Климатий подошел слишком близко к разгадке. Мне пришлось подослать к нему убийц. Но когда я снова прибыл в Константинополь, императору было уже не до того. Вопрос с Арбогастом, который возвел на императорский престол своего ставленника ритора Евгения, требовал разрешения. Вскоре император отправился с войском в Италию. А после свержения узурпатора Евгения, когда Феодосий стал правителем единой Римской империи, он и сам прожил недолго, так и не успев вернуться в столицу.

— Так что же это за оружие? — Руфин был возбужден, чувствуя, что удача сама нашла его сегодня.

— Как известно, Элевсин в Аттике — это центр древнего языческого культа Деметры и ее дочери Персефоны. Деметра — богиня земледелия, по легенде она научила Триптолема, сына элевсинского царя Келея, обрабатывать землю и выращивать пшеницу. Впрочем, Херил утверждает, что Триптолем был сыном Рара, по имени которого и названы Рарийские поля. Как бы то ни было, но по преданию Триптолем с тех пор считается изобретателем плуга. И именно на прилегающем к Элевсину Рарийском поле, трижды вспаханным Триптолемом, были им посеяны первые зерна и собрана первая жатва. Как любимец Деметры, Триптолем был посвящен в тайну священных мистерий и стал жрецом богини. С тех пор во время мистерий жрецы показывали на Рарийском поле алтарь Триптолема. И эти мистерии шли уже более тысячи лет, завоевав огромную известность в языческом мире, когда бесы все же вырвались на волю во время Пелопоннесской войны Афин и Спарты. Тогда страшная болезнь напала на Афины, где от нее погибла треть жителей. И задолго до рождения Христа многие римские писатели называли эту афинскую болезнь священным огнем, Ignis Sacer. Я впервые узнал об этом из книги «О природе вещей» Тита Лукреция Кара, но тогда я еще не ведал, что это был за «священный огонь». Теперь же я владею семенем этого огня.

Хризостом развернул сверток и показал Руфину содержимое.

— Мы обнаружили их в тайнике ларца в храме Деметры. Это семена священного огня. Епископ Климатий сначала забрал их себе, но мои убийцы нашли сверток у него за пазухой.

— Так знаменитый афинский мор был связан с элевсинскими мистериями? — префект был удивлен. — Никогда не слышал об этом.

— Конечно, жрецы не могли не попытаться скрыть случившееся. И это им удалось. Никто не узнал, что языческие бесы однажды вырвались наружу, а жрецы не смогли их удержать. Тайна была сохранена. Жрецы рода Эвмолпидов знали, откуда пришла беда, но сами не решились ничего рассказать населению, им нужно было избежать любой огласки о связи мора с элевсинскими мистериями. Эта чума и так сильно поколебала религиозные чувства. Люди, массово умирающие от неведомой болезни, даже разуверились в богах, которые не смогли защитить их. Афинян сжигал внутренний огонь, и чтобы погасить его, они прыгали в колодцы и тонули в них. Заболевших била дикая дрожь, а руки, ноги и даже их мужское достоинство отваливались сами собой. Афины тогда представляли собой печальное зрелище. Вымирающее население, не ведающее причин смерти, стремительно уносящей жизни молодых и еще недавно здоровых людей.

— Полагаю, это было страшное зрелище, — злая улыбка играла на губах Руфина.

— Заброшенные святилища, расхищенная из храмов без опасения навлечь на себя гнев богов культовая утварь — вот что пришло на смену ревностному религиозному пылу граждан главного города Эллады. Люди открыто хулили и поносили богов, ибо те не внимали их мольбам о спасении и оставались совершенно безразличны к мукам людей. Население разуверилось и во врачах, которые наглядно показали свое бессилие — почти все они сами умерли во время этого мора. Нужен был человек со стороны, не местный, который бы указал выход из создавшегося положения. Тогда жрецы вызвали в Афины молодого врача Гиппократа. Он ведь и стал так широко известен именно после того, как остановил болезнь. За то, что он спас жителей от эпидемии, его избрали почетным гражданином Афин и увенчали золотым венком, а жрецы сделали его посвященным и допустили к элевсинским мистериям. Теперь об этой истории никто не сможет узнать или даже догадаться — почти все книги, в которых были хотя бы намеки на истоки болезни, я сжег в Александрии. Есть, правда, еще Книги Сивилл в Риме, но даже император не осмелился уничтожить их.

— Я читал об этой ужасной афинской чуме, кажется, у Фукидида.

— Да, Фукидид, сын Олора, подробно описал болезнь и симптомы, он ведь сам тогда был болен и знал, о чем пишет. Но книга Фукидида, которого пощадила болезнь, нам не опасна. Его описание может лишь запутать следы, поскольку знаменитый грек также упомянул и некоторые симптомы, которых не должно было быть. Вероятно, их ему просто подсунули жрецы. Или тот же Гиппократ.

— Получается, что авторитет Гиппократа раздут не слишком заслуженно, — задумчиво промолвил Руфин.

— Почему же? Он ведь спас Афины от этого мора. А не скрыть, что опасность связана с элевсинскими мистериями, он просто не мог. Однако он сделал для города главное — ему удалось спасти оставшихся жителей. Говорят, что он жег в городе особые ароматические травы. Но это было лишь прикрытием. Гиппократ остановил эпидемию более простым способом, подсказанным ему, без сомнения, самими жрецами — он сжег поля с пшеницей.

— И эта пшеница была поражена семенем священного огня?

— Да, это была пшеница с черным зерном. Возможно, люди даже знали, что из такой пшеницы нельзя печь хлеб, но голод во время войны...

— Значит, каким-то образом черное зерно попало с тайного жреческого на обычное поле?

— Виной, вероятно, были долгие дожди накануне войны. А может, и чья-то злая воля. Теперь нам этого уже не узнать.

— Но это имеет для нас большое значение. Опасно то оружие, которое трудно удержать в руках, ибо оно может обернуться против нас самих.

— Случайно это произойти практически не может. То, что произошло в Афинах, исключение — ведь это было только один раз за две тысячи лет. Лишь неудачно сложившиеся обстоятельства помогли священному огню вырваться в мир. Заставить черное зерно цвести на пшенице непросто, жрецы учились этому на протяжении веков. Только рожь подвержена его действию безо всяких усилий. Но ведь у нас же никому не придет в голову возделывать этот сорняк?

— Варвары в своих землях рожь растят.

— И это значит, что у нас есть невидимое оружие против них.

— И я знаю, как им воспользоваться! Точнее, пока только сплетнями о смертельном оружии. — Руфина внезапно осенила идея. — Нам надо для начала решить неотложные проблемы. Не сам этот священный огонь поможет нам сейчас, а слух о нем. Этот молодой готский король Аларих любит свой народ, и если он узнает, что жизнь его варварского племени под угрозой, то приложит все силы, чтобы помочь соплеменникам избежать этой опасности. Таким образом он уйдет от Константинополя, бросится в Элевсин, чтобы уничтожить даже память о мистериях, и сожжет там все до основания. А тем временем армия Стилихона справится с самими этими варварами. Потом мы уже подумаем, как можно применить черное зерно против других наших врагов.

— Я бы не слишком бы доверял Стилихону, он ведь тоже варвар, — покачал головой Хризостом. — К тому же надо учитывать, что поход Алариха будет бесполезным: ведь мы и так все сожгли в Элевсине, мистерии уже забыты.

— Но Аларих этого не знает. А узнает он только то, о чем я ему лично сообщу. Сейчас же прикажу организовать нам встречу. Придется выйти за стены в его лагерь. Я найду, как убедить его, и не забуду упомянуть, что жрецы Элевсина все еще владеют тайной, и достаточно добыть у них семена священного огня, чтобы родина Алариха обезлюдела. Скажу, что именно такие планы вынашивает этот евнух Евтропий. А когда Аларих уйдет, благодарность ко мне жителей Константинополя за то, что я уговорил этих готов снять осаду, не будет иметь границ. Стилихону я тоже не доверяю, прекрасно получится, если эти варвары уничтожат друг друга.

Хризостом опять почтительно склонил голову. Этот Руфин, хоть и сын простого башмачника, но с ним можно иметь дело. Похоже, план префекта может сработать.

***

Евтропий отлип от слуховой дыры и потер покрасневшее ухо. Он с досадой понял, что не успеет помешать Руфину встретиться с Аларихом. Евнух напряженно задумался. Неужели Руфин выиграет, да еще и подставив его, казначея двора? Для того ли он так долго пробивал себе путь наверх, чтобы стать жертвой какого-то выскочки-галла? Но хитрый евнух тоже был не лыком шит. Вскоре недобрая ухмылка перекривило его лицо. Если он не может выйти за городские стены и предупредить Алариха об обмане Руфина и о клевете на него, Евтропия, то уж Стилихону, когда тот прибудет из Италии, он преподнесет все как надо. Конечно, он не будет упоминать, что в Элевсине уже ничего нет. Стилихон тоже варвар, вандал по отцу, вряд ли ему понравится, что у Руфина есть опасное оружие против других народов. И тогда Стилихон попытается договориться с Аларихом, не станет с ним сражаться, а вместо этого найдет способ убить Руфина. А для подстраховки стоит послать весточку и магистру армии Гайне, командиру легионов, участвовавших в походе

Феодосия против Евгения. Вот уж ему опасность префекта для готов точно не понравится — он ведь тоже гот. А легионы Гайны через несколько месяцев должны прибыть в Константинополь. Так или иначе Руфин падет, и тогда новым фаворитом августа станет он, бывший раб Евтропий.

Глава 9

Мухомор

Слабое утреннее солнце неуверенно подмигивало сквозь рваную бахрому туч, играя тусклыми зайчиками на шторах. Я выпил кофе в столовой и пошел в гостевую комнату.

Алик валялся на диване, просматривая вчерашние газеты.

— Изучаешь парижскую светскую хронику? Полезное дело. Лучше бы в интернете что-нибудь поискал.

— Знать бы что искать... Не было наводки. Иногда и местные газеты могут быть полезней.

— Прочитал о Руфине и Евтропии. У тебя там нет нескольких последующих глав. Что случилось дальше, план Руфина сработал?

— Да, сработал. Готы сняли осаду Константинополя и пошли на Афины. Но на самом деле Афины остались нетронутыми, а вот Элевсин армия готов сравняла с землей. Историки полагают, что Афины просто откупились, но готам они не особо были и нужны, перед ними стояла задача поважнее.

— Этак ты все историю перепишешь под свою концепцию.

— Она и так уже переписана вдоль и поперек. Мы ничего не можем знать точно, нам неизвестны скрытые причины происходившего. Вот ты можешь без моего коварного Евтропия объяснить, почему Стилихон все же догнал готов, и их армии летом 395 года стояли друг напротив друга, но сражаться так и не начали? И Стилихон спокойно отпустил готов на разрушение Элевсина? В этом иногда видят козни Руфина, но в ноябре того же года готы Руфина ликвидировали, и явно не без участия того же Стилихона. Солдаты готского полководца Гайны убили префекта на константинопольском поле для парадов прямо на глазах у императора. Затем толпы жителей Константинополя расчленили труп Руфина и пронесли по улицам его голову, насаженную на копье. Фактическая власть в Восточной империи перешла к евнуху Евтропию, который также захватил большую часть награбленного Руфином имущества.

— Что-то мне не верится, что и сам евнух Евтропий захватил власть надолго.

— Конечно, нет. Его несколько лет спустя свергнут, потом убьют в Халкидоне по приказу императора. А в Константинополе влияние приобретет ни кто иной, как пригретый ранее Европием небезызвестный антиохийский пресвитер Иоанн Златоуст, ставший благодаря Евтропию константинопольским патриархом.

— Тот самый знаменитый богослов, один из Отцов церкви, который призывал христиан к нетерпимости к религиозным врагам и богохульникам: «ударь его по щеке, сокруши уста, освяти руку свою ударом»? Он-то и поставит «черное зерно» на службу христианству?

— В моей версии это не совсем так, — уклончиво ответил Алик. — Златоуста потом тоже изгнали из Константинополя. Но, судя по его проповедям, он явно экспериментировал с зараженным хлебом.

— Галлюцинировал?

— Я скорее о физическом аспекте. Златоуст в своих проповедях и беседах не только призывал христиан запугивать богохульников так, чтобы те «оглядывались всюду кругом и трепетали даже теней, опасаясь, как бы христианин не подслушал, не напал и сильно не побил», но и говорил все время о крови. А спорынья нередко придает хлебу кроваво-красный цвет, вид и даже запах мяса. Именно это потом повлияет на богословские споры об опресноках и вызовет раскол православия и католицизма.

— А дальше о спорынье забыли? Или, может, термин «окормление» и подразумевал собой особое причастия — облатки со спорыньей?

— Я об этом не писал, все не охватишь. Меня больше интересовали инквизиция и ордена, зарабатывающие на отравленных паломниках. Потом, когда в ордена проникли иезуиты... — Алик замолчал и задумался о чем-то своем.

— Как я понимаю, твое описание достаточно достоверно по отношению к историческим фактам? Я имею в виду не их интерпретации, а реальность исторических персонажей и происходивших событий.

— Да, все исторические факты я старался передать максимально аккуратно.

— Кстати, может, не стоило этого делать? Таким образом ты губишь на корню потенциальную вирусную рекламу. Если бы был перепутан, к примеру, год разрушения Элевсина, месяц прибытия Стилихона, или вообще некое выдуманное событие присутствовало бы в тексте, то тебя со временем какой-нибудь дотошный знаток обязательно стал бы радостно изобличать в невежестве, тем самым вызывая обсуждения и невольно рекламируя твою книгу. А для читателей такие мелкие неточности значения не имеют, книга же художественная.

— Кажется, ты вдруг вспомнил про свою роль редактора? Странно, День сурка был месяц назад. Хорошо, если я когда-нибудь буду описывать наши с тобой приключения, то специально понатыкаю по тексту небольших ляпов, неточностей, ловушек и опечаток, договорились? — как-то обиженно ответил Алик.

Похоже, он относился к своей книге слишком серьезно. Впрочем, я не писатель, откуда мне знать, что они чувствуют по отношению к своему любимому детищу?

Раздался телефонный звонок.

— У Стефано в Италии некоторые сложности, — голос у Рене был сумрачный. — Его людей, которые вывозили твоего парня, кто-то усиленно ищет. И это точно не полиция. Стефано пришлось убрать их с улицы и отправить отдыхать подальше от Европы. Кому же ты на этот раз перешел дорогу? Будут новости — позвоню.

Я повесил трубку и задумался.

— Эврика! — воскликнул вдруг Алик, продолжающий вертеть в руках газету. — Я же говорил, что газеты — это тоже отнюдь не бесполезно. Здесь на последней полосе написано, что к концу этого года будет переиздана книга «Священный Гриб и Крест» Джона Аллегро. Тебе это что-нибудь говорит?

— Абсолютно ничего не говорит.

— А зря. Эта книга вызвала немалый скандал в 1970 году. Ее переиздание как раз и приурочено к 40-летней годовщине первой публикации. Джон Аллегро был серьезным ученым, работал в международной группе, расшифровывающей обнаруженные в середине

20-го века свитки Мертвого моря. В 1961 году Аллегро стал почетным советником по свиткам Мертвого моря в правительстве Иордании. Но затем, опираясь на обнаруженные им древние факты и на некоторые фрески в христианских храмах, он написал свою нашумевшую книгу. Это стоило ему научной карьеры.

— Что же он там такого понаписал?

— Аллегро выдвинул гипотезу о том, что иудаизм и христианство были основаны на сакральном культе Бога Мухомора, который был позже представлен как Иисус Христос, — выдал Алик, всем своим видом показывая, что он в высказанной мысли ничего необычного не видит.

— По-моему, это не странно, что с его научной карьерой не сложилось. Ближневосточные берсерки? Христос-мухомор? Ленин-гриб? Слишком уж шизофреническая идея.

— Вообще-то говоря, не все так однозначно. Профессор Карл Рак, один из соавторов «Дороги в Элевсин», эту мысль поддерживает. Он согласен, что Иисус не был ничем иным как волшебным грибом, и его жизнь — это аллегорическая интерпретация состояния, вызванного наркотическими веществами, входящими в состав этого гриба. Тем не менее, мне тоже кажется, что ребята погорячились. Они ошибаются. Христос — не мухомор. Посмотри сам.

Алик бросил мне газету, а сам прыгнул к компьютеру.

В газете красовалась блеклая фотография фрески 13-го века, изображающей искушение змеем Адама и Евы. Змей, держа яблоко, поднимался по странному грибу, мало, на мой взгляд, напоминающему мухомор. Точнее, вокруг был целый пучок таких же якобы «мухоморов», растущих из одного места. Но мухоморы так не растут. Больше это напоминало какие-то галлюциногенные грибы. А еще это напоминало... Ну да, конечно! Левая часть именно этого рисунка была изображена на таинственном антикварном листе академика Лысенко.

— Есть! — воскликнул уткнувшийся в компьютер Алик. — Эта фреска была обнаружена в 1910 году в заброшенном французском аббатстве Пленкуро недалеко от Мериньи. В публикациях ее, с подачи микологов, сразу стали считать мухомором. Некий доктор Рамсботтом написал по этому поводу несколько книг и статей. Были, впрочем, и возражения — Роберт Уоссон в своих книгах и письмах утверждал, что на фреске изображена лишь итальянская сосна, пиния. Тогда, мол, просто плохо рисовать умели, вот дерево так неказисто и получилось.

— А ты понял, что на твоем антикварном листе...

— Конечно, я же не слепой. Кстати, в газете написано, что в новом издании книги Аллегро будет послесловие профессора Карла Рака, написавшего вместе с Хофманном книгу о роли спорыньи в элевсинских мистериях. А третий соавтор книги «Дорога в Элевсин» Уоссон утверждает, что на фреске всего лишь итальянская «зонтиковая» сосна. Может, исследователи просто хотели скрыть найденный ими ключ к таинственному напитку кикеон? Спрятать решение той самой загадки, над которой ломал голову Маккенна, не понимая, как напиток можно сделать безопасным?

— Роберт Уоссон — это не тот ли известный американский миллионер, автор книги «Мухоморы. Россия и история»?

— Да, точнее, соавтор. Он написал эту книгу вместе с женой, Валентиной. Она была русская, врач, они вместе занимались исследованиями магических религиозных культов употребления грибов. Их работы по псилоцибиновым грибам, действие которых сходно с действием ЛСД, сильно заинтересовали ЦРУ. В экспедицию Уоссона был внедрен агент. Но швейцарская компания «Сандоз», ранее синтезировавшая ЛСД из спорыньи, и в этот раз американские спецслужбы опередила, выделив псилоцибин в чистом виде в 1958 году. Выделил его, кстати, все тот же Альберт Хофманн. А Уоссон тем временем пытался в Мексике разговаривать с грибами и утверждал: «Когда все идет хорошо, грибы начинают говорить».

— Но при чем здесь спорынья? — спросил я, продолжая рассматривать фреску в газете.

— Лучше спросить, при чем здесь Адам, — откликнулся Алик. — На мой взгляд, фреска с легендой об Эдемском саде напрямую не связана. Только в смысле изначального Божественного Дара. Это фреска 13-го века, и она отображает реалии конкретно того времени и места, то известное местным монахам «древо познания», которое они заново открыли.

— Ты говоришь загадками, — заметил я, откладывая газету.

— Когда мы говорим о спорынье, мы всегда имеем в виду именно ее черные рожки, либо, в крайнем случае, медвяную росу. А сами рожки здесь как раз ни при чем, в том-то и дело. Но возможно... — Алик выдержал драматическую паузу, надеясь, что я тут же начну расспрашивать о посетивших его светлую голову мыслях.

— Я вот что думаю, — не оправдав надежд Алика, предложил я. — Не стоит ли нам немного развеяться и навестить славный город Мериньи?

— Стоит, — сразу согласился Алик, не отрывая глаз от компьютера. — Причем, обязательно. Дело еще в том, что до того, как эта церковь стало приходской, там было командорство госпитальеров, а еще раньше — тамплиеров.

— Тогда собирайся, и едем прямо сейчас. Сколько от Парижа до Мериньи?

— Километров под триста, — Алик вытащил из шкафа свою сумку. — Примерно четыре часа езды.

Я дернул за кольцо на стене, камин тихо отъехал в сторону. Рене всегда был затейником. Мы спустились вниз, неприметный «Ситроен» стоял прямо у черного входа. Я открыл паспорт и проверил свое новое имя — Дирк Вертле. Теперь я был немцем, а Алик по-прежнему поляком.

Глава 10

Часовня Пленкуро

Часа через три мы добрались до Шатору в департаменте Эндр и решили там пообедать в маленьком ресторанчике на авеню Шарля де Голля. До Мериньи оставалось ехать чуть больше часа. Алик сосредоточенно изучал компьютер. Выяснилось, что часовня Пленкуро, входящая ныне в комплекс природного парка Ла-Бренн, была объявлена историческим памятником в 1944 году. Но открыта она для публики только в Дни культурного наследия. Ладно, придумаем что-нибудь.

Спустя два часы мы подъехали к часовне. Нашли мы ее не сразу, поскольку пропустили поворот, и пришлось вернуться назад на несколько километров. Тихая сельская местность, деревья, просторные поля, вокруг ни души. Часовня, стоящая на перекрестке дорог, была закрыта, на дверях висела толстая цепь с висячим замком. Французское правительство давно собиралось заняться реставрацией бывшей церкви, но деньги, похоже, выделить забыло — выглядело здание запущенным и заброшенным. На остатках обломанной колокольни сидел усталый ворон и внимательно следил за нами, склонив голову на бок.

Церквям во времена Французской революции не повезло. Революционный смерч пролетел по стране, нередко сметая на своем пути по возможности все, что связано с религией. Особенно досталось тем монастырям и церквям, которые принадлежали орденам. Но к тому времени часовня Пленкуро давно уже была просто приходской церковью, и революционеры ее пощадили, только сбили шпиль колокольни.

— Итак, у нас есть два варианта, — рассудительно произнес Алик. — Либо нам нужно связаться с руководством парка Ла-Бренн и предоставить им убедительную легенду, почему нам необходимо срочно посетить часовню, либо...

Я осмотрел старый ржавый замок на двери и решил, что «либо» подходит нам больше. Замок поддался легко, и минуту спустя мы вошли в полумрак часовни. Впрочем, узкие окна с решетками пропускали света больше, чем это можно было предположить.

Изначально часовня, построенная в конце двенадцатого века, была частью командорства ордена святого Иоанна Иерусалимского, то есть госпитальеров. Кроме фрески-«мухомора», в церкви присутствовали и другие непривычные для простой приходской часовни изображения. Фрески эти никто толком не изучал. Геральдические леопарды-львы на потолке. Явно отдающие масонством мастер в переднике и с молотком, ученики, пчелы, или королевские лилии. Лиса, играющая курице и цыплятам на виеле, прообразе скрипке. В христианском символизме тех веков лиса могла означать дьявола, соблазняющего наивного верующего. Но здесь изображение, казалось, означало что-то совсем другое. Часовня действительно выглядела необычно.

Я подошел поближе к неплохо сохранившейся фреске кузнеца. Нимб над его головой напоминал шляпку какого-то странного гриба. Собственно, быть может, вообще все нимбы — это грибы?

— Что-нибудь известно об этой полустертой надписи над фреской? — спросил я.

— Аббат Рину, описавший данные фрески, считал, что кузнец — это святой Элигий, а надпись над ним значит «у нас нет ключа», — откликнулся Алик.

— А у кого же тогда есть этот самый ключ, если даже сам святой Элигий не в курсе? Чем он, кстати, знаменит?

— Элигий был королевским ювелиром и казначеем королевского двора, занимался финансированием постройки католических церквей и больниц, основал несколько монастырей. Но является ли изображенный на фреске кузнец именно Элигием? Аббат Рину мог и ошибаться. Лучше называть его просто Мастером.

Алик стоял посередине зала и внимательно рассматривать алтарный выступ. В правой стороне апсиды на выцветшей фреске традиционный змей обвился вокруг древа познания добра и зла, Адам и Ева стояли рядом, прикрывая свой «срам» чем-то непонятным. Древо познания было одной высоты с райской парочкой и действительно слегка напоминало мухомор. Только выглядел этот мухомор как-то странно.

— Значит, не дерево, а гриб? — задумчиво бормотал Алик. — Но слишком необычная шляпка у гриба — с какими-то подпорками.

— Интересно, где змей взял яблоко, они растут на мухоморах? Что-то Аллегро напридумывал тут, — откликнулся я.

— Я полагаю, это все же не яблоко, — подумав с минуту, тоном маститого искусствоведа выдал Алик. — То, что нам кажется подпорками шляпки гриба — это, скорее, более мелкие грибы, растущие позади основного.

Яблока здесь тоже нет. Змей просто откусил маленькую грибную шляпку и протягивает ее Еве. И это не мухомор, а все та же спорынья. Та самая стадия развития паразита, про которую всегда забывают. И я думаю, что именно она изображена на фреске. Эти «грибочки» — стромы с красными головками, растущие из одного рожка спорыньи. Видишь, что они растут не из земли, а из одного и того же места? Вот тебе и вся великая тайна элевсинских мистерий. Вероятно, открытие произошло случайно, когда рожки спорыньи попадали в зерно. Для изготовления пива зерно проращивают, получая солод. Жрецы просто стали проращивать склероции спорыньи таким же образом, как сейчас приготавливают солод. Они замачивали и охлаждали зараженное зерно. Из такого солода варили сусло. То есть галлюциногенный напиток изготавливался из стром спорыньи, а не из рожков. Христиане узнали этот секрет, уничтожили элевсинские таинства и убили жрецов, чтобы сохранить рецепт в тайне.

— Сомнительно, эти «грибочки» слишком маленькие. В любом случае, я помню, что писал Маккенна: бывают, мол, микологи храбрые, и бывают микологи старые, но вот старых и храбрых микологов не бывает. Я уже слишком хорошо выучил то, на что способна спорынья. Боюсь, больше шансов остаться без рук и ног. А с другой стороны, есть ли вообще какие-нибудь алкалоиды в стромах?

— Однако элевсинские жрецы все же секретом владели, — не сдавался Алик. — И приготовление пива из проросших рожков могло бы объяснить, почему никто из мистов не страдал от эрготизма.

— Ну, что ж, не забудь в своей книге записать эту мысль. Тогда, быть может, пресловутая компания «Сандоз» восстановит забытую тайну элевсинских мистерий, начнет выпускать для ЦРУ какую-нибудь «кикеон-колу» и заплатит тебе кругленькую сумму за идею. Откажется — будем судиться.

Я еще раз взглянул на фреску.

— Давай вернемся в средние века. Единственный вопрос возникает: а почему ты, собственно, думаешь, что здесь вообще изображена именно спорынья, а не какие-нибудь псилоцибиновые грибы?

Алик посмотрел на меня убежденным взглядом и веско произнес:

— Мы не в Мексике, а во Франции. И не просто в самом центре Франции, а в трех километрах от поселка Мериньи, в Эндр, то есть в бывшей провинции Берри, житнице Франции. А Беррийское герцогство когда-то было частью территории Солони. Границы менялись со временем, но тут все рядом в любом случае. Название Солонь, ранее Секалуния, происходит от латинского секале, рожь. То есть по-русски — это просто Ржевка. Ибо рожь здесь выращивали всегда. Поэтому вовсе не странно, что этот район был эпицентром распространения огня святого Антония. Эпидемии шли в этих краях до середины девятнадцатого века. Перед Французской революцией аббат Тессье утверждал, что Солонь была областью, которая произвела больше спорыньи, чем вся остальная Франция. Даже сама местность служила названием жуткой болезни. Так что не знаю, как там псилоцибы и мухоморы, но названия, употребленные в трактате Тессье: «гангрена солонцев» и «солонские конвульсии» — визитные карточки этих прекрасных мест. Еще и сегодня в туристических проспектах Солонь величают «краем ведьм и оборотней».

— Это все замечательно, но все же мы приехали сюда не совсем для того, чтобы абстрактно фантазировать об элевсинских тайнах. Может, у тебя есть какие-нибудь более актуальные мысли, скажем, о том «ключе», наличие которого скрывает Мастер?

— Думаю, надпись над Мастером совершенно правдива. Там ключа нет. Значит, он может быть в другом месте, напротив Адама, например.

Я обернулся. На стене слева от распятого Христа время фрески почти не сохранило. Но зато там была деревянная дверца в стене.

— Слишком просто. Ты думаешь, туда никто не лазил?

— А что толку просто так лазить? Шестой ряд, второй камень, повернуть два раза.

Алик подошел к дверце, открыл ее, просунул руку вовнутрь и начал шарить по стенкам углубления. Подгнившая дверца в это время отвалилась.

— Уважаемый слон в посудной лавке, позволь спросить, неужели сам святой Элигий нашептал тебе секрет с того света? И почему не 666, например? Или я не заметил, как ты покурил что-нибудь с утра?

Ответом на мою неуклюжую попытку сарказма был глухой звук открывающегося тайника. Камень ушел в стену.

— Просто у меня есть глаза, и я могу точно посчитать число этих странных знаков на орнаменте под потолком, — с нескрываемым чувством превосходства ответил Алик. — Именно они были нарисованы на листе над Адамом. Два треугольника, соприкасающиеся вершинам, — это лунный символ, растущая и убывающая Луна, вечное возвращение, смерть и жизнь, умирание и воскрешение. В точке их соприкосновения происходит коренная трансформация, это новолуние и смерть, алхимическая сущность и субстанция, forma et material, дух и душа.

Честно говоря, из потока слов Алика я ничего не понял. Но перед моими глазами это словоблудие наглядно обернулось материальными формами. В тайнике лежал скрученный лист. Алик бережно развернул его и положил в свою папку рядом с листом Лысенко. Страница, похоже, была выдрана из той же книги, но не являлась соседней с нашим листом — недостающей части рисунка на ней не было. Это был самый конец проповеди брата Казариуса. Всего несколько строк. Сразу после текста была отпечатана гравюра рыцаря, над головой которого солнечными лучами сияла монограмма IHS, напоминающая видоизмененную эмблему ордена иезуитов. По букве «Н» ползла змея, обвивая растущий из буквы крест.

— Вообще говоря, значение этой иезуитской монограммы IHS неизвестно, — среагировал Алик на мой взгляд. — Иногда ее считают сокращением греческой формы имени Иисуса, иногда Jesus Hominum Salvator, «Иисус спаситель человечества» или Jesum Habmus Socium, «С Нами Бог» — девизом иезуитов. Но это все досужие домыслы, конечно. Никто не знает, что она означает на самом деле. Более того, в пятнадцатом веке святой Бернардин Сиенский был обвинен в ереси за то, что с великим рвением распространял эту монограмму. Римский папа его, впрочем, сразу же оправдал и благословил на дальнейшие проповеди.

Я еще раз взглянул на монограмму. Буквы эмблемы наезжали друг на друга, напоминая что-то знакомое.

— Тебе не кажется, что знак доллара тоже мог произойти от этого иезуитского знака? — спросил я.

— Почему бы и нет? Официальных сведений о том, как сложился знак доллара, не существует. Есть десятки несводимых версий. На могилах прошлого века в Америке подобных монограмм немало. А еще знак доллара напоминает мне эту змею, обвившую мухомор, — Алик кивнул на фреску с Адамом и Евой. — Но, пожалуй, нам здесь больше делать нечего и лучше убраться отсюда поскорее, пока нас никто не видел.

Мы пошли к выходу. Свет, струившийся из узких окон, причудливо играл на изображениях. Лиса со скрипкой будто ожила и готовилась сыграть нам церковную сонату. Иисус на потолке провожал нас долгим внимательным взглядом.

— Кстати, буквы «I» и «S» по бокам от «H» не могут ли намекать на опасность отхода от «H» со змей и крестом? — вполголоса пробормотал Алик. — От Hominum? От верного пути Человеческого?

Я опять посмотрел на него непонимающим взглядом.

— Ignis Sacer, Священный огонь святого Антония, поджидает тех, кто не следует путем Змеи и Креста, — пояснил Алик, закрывая дверь часовни.

Глава 11

Основы турбизнеса

Мы решили, что вернемся ночевать в Шатору и подумаем, что делать дальше. Но вскоре, проехав Ле-Блан, мы увидели уютный отель с большим рестораном и поняли, что сильно проголодались. Здесь мы и решили остановиться.

Я заказал вновь недавно вошедшее в моду утиное филе, закрыл меню и вдруг увидел на его обложке изображение замка с подписью «Замок Пленкуро».

— Это тот замок, к которому относится часовня, — перехватил мой взгляд Алик. — Здесь просто туристская реклама недвижимости, там можно снять комнаты для проживания. Нам он не слишком интересен, поскольку, в отличие от часовни, сам старый замок не сохранился. Во время французской революции мальтийских госпитальеров из него выгнали, замок с 1791 по 1850 год стоял пустой и пришел в упадок. Так что новый замок был перестроен в 1872 году на его основе, и сейчас он находится в частной собственности семьи, купившей его в 19 веке.

— А откуда известно, что в Пленкуро изначально располагалось командорство тамплиеров, а не мальтийцев?

— Да это, собственно, только убежденность ряда историков. Вероятно, как раз из-за масонских изображений в часовне. Достоверно известно только о Мальтийском ордене. Впрочем, есть ли между ними особая разница? Все равно, позже эти ордена сольются, госпитальеры поглотят и тамплиеров, и орден святого Антония. Делом-то занимались все одним — зарабатывали на паломничестве, вызванном разными болезнями и отравлением спорыньей в частности, только работали на разных направлениях.

— Паломничество, конечно — прекрасный бизнес. Церковь и монашеские ордена всегда его очень ценили и развивали. Но почему именно спорынья?

— А как заставить массы срываться с места и отправляться черт знает куда? Путешествие могло занимать годы, и немалую часть паломников гнал в путь страх перед болезнью. Ведь множество паломников были больными — именно это заставляло их бросать дома и искать излечение в святых местах. Они могли уже ощутить первые симптомы заболевания, а могли просто потерять родственников, сгоревших на их глазах от «невидимого огня». Только паломничество к святыням могло помочь им, другой надежды у них не было.

— Думаю, до самих святынь доходили далеко не все больные.

— Конечно, но именно в этом и состояла основная выгода. Ордена вели своеобразную туристическую пропаганду, обеспечивая популярность того или иного маршрута, того или иного места поклонения. Создавались целые поэмы, чудесным светом озарявшие путь паломника, разрабатывались подробные дорожные карты. Монашеские ордена устраивали массовые паломничества, потому что индивидуальное путешествие было невыгодно, да и невозможно в буквальном смысле — слишком много опасностей подстерегало в дороге паломников и, главное, их кошельки.

— Отсюда следует необходимость охраны паломников и их денежных средств, то есть какой-нибудь орден вроде тамплиеров должен был появиться в любом случае, это было неизбежно.

— Конечно, но развиться и разбогатеть рыцарские ордена могли лишь при массовом паломничестве, а гарантом такого паломничества могли быть только болезни. Они обеспечивали постоянный поток пилигримов, а следом тянулись и торговцы, развивалась инфраструктура. Собственно, итальянские торговцы и основали будущий Мальтийский орден. Изначально он занимался лишь гостиничным бизнесом. Группы паломников состояли из многих сотен человек. Основные пути вели пилигримов в Рим, Иерусалим и Сантьяго-де-Компостелу. Многочисленные паломники преодолевали горы и долины, стремясь добраться до святого места. Папы издавали специальные буллы, дарующие отправляющимся в путь отпущение всех грехом. Монахи обеспечивали гостиничное обслуживание для торговцев и паломников, создавали особые группы обслуживающих гидов, которые на языках паломников указывали им горные перевалы и броды на пути, места питьевой воды, святыни, которым следует поклониться по дороге. Монахи предупреждали паломников о многочисленных опасностях, которых следует избегать, о волках и грабителях, рассказывали о том, как добраться до ближайшего госпиталя. Вот это и было для монахов братства Антония самым актуальным.

— То есть, как я понимаю, ордена достигли определенной специализации своей деятельности: госпитальеры — гостиницы, тамплиеры — охрана и перевод денег, антониты — лечение?

— Условно — да, но эти ордена просто работали на разных направлениях, а деньги делались на завещаниях умирающих. Больные священным огнем чаще шли Путем святого Иакова. Папа Каликст даровал паломникам право на получение индульгенции, что поставило Сантьяго-де-Компостелу на одну ступень с Иерусалимом и Римом. Но далеко не все пилигримы доходили до цели. Поэтому в монастырях по дороге для них предусматривались кладбища. А имущество умирающего обычно завещалось ордену. Поэтому ордена так быстро и богатели. Соответственно, они были крайне заинтересованы в большом количестве больных и в эпидемиях. Но не в заразных больных, а в безопасных для тех, кто знает причину этой болезни. Медленное пищевое отравление — это самое лучшее в таком случае. Поскольку основной пищей был хлеб, то спорынья — идеальный вариант.

— Антониты, как и тамплиеры, получали имущество умирающих паломников?

— Естественно, только юридическая схема немного отличалась. Если у тамплиеров паломник подписывал «узуфрукт», передавая ордену право пользования своим имуществом с правом присвоения доходов от него, то у антонитов больной клялся в верности и послушании ордену, целиком или частично завещал ордену свое имущество и брал на себя обязательство отныне жить в половом воздержании. Только после этого его принимали в госпиталь.

— А могли ли монахи вообще кого-нибудь вылечить при том уровне медицины?

— Нет, конечно. Но можно было слегка облегчить страдания больного, давая ему наркотические средства, ту же мандрагору, например. Некоторых больных можно было слегка подлечить, кормя их хлебом из хорошей пшеничной муки. Для этого монахи и выращивали пшеницу прямо у монастырей. Такие пациенты тоже были нужны, ведь они будут всем рассказывать о чудесах исцеления в больницах антонитов. Совсем вылечить их, конечно, не удавалось, мозг отравившихся был уже безвозвратно поражен, но некоторое улучшение наступало. Впрочем, монахи ничего не теряли — вернувшись домой и начав питаться привычным черным хлебом, пациенты госпиталя вновь заболевали и опять возвращались в больницу. Только их смерть разрывала этот порочный круг. Обычно ее долго ждать не приходилось. А тех, кто был богат и готов сразу написать завещание ордену, — можно и особым хлебом подкормить, чтобы долго не мучились. Так на пути пилигримов появились сотни больниц антонитов. Наверняка, далеко не все монахи были в курсе стратегии. Многие вполне искренне могли считать, что служат Господу.

— Не слишком ли ты мрачно смотришь на историю? Может, ордена просто зарабатывали на пилигримах, но не знали причину болезни? Ну, ладно еще антониты — отравление спорыньей было их непосредственной специализацией. Но тамплиеры-то скорее охраной паломников занимались. Посему не предположить, что они вообще не были в курсе причин массового паломничества?

— Еще как в курсе, — убежденно возразил Алик. — Не сами рядовые рыцари, конечно, а те, кто орден организовывал. Уж кто-кто, а святой Бернар Клервоский без сомнения прекрасно понимал расклад. Ты же сам показывал мне место церкви Женевьевы в Париже. Помнишь, в каком году она совершила свое основное чудо, спасла парижан от отравления спорыньей?

— Осенью 1129 года. На следующий год папа назначил ежегодные шествия в честь святой.

— Правильно, эта эпидемия шла с осени 1128 года до осени 1129-го. Новый урожай был заражен мало, и болезнь прекратилось. Парижане приняли это за чудо и связали с тем, что они пронесли по улицам мощи Женевьевы. Это совершенно обычная ситуация — слабые эпидемии эрготизма заканчиваются зимой, а сильные эпидемии обычно сходят на нет только осенью после сбора нового урожая. Если, конечно, год сухой — иначе все по второму кругу.

— А тамплиеры тут при чем?

— При том, что святой Бернар и папа одобрили образование этого ордена в январе 1129 года, то есть на самом пике смертельной эпидемии. Они прекрасно понимали, что паломников будет масса, и на этом можно хорошо подзаработать.

— Никогда про это не читал ни у одного историка. Скрывают? И вообще, мне казалось, что тамплиеры стали орденом годом раньше.

— С годом — это не так уж давно обнаруженная ошибка. Историки ничего не скрывают, просто они в массе своей не слишком наблюдательны, скажем так. Им не хватает здорового цинизма, чтобы видеть реальность во всей ее неприглядности, а не сквозь розовые очки шаблонов о благородных рыцарях, бескорыстно помогающих всем несчастным. Да и существующие парадигмы исторической науки никак не способствуют биохимическим объяснениям исторических событий. Это вне дискурса сложившихся взглядов и представлений. Экономические, социологические или классовые причины историкам понятны и приемлемы, а чтобы какое-то там вещество, будь то свинец, или ртуть, или грибок, влияло на серьезные исторические перипетии — это в их глазах ересь. К тому же ошибка с годом основания ордена тамплиеров стала известна только лет двадцать назад. И заметил ее, что характерно, немецкий ученый, а не француз даже. Он выяснил, что год тогда во Франции начинался с марта. То есть все даты до марта произошли на самом деле на год позже. А даты с марта по декабрь остаются без изменений. Но связать это новое знание с эпидемией ни у кого наблюдательности все равно не хватило. Впрочем, если бы ты не ткнул меня носом в эту самую церковь Эрготической Женевьевы в Париже, я бы и сам не заметил.

— Похоже, французы вовсе и не хотели искать этот ответ. В тех нескольких книгах о тамплиерах, которые мне попадались, везде их быстрый успех представлялся непостижимой тайной.

— Я полагаю, что объяснение есть всегда и всему. Оно может быть неприятным, страшным, отторгаемым, неприемлемым для нас, и вследствие этого казаться непостижимым. Но оно всегда есть. Во всех фсюоменах присутствует своя внутренняя логика, от которой напуганный разум прячется за ширмой непонимания. В целом справедливо считается, что люди больше всего боятся непонятного. А не могут они понять тех вещей, которые их восприятие просто блокирует, ибо принять возможное объяснение еще неприятнее. Особенно если такое объяснение подорвет самые основы мироощущения.

У меня не было настроения вступать в отвлеченные парафилософские беседы, и я пошел к себе в номер, взял книгу Алика и открыл наугад главу.

Черновик Алика

Путь святого Иакова

Это не любовь,
Это Дикая Охота на тебя,
Стынет красный сок,
Где-то вдалеке призывный клич трубят,
Это — марш бросок,
Подпороговые чувства правят бал,
Это не любовь,
Ты ведь ночью не Святую Деву звал!

Брэган Д'Эрт (Елена Трифонова, Майя Котовская)

17 июня 1100 года.

Рауль де Колиньи шел по старой дороге пилигримов к Сантьяго-де-Компостеле один. Не часто здесь можно было увидеть одиноко бредущего паломника, ибо опасен был путь. На дороге путника подстерегали разбойники, часто на пути попадались волки, а сама дорога была утомительной и плохо размеченной вехами. Поэтому паломники обычно сбивались в стаи, как те самые волки, но и внутри такой группы зачастую оказывались воры и убийцы. К тому же в группах, передвигающихся пешком, было много калек, идущих слишком медленно. Рауль, недавно вернувший с победой из крестового похода, разбойников не боялся, верный меч был с ним. Сила меча Рауля была огромна — ведь в его рукоять были вделаны не только нетленный зуб святого Петра, власы Дионисия и обрывок ризы Девы Марии, но и очень дорого доставшийся Раулю гвоздь из распятия самого Христа. С таким мечом он был непобедим.

Под полуденным солнцем идти становилось труднее и труднее, больные ноги уже почти не слушались. За очередным поворотом дорогу накрыл густой туман. Идти пришлось очень медленно, стараясь не сбиться с пути. Сам туман в солнечный полдень Рауля даже не удивил — много необычного повидал он уже на этой дороге. Из тумана доносились странные звуки, казалось, что в нем мелькают какие-то призрачные фигуры.

Рауль на всякий случай обнажил меч. И тогда он перед собой увидел Пресвятую Деву Марию. Она смотрела прямо в глаза Раулю и укоризненно покачивала головой. Но не успел еще рыцарь пасть перед ней на колени, как Дева задымилась и превратилась в демона с золотыми рогами. Демон тут же бросился на растерявшегося паломника. Раулю, несмотря на неожиданность нападения, все же удалось отразить удар огненного меча посланца ада. Демон растворился в воздухе, но тут же, громко хохоча, возник за спиной Рауля, и снова бросился на него. Так повторилось несколько раз. Раулю удавалось отбиваться, но с каждым разом демон нападал быстрее и быстрее, потом взмахнул крылами и взмыл в небо.

Раулю казалось, что прошла уже вечность с того момента, как на него напали силы ада. Битва продолжалась. Окутывая себя языками пламени, демон из облаков спикировал вниз, направив на рыцаря пику с насаженными на нее черепами. Но Рауля не зря прозвали Резаком в крестовом походе, ибо он владел мечом, как своей собственной рукой. Ему не только удалось отбить удар, но даже ранить адское отродье. С нечеловеческим воем демон, истекая кровью, взвился в небо.

В это время за спиной Рауля раздался дикий рев, и на дорогу из леса вышел хромой великан с одним глазом на животе. Великан сорвал с шеи свою собственную голову и, вложив ее в выхваченную из-за спины пращу, стал раскручивать этот дьявольский снаряд для броска. Голова извергала пламя из ноздрей и скалилась изумрудными клыками.

Тем временем демон, витающий в небе, так истек кровью, что по всей земле вокруг образовалось большое кровавое море, а из его глубин прямо перед Раулем восстали два рыцаря в радужных плащах и с черными крысиными головами. Эти монстры сразу бросились на него, размахивая изогнутыми саблями. Раулю все же удалось после непродолжительной схватки убить обоих рыцарей, но пролетающий мимо оранжевый лев вдруг превратился в огромную змею, которая обвилась вокруг шеи Рауля и стала его душить, вырвав своими восьмью щупальцами из его рук спасительный меч.

В этот момент выпущенная наконец из пращи голова великана проглотила Рауля вместе со змеем. Наступила темнота. Рауль потерял сознание.

***

Когда солнце уже клонилось к закату, большая группа паломников окружила три неподвижно лежащих тела.

— Что же здесь случилось? — растерянно проговорил один паломников, молодой шевалье Альбер де Шатильон.

— Одному Господу известно, много странных вещей случается на этой дороге, — ответил одноногий старик, уже год идущий по Пути. — Возможно, на них напали разбойники.

— Двое зарублены, а один, кажется, еще шевелится, — откликнулся другой паломник, осматривающий тела. — Хотя и он тоже не жилец, Священный Огонь уже начал сжигать его ноги. Отнесем его в больницу святого Антония, она должна быть совсем недалеко, я слышал звон колокольчиков. А где колокольчики, там и свиньи, а где свиньи, там и орден святого Антония.

— Я отвезу его, — вызвался Альбер. — Помогите забросить этого рыцаря ко мне на лошадь.

— Да, конечно, сеньор, — простодушного вида крестьянин-паломник помог уложить поперек крупа лошади, при этом ловко и профессионально вытащив у Рауля кошелек.

***

Монах заботливо подложил под голову Рауля свежую охапку сена.

— Где я? — слабым голосом спросил только что пришедший в себя Рауль.

— Все в порядке, брат мой, — успокоил его монах, — ты под защитой Господа. Тебе повезло, что конник привез тебя сюда, мы позаботимся о тебе.

— Но что случилось там, на дороге? — еще дрожа при одном воспоминании, спросил Рауль. — Я помню, что на меня напали демоны, и я убил нескольких, а потом...

— Не торопись, брат мой, расскажи сначала все по порядку, кто ты и зачем идешь к Святому Иакову.

Рауль слабым голосом поведал, что его семью несколько лет назад охватил Священный Огонь, пока он воевал в крестовом походе. Когда Рауль вернулся домой, награбив достаточно богатств на Востоке, вся его семья была уже мертва. Рауль оплакивал детей и жену, но, что не могло не обрадовать крестоносца, также умер и его старший брат, давно захвативший по закону майората родовое именье и выгнавший Рауля из дома. Теперь Рауль смог вступить в наследство и, с учетом привезенных из крестового похода богатств, хотел было уже начать долгожданную веселую и праздную жизнь, но адский Священный Огонь напал и на него.

Огонь сжигал его плоть изнутри, под кожей, причиняя сильнейшую боль. Тогда Рауль вспомнил рассказы о чудесных излечениях у могилы Сант Яго, куда мечтали дойти все, кем овладевал Священный Огонь. Большинство умирало, не успев даже начать путь, но Рауль верил, что у него хватит сил. Да и не было другого выхода. Остаться и умереть, как вся его семья? Нет, Рауль привык бороться за свою жизнь и отправился в дорогу.

Он проделал уже большой путь, но, похоже, Священный Огонь настиг и его лошадь. Сначала она захромала, а потом просто упала — у нее отвалилось копыто. Рауль попрощался с любимым конем и пошел дальше пешком, провожаемый горящими глазами волчьей стаи, которая набросилась на лежащего коня, как только Рауль скрылся за поворотом. Рассказал Рауль подробно и о своей схватке с демонами. Монах понимающе кивал головой.

— Сейчас тебе надо отдохнуть, брат мой, я побеседую с тобой завтра, — монах встал и направился к двери, но, как будто вспомнив что-то, обернулся. — Кстати, тот рыцарь, что привез тебя сюда, хотел поговорить с тобой. Поблагодари его.

Вскоре в каморку вошел Альбер. Он оказался восторженным наивным юношей, еще не ходившим в серьезные битвы, и одним из немногих, кто ехал к могиле Сант Яго не с просьбами излечения, а в поисках приключений. Альбер сгорал от любопытства узнать, что же случилось на дороге. Рассказ Рауля о сражении с демонами Альбер слушал с открытым ртом. Потом он встал, собираясь в путь, и пожелал Раулю скорейшего выздоровления.

— Здесь тебе будет хорошо, монахи позаботятся о тебя, а когда подлечишься, то сможешь продолжить свое паломничество. — Альбер явно был настроен оптимистично.

В это время издалека донесся дикий крик, почти вой. Потом сразу наступила тишина.

— Что это? — вскричал Рауль.

— Цирюльник отрезает руку одному несчастному, — сочувственно пояснил Альбер. — Я видел, как они готовились к операции. Если болезнь зашла очень далеко, то другого выхода уже нет. Все это знают, и паломники всегда сами помогают цирюльнику, держа страдальца.

— Боюсь, силы уже оставляют меня, — тихо проговорил Рауль. — Мне кажется, что я умру здесь.

— Ерунда, выше нос, дружище, ты здесь под защитой Господа, никто здесь не умирает, кроме заядлых грешников, — рассмеялся Альбер, выглядывая в окно. — Еды здесь достаточно, посмотри, сколько одних только свиней эти монахи разводят. Никогда такого большого стада не видел. Кто еще может помочь страдающему от Священного Огня, как не монахи ордена святого Антония? Только они могут изгнать эту болезнь.

— Много ли ты видел на своем веку излеченных монахами от Священного Огня? — почти безнадежно прошептал Рауль. — Дойти до могилы Сант Яго, который может умолить Господа сниспослать выздоровление — это другое дело. Но у меня не получилось.

— Если бы здесь умирало много народу, — искренне попытался успокоить рыцаря Альбер, — то кругом были бы не пасущиеся свиньи, а огромные кладбища. Но их нет. Я объехал все окрестности, вокруг монастыря нет кладбищ, только немного могил у церкви. Так что не переживай, все будет хорошо. Когда я привез тебя сюда в бессознательном состоянии, монахи попросили меня подписать восковую табличку, где говорилось, что я привез тебя почти мертвого. А теперь ведь тебе уже лучше. Говорят, у монахов есть особый бальзам, который вылечит твою болезнь. Ну, а мне пора в путь.

Альбер распрощался и вышел. Рауль забылся в тревожном сне. Ему снился Иисус, сочувственно смотрящий на него и показывающий на клубки огненных змей, тянущих свои жала к Раулю. Потом Дева Мария пришла успокоить его и дала ему выпить целебный напиток. Затем он проснулся. Только теперь он обнаружил, что деньги у него украли.

Утром Рауля ожидал скромный завтрак вместе с несколькими десятками других паломников. Какое-то гнетущее впечатления производила эта компания. Здоровых здесь не было, трое были одноногими, один без обеих рук, человек пять только с одной рукой. В этом не было ничего странного, в больницах антонитов других паломников и не принимают. Но все равно эта картина настроения не поднимала, особенно в свете того, что у самого Рауля ноги уже тоже стали распухать и даже немного чернеть. Впрочем, Раулю показалось, что монахи к нему относятся по-особенному. Ему ведь выделили отдельную келью, а остальные пилигримы спали втроем-вчетвером на одной кровати.

Цирюльник уже начал оперировать. Дикие вопли и ругань очередного несчастного показывали, что никакого снадобья для облегчения боли ему не дали, либо оно не действовало. Рауль вспомнил, что так же кричали сарацины в Иерусалиме, когда он вспарывал им животы в поисках золотых монет, которые они, как все думали, проглатывали, чтобы спрятать от христиан.

Сразу после завтрака к Раулю подошел монах и жестом пригласил пройти с ним в больничную капеллу. После непродолжительной молитвы монах усадил Рауля на скамью.

— Брат мой, теперь мы должны серьезно поговорить. Состояние у тебя не такое, чтобы ты мог продолжать свой путь. Болезнь твоя страшна. Дело даже не в твоих ногах, на которых ты вскоре уже не сможешь ходить, а в демонах, вселившихся в тебя. Эти демоны очень сильны, они губят не только твое тело, но и душу. Это особые демоны, насылающие иллюзии. Они затуманили тебе глаза, и ты убил двух невинных паломников, которых принял за выходцев из ада. Да, ты совершил преступление на Святой Дороге. Ты, по дьявольскому наущению, лишил жизни путников, страждущих общения с Господом. Это великий грех.

— Но я видел, как демоны напали на меня! Если бы я только... — Рауль был испуган не на шутку.

— Молчи, молчи. Знаю, что не ты сам хотел этого, а демоны внутри тебя, и мы, слуги Господа, должны быть милостивы к несчастным одержимым. Мы поможем тебе спасти твою грешную душу. Мы будем молиться вместе с тобой каждый день, чтобы Господь простил тебя. Ибо Господь наш милостив, любовь Его безгранична, и Он всегда дает надежду искренне раскаявшемуся. А пока мы будем лечить тебя от этой страшной болезни, насланной демонами.

— Святой отец, я так благодарен вам, у меня нет слов, чтобы выразить...

— Называй меня брат Казариус, рыцарь. Болезнь твоя тяжела, но мы сделаем все возможное, чтобы излечить тебя. Как ты рассказал, ты теперь богат. Мы не просим ничего за лечение, лишь служение Господу наша цель. Мы поможем тебе.

— Брат Казариус, у меня пропал кошелек со всеми деньгами...

— Не беспокойся о земном, рыцарь. Истинные сокровища не там, где моль и ржа истребляют, и где воры подкапывают и крадут, а лишь на небе. Обучен ли ты грамоте, брат мой?

— Я владею мечом, а перо — удел людей Божиих.

— Ну, не беда, поставь крестик здесь, — монах достал лист бумаги с большим текстом. — По нашим правилам все паломники должны вручать свою судьбу нашему ордену для благословления Господня. Это поможет снять твой грех убийства добрых христиан.

Рауль поставил крест на бумаге. Кажется, это была настоящая бумага, хотя Рауль раньше ее никогда не видел. Он только слышал, что бумага распространена у арабов, там в нее даже просто заворачивали мясо на рынке еще полвека назад, но христианский мир бумаги еще не знал. Затем Рауль выпил лекарство, которое дал ему монах, и скоро сонное состояние овладело им. Он прошел в свою келью и еще через десять минут отключился.

***

Сознание вернулось к Раулю вместе с дикой болью. Словно в тумане увидел он, что двое паломников держат его за руки, а цирюльник отпиливает ему ногу. Заметив, что Рауль пришел в себя, стоящий рядом монах с размаху ударил его киянкой по голове. Наступила темнота.

Очнулся Рауль на кровати вместе с еще одним паломником. Голова раскалывалась, но это было ничто по сравнение с болью в ноге. Впрочем, ноги уже не было — она была отрезана по колено, а культя замотана грязными тряпками. Рауль снова впал в забытье. В бреду ему привиделся монах, уговаривающий его подписать завещание.

— Раз тебе все равно некому оставить наследство, то юрист нашего ордена уже составил нужный договор, он опытен и сведущ как в римских законах, так и во французских кутюмах. Если вдруг Господь призовет тебя к себе, то твои деньги помогут ордену заботиться о других несчастных.

— Нет, мне еще рано умирать!

— Только Господь знает твой час. Подпиши и положись на Господа.

— Нет!

— Ну, как знаешь, — монах с шипением растаял в воздухе.

Потом Раулю показалось, что в коридоре послышался чей-то разговор. Ему почудилось, что несколько монахов подошли к его келье. Один монах что-то спросил у другого, но Рауль не расслышал вопроса.

— Нет, он больше не нужен, — тихо ответил другой монах, — завещание уже подписано. Надо освободить место для новых паломников, мы ожидаем большую группу.

В этот момент Рауль окончательно проснулся. Паломник, лежащий рядом с ним, тихо стонал, не приходя в сознание. У него были отрезаны обе ноги. Раулю трудно было понять, где сон, а где явь. Он пытался закричать, но лишь бессвязные звуки слетали с его губ.

Затем Рауль вспомнил, что подписал какой-то документ. Может, это и было завещание? И ему завтра тоже отрежут вторую ногу, чтобы он никогда не смог покинуть монастырь, потом он умрет здесь, а орден заберет его имение. Теперь только одна безумная мысль владела Раулем — бежать! Даже не понимая, что он делает, и повинуясь только инстинкту, Рауль свалился с кровати на пол и пополз в коридор. В десяти метрах от кельи была дверь. Она оказалась не заперта, и Раулю удалось выползти наружу. На улице было темно, и Рауль, ничего не видя, упал с высокого крыльца и снова потерял сознание.

Вскоре он очнулся, услышав странные звуки. Близко раздавалось многоголосое хрюканье. Рауль, превозмогая боль, перевернулся на живот. Альбер говорил, что антониты разводят свиней, чтобы кормить паломников. О Боже, как он был наивен! Ведь все наоборот! — вдруг ярко пронзила мозг последняя в жизни Рауля мысль. — Так вот почему вокруг этих монастырей так мало могил!

Рауль приподнялся на локтях и всмотрелся в темноту. Нет, на этот раз то, что он увидел в свете вышедшей из-за туч луны, не было дьявольским наваждением. Свиньи, опустив головы, медленно приближались к нему со всех сторон.

Глава 12

Свиньи и люди

Алика я застал с утра в ресторане. Он весело болтал о чем-то с симпатичной официанткой и выглядел беззаботным туристом. Вскоре он заметил меня и подошел к столику.

— Читал на ночь твою страшилку, — буркнул я, наливая кофе. — Похоже, тебе лавры Эдгара По покоя не дают. Со свиньями точно не перебор?

— Ну какой же перебор? Вполне реально. Некрасова «Кому на Руси жить хорошо» не читал, что ли? Помнишь:

Заснул старик на солнышке,
Скормил свиньям Демидушку
Придурковатый дед!..

— Помню. Да и дореволюционные описания помню о том, как надоевшего однолетнего ребенка бросили в конюшню, а потом у младенца вся задняя часть оказалась выеденной свиньей. Не редкостью такое было. Я не том в смысле, что свиньи людей не едят, еще как едят, но как-то не укладывается с монахами...

— Значит, ты все-таки идеалист, — весело улыбнулся Алик. — В средние века свиньи бродили прямо по улицам городов, нередко нападали на детей и пожирали их, это описывалось современниками. Свиней за это судили, наряжали в человеческие одежды и казнили. Все это вообще было в порядке вещей, описано в уголовных делах, изображено на гравюрах. Свиней же разводили сами монахи. Орден Святого Антония получил за свою богоугодную деятельность право выпаса свиней вообще в любом месте, где им будет угодно. На гравюрах свинья почти всегда изображается рядом со святым Антонием, она стала символом ордена. Крестьяне несли им за лечение тех же свиней — такой сюжет подношения свиньи изображен даже на Изенхеймском алтаре. В то же время монахи подкармливали свиней человеческой кровью, так что приучали к такой пище.

— Какой еще кровью?!

— Кровью от кровопусканий. Главной лечебной процедуры средневековья. Я полагаю, вся эта мания кровопусканий возникла не в малой степени из-за той же спорыньи. Голландские средневековые трактаты прямо обвиняют в огне святого Антония «плохую кровь». А тогда считалось, если человек болен — это значит, что у него «дурная кровь», которую надо выпустить. В монастырях строились специальные отдельные здания для кровопусканий.

— Вроде, монахам со временем запретили хирургию?

— Сначала монахи выпускали кровь сами, потом, когда им было запрещено резать плоть, нанимали цирюльников, которые изобретали специальные приборы для нанесения множественных ран, всякие там специальные ланцеты и пружинные шрамоносители-скарификаторы. Для мирян объявлялись специальные дни сдачи крови в монастырях, где проводились целые сезоны кровопусканий для семей вместе с детьми.

Иногда такие кровопускания проводились ежемесячно. Кровь выпускалась литрами, и не по одному разу. Если человек был болен, а после кровопускания ему не становилось лучше, то считалось, что крови выпустили мало. Тогда выпускали еще и еще. Пока больной не отправлялся к Господу. Вспомни хотя бы легенду о Робин Гуде, который умер от такого кровопускания.

— Позже, насколько я помню, кровопускание применялось еще чаще.

— В средние века кровопускание стало массовым. Оно проводилось не только планово в монастырях, но со временем вырвалось из их стен на волю в деревни и города, как джин из бутылки. Банщики и цирюльники выпускали кровь не только при болезнях, но и просто «от нервов», с целью освободить организм от «мрачных настроений». Бани стали служить местом не для мытья, а для выпускания крови. Монастыри пытались унять конкурентов из «кровавых бань», но было поздно. Бани закрыли, но бродячих цирюльников становилось все больше с каждым днем.

— То есть врачи стали конкурентами монахов?

— Они ими всегда и были. Средневековые врачи — это магические шарлатаны по сути своей, не лучше монахов. Кроме костоправов и хирургов — от тех была реальная польза, но и то позже. Хирурги не занимались кровопусканиями — это было занятие цирюльников. Тогда считалось, что зло должно выйти наружу вместе с кровью. Благоприятные для кровопусканий дни определялись по таблицам со сложными соотношениями между венами для кровопускания, больными органами и положением светил. Эта кровавая резня затянулась до совсем недавнего времени. Ламетри, Декарт, Моцарт, Рафаэль Санти, Джордж Вашингтон, Николай Гоголь — все это жертвы кровопусканий. Ги Патен, лейб-медик

Людовика XIV и один из корифеев тогдашней медицины, одобрительно писал, что «не проходит и дня, когда мы не прописывали бы пускать кровь у грудных детей». Тонны и тонны крови текли густыми красными реками под ножами «врачевателей». Но нет никаких документов о том, куда эта кровь девалась. Ни в новое время, ни в средневековье. Впрочем, историк Мулен упоминает любопытный текст 1336 года, где говорится, что монахи-бенедиктинцы Сент-Андре во Фландрии даровали городу Брюгге поле, предназначенное для выливания крови после кровопусканий, чтобы, как там было указано, «не отдавать ее свиньям».

— Я и говорю: тебе романы ужасов писать надо, а не фантастику.

— Ужасы — не ужасы, а орден св. Антония богател так быстро, что давно стоило задуматься об истоках такого успеха. Они, конечно, прозрачны — завещания умерших и суеверные дарения тех, кто хотел откупиться от страшной болезни. Ведь тогда считалось, что святой Антоний ее и насылает в наказание за грехи. Если мы посмотрим на то, какие страницы в средневековых трактатах наиболее засалены, то мы увидим, что более всего интересовало читателей. И это окажутся вовсе не богослужебные тексты, деяния апостолов, схоластические изыскания или религиозная философия. Антиквары давно обратили внимание, что наиболее захватанные грязными пальцами страницы — это описания чумы и огня святого Антония. И страницы о грехах: ведь эти болезни — наказание за грехи. Возвращаясь же к монахам, надо заметить, что прятать трупы было бы правильно с целью поддерживания веры в то, что антониты могут излечивать болезнь. Вероятно, убивать страдальцев было вовсе и не обязательно, смертельно больных присутствовало и так достаточно.

— Ты полагаешь, что свиньям все равно скармливали тела умерших, чтобы не смущать потенциальных пациентов, надеющихся на излечение, видом больших больничных кладбищ?

— Умерших — почему бы и нет? Про это мы никогда не узнаем. А отпиленные, отрубленные или просто отвалившиеся части тел, наоборот, развешивали на просушку по стенам монастырей, это изображалось на средневековых гравюрах. Запах гниения вокруг стоял невыносимый, это тяжелая специфика гангрены. Монастыри антонитов легко можно было найти по запаху. Они стали своего рода колумбариями для частей тел. Часть отвалившихся рук и ног выставлялась то ли как странные вотивные дары, то ли для рекламы, а часть продавалась под видом святых мощей. Собственно, из-за массовых эпидемий эрготизма культ мощей и развился в христианстве. Если бы не спорынья, он бы имел шансы давно сойти на нет после так называемой «императорской ереси». Но средневековое мышление оперировало гомеопатической магией. Подобное излечивалось подобным. Для лечения эпидемий к людям, теряющим руки и ноги, епископы свозили со всех краев основное лечебное средство — уже отвалившиеся руки и ноги, это подробно описано еще в Верденской хронике одиннадцатого века. Монахи ордена святого Антония изготовляли из этих мощей лечебный бальзам и особую микстуру, все это хорошо известно. И началась такая практика еще даже до создания братства святого Антония. Поначалу больше ценились мощи святого Мартина. А культ Антония возник во время крестовых походов.

— Святой Мартин — это тот часто изображаемый на картинах всадник, благородно отдающий свой плащ раздетому нищему?

— Он самый, Мартин Турский, только отдает он нищему не плащ, а оторванный кусок плаща. Зачем голому человеку кусок плаща, разве он его согреет? Этот нищий явно болен. Именно так понимали сюжет рисовавшие его средневековые художники, для них это было очевидно. Врачи давно поставили диагнозы этому персонажу множества картин. Некоторые из живописцев изображали прокаженного, как это, собственно, иногда и преподносилось в богословских текстах. Бытовала даже легенда, что под образом прокаженного Мартин узрел Христа и поцеловал его. Но что делает на улице голый нищий зимой? Он скорее всего страдает не от проказы, а от эрготизма, при котором люди сбрасывают свою одежду, поскольку горят в «невидимом огне».

— А это кто-нибудь заметил, кроме тебя?

— Как ни странно, да. По мнению многих исследователей, на картине 15-го века последователя Конрада Вица изображен именно больной эрготизмом. Нищий на картине Дюрера — тоже жертва эрготизма, как определили врачи американского военного госпиталя в Германии еще лет тридцать назад. Впрочем, у Дюрера это очевидно и не для специалиста. В любом случае, благородством здесь и не пахнет. Реальная жизнь — это не жития святых. Заболевания тогда считались контагиозными, и поэтому боящийся подхватить «контагий» брезгливый Мартин в ужасе оторвал кусок своего плаща, до которого посмел дотронуться этот заразный урод.

— Сегодня, как я погляжу, ты примеряешь на себя амплуа неисправимого циника. Постой... Что ты там говорил об Изенхеймском алтаре и свиньях?

— То, что там изображены крестьяне, дающие святому Антония плату за излечение. Один из крестьян

174

приносит свинью, другой, кажется, петуха. Это скульптуры на последнем развороте.

— Но ведь на этом алтаре, насколько я помню, как раз изображен страдающий от отравления спорыньей Христос?

— Ну, естественно — художник рисовал все с натуры в больнице ордена святого Антония. На этом алтаре много персонажей с симптомами отравления.

— А почему бы нам не отправиться в Изенхейм, чтобы поглядеть на этот алтарь вживую?

— Тогда уж в Кольмар, где алтарь сейчас находится. Сам Изенхеймский монастырь сожгли и разрушили еще во время Французской революции. Народ, на самом деле, никогда не любил монахов. Но антонитов не любил особенно. Их монастыри пострадали больше других, когда революционные массы до них добрались. Да и в Испании монастыри антонитов пожгли и поломали.

— Кольмар, так Кольмар. Значит, собирайся и поедем. Может, какие мысли спровоцирует.

Глава 13

Призраки Изенхейма

До Кольмара мы добрались только к вечеру. Хотя этот город известен своим особым микроклиматом с малым количеством осадков и считается одним из самых сухих мест Франции, нас он встретил проливным дождем. Мы оставили машину на бесплатной стоянке на Рю де Ансетр и пошли в ближайший отель. Там нам сообщили, что у них остался последний номер, поскольку в городе много туристов. Что принесло сюда этих туристов в такую погоду? Нам пришлось удовлетвориться одной комнатой, искать другой отель под дождем совершенно не хотелось.

Мы поднялись в номер, и Алик полез в сеть изучать официальный сайт музея Унтерлинден. По поводу алтаря на заглавной странице сайта говорилось, что отравленных спорыньей, от которой у несчастных жертв отваливались руки и ноги, а сами они сходили с ума, монахи-антониты лечили хорошим хлебом и давали пить *le saint-vinage*. Чудодейственный напиток этот, как утверждал сайт музея, представлял собой крепкую настойку на травах, в которой замачивали мощи самого святого Антония.

— А вообще интересно, музейщики хотя бы задумывались, как эти постоянно замачиваемые мощи святого Антония якобы сохранялись столетиями? — задумчиво вопросил Алик.

— Надо полагать, в реальном рецепте просто подразумевались не «мощи святого Антония», а «мощи несчастных мучеников, умерших от огня святого Антония». Средневековая гомеопатия же. Подобное лечилось подобным, сам же говорил.

— Да, это и раньше описывалось в хрониках. Бочки настоянной на таких «мощах» лечебной микстуры применялись для лечения огненной болезни еще до появления культа святого Антония.

— Ну ладно, вырубай свет — и спать.

Алик что-то еще поворчал о необходимости сначала погулять по музею виртуально, но сдался, выключил свет, тут же уснул и громко захрапел. Черт, в следующий раз не стоит лениться с поисками отеля.

С утра мы отправились в музей Унтерлинден. Он оказался недалеко, минутах в десяти, если идти прямо по улице Рампар. Бывшие монастырские здания, прикрытые в революцию, до середины 19-го века использовались в качестве казарм, а затем конюшен и мастерских. Их даже собирались снести, поскольку они медленно приходили в негодность. Однако кольмарский библиотекарь и архивариус Луи Гюго получил разрешение на преобразование бывшего монастыря в музей при условии, что проведет в комплексе реставрацию. Так музей и образовался, а главным его сокровищем стал Изенхеймский алтарь из разрушенного теми же революционерами Изенхеймского монастыря.

Алик, уже изучивший расположение экспонатов, уверенно направился в южное крыло, которое некогда служило часовней монастыря Унтерлинден.

Кроме самого алтаря, здесь можно было посмотреть на произведения Мартина Шонгауэра и его школы. В том числе и на очень известную работу мастера «Искушение святого Антония». Гравюра, созданная Шонгауэром в 1470−1475 годах, была исключительно популярна и после его смерти. Экземпляр этого оттиска имелся, в частности, во флорентийской мастерской Микеланджело. Именно на основе этой гравюры Шонгауэра Микеланджело написал свою первую картину «Терзания святого Антония» — сейчас это самое дорогое в мире произведение искусства, созданное ребенком. Рвущие святого Антония демоны подсказывали, что ужасы картин Босха имели в истории глубокие и давние корни. Судя по ряду сохранившихся рисунков, Мартин Шонгауэр участвовал в разработке эскизов Изенхеймского алтаря, и именно этому художнику, с которым община антонитов в Изенхейме уже имела опыт сотрудничества, первоначально планировалось поручить работу. Но Шонгауэр так и не приступил к заказу. Он сам умер от болезни, которую привычно считают чумой, и живописные створки Изенхеймского алтаря будут написаны Нитхардтом лишь пару десятилетий спустя.

Посетителей в музее было немного. В галерее, где расположен алтарь, прохаживалась лишь пара пожилых японских туристов, да одинокая художница с мольбертом перерисовывала вторую створку алтаря с искушениями святого Антония. Эти створки алтаря, которые раньше раскрывались, теперь, для сохранности, просто расположены отдельно, одна за другой. На первой створке было изображено распятие Христа в непривычно диком виде. Жуткого вида мертвец, приколоченный к деревянному трехконечному кресту, вызывал приступ рвоты. Зеленые пальцы трупа были изогнуты в ужасные скрюченные когти, тело покрыто язвами.

— Как видишь, симптомы отравления изображены Нитхардтом совершенно откровенно. Даже такие жесткие детали, как отрывающиеся створки, «отрывающие» Христу правую руку.

— А раздвигаемые внизу подвижные половины пределлы алтаря ампутируют лежащему Христу ноги.

— Совершенно верно. В монастырях святого Антония ампутации конечностей были делом обыденным и наблюдаемым ежедневно, что художник и выразил таким образом.

Но не успели мы рассмотреть детали створки и пределлы повнимательней, как в галерею зашла группа туристов с экскурсоводом.

Перед алтарем группа остановилась, и экскурсовод продолжила что-то объяснять туристам. Мы подошли поближе и встали неподалеку.

— Глядя на эту картину, можно понять тех, кто видит в Нитхардте далекого провозвестника импрессионизма, — рассказывала экскурсовод. — Нитхардт мастерски играет цветом, тончайшими его оттенками. Если в классическом искусстве цвет подчинен линии и форме, то в «Прославлении Богоматери» на внешней стороне вторых створок он становится главным средством выразительности и как бы растворяет в себе форму. Мастер не просто окрашивает фигуры и предметы, но создает какое-то волшебное и радужное светоносное марево. Цвета смешиваются, перетекают один в другой, просвечивают, порой превращаясь в едва уловимую прозрачную дымку. Именно цвет помогает художнику передать неземные звуки ангельского оркестра и такое всеохватывающее чувство радости, что ему нет названия в человеческом языке.

— Кажется, — прошептал Алик, — Битлз уже давно нашли этому состоянию игры цвета Нитхардта название — «Lucy in the sky with diamonds», или сокращенно LSD. По крайней мере, такова легенда, хотя сами они связь своей песни с галлюциногеном, вроде, отрицали. Но почему психоделическое состояние так часто связывается не только с разными цветами, но и с драгоценными камнями? Вся столь известная разноцветность средневековья не от этого ли?

— Думаю, не только от этого. Даже среди выживших отравление спорыньей обычно заканчивается катарактой, дающей тусклость зрения тем, кто не ослеп совсем. Вот и вся причина средневековой страсти к ярким цветам и разноцветной одежде — им эти кричащие цвета казались обыкновенными.

— Отметьте, — обратилась к вдохновенно слушающей группе экскурсовод, — что пронзенный стрелами мученик Себастьян выглядят почти безмятежно, что еще более контрастно подчеркивает весь ужас богооставленности, и как фигуры женщин, наоборот, буквально пронизаны страданием, тихим и безмерно глубоким у Богоматери, исступленно-острым у Магдалины, словно сгорающей в факеле скорбной любви и духовного сострадания. Посмотрите, как прекрасны их руки — тонкие, одухотворенные, с переплетенными в порыве горя пальцами.

— Ее пальцы, как я понимаю, на самом деле просто скрючены от разрывающей ее огненной болезни, подобно пальцам Христа? — шепотом спросил я у Алика. — И лицо искажено нестерпимой болью не совсем по духовным причинам. Но за какие же прегрешения Господь вдруг оставил святого Себастьяна?

— Хочешь поиграть в искусствоведов? — тихо хмыкнул Алик. — Тогда я бы предположил, что действительно безмятежный Себастьян, считающийся защитником от чумы, просто демонстрирует нам своим спокойно-отрешенным видом контраст между двумя этими болезнями. Чума — это ничто, детский сад по сравнению с огнем святого Антония.

Экскурсовод увела своих слушателей к третьей развертке алтаря.

— На левой боковой створке, — слышался голос экскурсовода, — мы видим сцену встречи святого Антония с отшельником Павлом Фивейским. Легенда повествует о том, что во время разговора двух отшельников вдруг прилетел ворон и принес им целый хлеб. Святой Павел Отшельник, видя удивление Антония, объяснил, что это Господь каждый день посылает ему через ворона половину хлеба, но в этот день по случаю прихода гостя Он удвоил дар и послал целый хлеб. Именно эту сцену изобразил Матиас Грюневальд на створке алтаря. Мы видим птицу с хлебом в клюве — очевидная отсылка к таинству причастия. Некоторые искусствоведы, однако, считают, что это какая-то другая птица, поскольку обычно ворон в христианском искусстве — это воплощение всего бесстыдного, нечистого и неблагочестивого, символ несчастья, греха и смерти, как он может приносить священный хлеб причастия?

Алик прошел к створке и быстро вернулся, качая головой.

— Нет, не понимаю, каким особенным искусствоведческим зрением нужно обладать, чтобы узреть здесь отсылки к евхаристии, если ворон несет булку ржаного, а не пшеничного хлеба? Церковь всегда запрещала такое причастие, требуя только белый хлеб. Монахи прекрасно знали, чем грозит хлеб черный.

— Булка хлеба? Так на Урале говорят. Ты же, вроде, не оттуда, должен был бы сказать «буханка»?

— Зато я теперь поляк по паспорту, твоими стараниями, — вывернулся Алик. — Буханка — это формовой

182

хлеб, а не круглый. Раньше считалось, что слово «булка» заимствовано из польского языка, а в него пришло изначально от латинского «bulla». Папские грамоты, скрепленные большой круглой печатью, называли «буллами». Хлеб у ворона на створке алтаря круглый. Ворон несет в своем клюве смерть, а лекарственные растения вокруг святых — это противоядие, отсюда и нереальный фантастический пейзаж со странной смесью растительности. Нитхардт изобразил все точно. Другое дело, что эти травы не могли излечить Священный огонь, лишь чуть ослабить страдания.

Тем временем группа туристов снова вернулась к первой панели.

— Посмотрите внимательнее на изображение Марии Магдалины, — продолжила свой рассказ экскурсовод. — Обратите внимание на неожиданный и странный изгиб волос Марии в том месте, где они проходят через веревку на ее талии. Некоторые исследователи видят в этом символ внутренне совершившегося в блуднице поворота. О том, что Мария Магдалина рассталась со своим греховным прошлым, свидетельствует еще одна деталь. Мы видим на Марии Магдалине «ризы спасения», в которые Господь облекает обратившихся к нему людей. Под платьем Марии проглядывает драгоценное одеяние из прошитой золотой канителью ткани. Выступающий спереди краешек этого платья играет, по мнению искусствоведов, «поддерживающую», «балансирующую» роль. Без подобранного снизу верхнего одеяния и выбивающейся из-под него драгоценной материи образ оказался бы слишком сильно наклоненным вперед и лишенным равновесия, поскольку в такой позе, в какой изображена на картине Мария Магдалина, не может стоять ни один живой человек. Таким образом, кусочек золотой материи будто ее поддерживает, не давая упасть, что имеет особый смысл. Тем самым это праздничное, дарованное Господом платье предохраняет Марию Магдалину от падения в прямом и переносном смысле.

— Все-таки я обожаю искусствоведов, — восхищенно пробормотал Алик, дождавшись, пока экскурсовод с группой покинули зал. — Кажется, эта одна из немногих профессий, где можно озвучивать свои самые нелепые фантасмагорические фантазии, и никто тебе слова против не скажет. Но излагает красиво, заслушаешься. У меня же лично большие сомнения в том, что Магдалина вообще куда-то падает, я этого не вижу. Нет никакого потустороннего секрета в золотом куске платья Магдалины, художник просто выдерживал пропорции, ему и так пришлось сместить Христа вправо из-за створок, поэтому надо было усилить левую половину алтаря и конкретно каждый портрет. Начиная с Леонардо да Винчи, многие художники сознательно использовали пропорции «золотого сечения». Магдалина могла бы казаться падающей, если бы была беременной. Но тогда Нитхардт — богохульник и тролль. Если же она и в самом деле падает, то это значит, что художник всего лишь изобразил заболевание, у которого эпилептические припадки — один из основных симптомов. А как бы он должен был представить «падучую болезнь»?

— Давай спросим другого специалиста? — я кивнул в сторону художницы, стоящей с мольбертом у второй створки алтаря. — Что она думает по поводу версии, высказанной экскурсоводом, например?

Не дожидаясь ответа Алика, я подошел к художнице и неожиданно остановился пораженный. Девушка к этому моменту как раз закончила перерисовывать панель с искушениями святого Антония, и ее картина вдруг показалась мне даже более живой, чем оригинал Нитхардта. Тягучий страх словно изливался с полотна. Как будто тени неведомого ужаса поджидали смотрящего, готовясь схватить его за горло. Демоны на картине казались удивительно живыми. Мне даже послышался сдавленный крик Антония. Я резко встряхнул головой, прогоняя наваждение.

Художница повернулась ко мне и доброжелательно улыбнулась.

— Вы, кажется, выглядите немного испуганным, — ее рыжие волосы задорно спадали из-под фиолетовой повязки, почти закрывая лицо, но мне почему-то показалось, что девушка подмигнула.

— Ну, немудрено настроится на серьезный лад при виде этого алтаря. Насколько я помню, в девятнадцатом веке Гюисманс так описал это распятие: «Конечно, никогда не изображал в таком натурализме Божественное Тело художник, не опускал своей кисти в такую глубину терзания, в такую гущу кровавых пыток. Это было чрезмерным, было ужасным. Грюневальд выказал себя беспощаднейшим реалистом».

— И вы решили спросить у меня, действительно ли Грюневальд — я, кстати, тоже привыкла называть Нитхардта этим старым, хоть и ошибочным именем — изображал реальность или, как тут описывала зашедший экскурсовод, это все сплошной религиозный символизм? — девушка продолжала сбивать меня с толку своей проницательностью. — Но вы ведь уже знаете ответ, не так ли?

— Мне просто хотелось узнать мнение художника об алтаре и спросить, скорее, не о самом распятии, а об искушениях Антония, о демонах. И конкретно о демоне чумы. Но, признаюсь, ваша картина, кажется, сама уже дала мне этот ответ.

— И какой же ответ вы осознали? — на этот раз я готов был поклясться, что она подмигнула. — Реальность видений или видения реальности? Упомянутый вами Гюисманс, кстати, утверждал, что «демон чумы» на самом деле вовсе ни демон, ни ларва, а просто бедняга, страдающий от огненной болезни. И знаменитый французский писатель был прав.

— Вот мне и показалось, что ваша картина... — тут я замешкался, не зная, как выразить свои ощущения.

— Я хочу перерисовать весь этот алтарь, пока в планируемую в ближайшее время реставрацию он не утерял главного. Того внутреннего, что не видно поверхностному взгляду и безжизненному объективу фотоаппарата. Через три года будет уже поздно, тайна уйдет навсегда.

— Кто-то заметает следы?

— Не спрашивайте, — улыбнулась девушка. — Считайте это лишь моим разыгравшимся воображением. Художники люди впечатлительные.

— Все-таки я спрошу, — не сдавался я. — Я знаю об орденах, знаю об отравлениях спорыньей. Но разве все это не в прошлом? Вы говорите о каких-то наследниках ордена святого Антония?

— Нет, прошлое никуда не ушло, оно продолжает довлеть над умами живых, как выражался один известный теоретик. И здесь он был прав. Но не только архаика былых заблуждений продолжает владеть сердцем сегодняшнего мира, вполне материальные тени прошлого тоже выходят на свет из небытия. Это долгая история. После изгнания из страны иезуитов Людовик XV создал Монастырскую Комиссию по расследованию деятельности орденов и злоупотреблений духовенства. Жить ордену святого Антония оставалось уже недолго. В 1776 году несколько врачей продемонстрировали Королевской Академии Наук действие спорыньи на животных, после чего академики были вынуждены признать, что гангрена наступает от пищи. Но для окончательного решения о вине спорыньи в заболевании огнем святого Антония академики единодушно постановили провести опыты над заключенными, приговоренными к смертной казни, подчеркнув, что это будет наказание преступников, полезное для человечества. Судя по последующим событиям, преступники свою роль нынешних морских свинок сыграли успешно.

— Отравление спорыньей стало научно признанным, и орден антонитов исчез?

— Папа Пий VI не стал дожидаться конца экспериментов, он понял, что дни ордена святого Антония сочтены. Орден стал никому не нужен, тайны «излечения» больных больше не существовало. Рецепт избавления от огня святого Антония оказался прост — нужно прекратить есть черный хлеб. И папа в декабре 1776 года орден антонитов ликвидировал, передав все их имущество Мальтийскому ордену. Как раньше мальтийцы поглотили одних своих конкурентов, тамплиеров, так теперь они овладели и антонитами. Некоторые обители антонитов попытались не подчиниться папе, но в июле следующего года Людовик XVI с подачи Монастырской Комиссии выпустил свой указ о роспуске ордена святого Антония, а потом последние уже остатки ордена были добиты во время Французской Революции. Еще несколько десятков обителей антонитов пытались удержаться в Германии, но тоже недолго. Все тайные знания антонитов и тамплиеров перешли к госпитальерам.

— То есть в результате из трех основных католических орденов, разбогатевших на эпидемиях отравлений спорыньей, остался один, самый могущественный? Впитавший в себя всю силу и древние тайны остальных братств? А что с этим орденом стало потом?

— У ордена святого Иоанна, он же Мальтийский орден, тоже были нелегкие времена. Мальтийцев пытался разогнать Наполеон. Но российский император Павел I предоставил большинству госпитальеров убежище в Санкт-Петербурге и взял орден под свое покровительство. Эти беглые госпитальеры избрали Павла I великим магистром ордена. А в 1799 году Павел I подписал Указ о включении в состав российского герба мальтийских креста и короны. Павла вскоре убили, а орден остался. Мальтийский крест позже выкинет из российского государственного герба Александр I. Но при этом чуть раньше в качестве награды был учрежден георгиевский крест, по образцу того же мальтийского креста. Сегодня Мальтийский орден процветает и представляет собой тайную организацию и загадочное псевдогосударство. Орден признан Организацией Объединенных Наций и имеет при ней особый статус наблюдателя.

— Это, очевидно, и называется итальянской мафией, а наивный дон Корлеоне всего лишь фикция? — пробормотал я вполголоса. — Иезуиты также с орденом госпитальеров тоже были тесно связаны?

— Иезуиты к тому времени проникли и в инквизицию, и во все ордена. Если вы хотите побольше узнать об истории Общества Иисуса и ордена Мальты, то вам следовало бы отправиться в Кельн. Там крупнейший в Европе архив с множеством малоизученных старинных документов. На рубеже девятнадцатого века у иезуитов, как и у мальтийцев, были все шансы уйти в небытие. Но и тех, и других за каким-то дьяволом спасла Россия, — девушка как-то тяжело вздохнула.

— Причина этого мне тоже не слишком понятна. Кстати, сейчас в России вновь аккредитован полномочный посол Мальтийского ордена, а иезуиты появились еще раньше. Мне это показалось странным. Ведь в свое время даже русский поэт Тютчев писал, что далеко не только враги христианской веры питали к ордену Общества Иисуса ожесточенную и непреодолимую ненависть, но и наиболее искренние и преданные своей церкви католики относились к иезуитам не лучше. А православные тем более их всегда недолюбливали.

— Эти ордена — Абсолютное Зло. Зря русские их пригрели. Теперь России эту ошибку придется искупать долго, — художница пристально посмотрела мне в глаза. Затем она вдруг снова улыбнулась, сняла с головы фиолетовый платок, повязала его мне на рукав и быстро ушла в соседнюю галерею. Я удивленно взглянул на Алика.

— Фиолетовый, даже, скорее, пурпурный платок, — хмуро бросил Алик, проводив девушку взглядом. — Знак элевсинских мистерий.

— Да брось ты, при чем здесь древние таинства?

— На руку пурпурную ткань повязывали мистам, то есть посвящаемым в таинство, — глухо пробурчал Алик.

— А кто тогда носил пурпурные повязки на голове?

— Жрецы Элевсина, — серьезно ответил Алик и пошел к выходу.

Я отошел от алтаря и заглянул в соседнюю галерею. Девушки там уже не было.

Глава 14

Загадка Баргера

Мы вернулись в отель, забрали вещи и сели в машину.

— Куда? — спросил Алик

— В Кельн, — ответил я, выезжая со стоянки. — Последуем совету художницы.

— Уложимся часов в пять, наверное, — заметил Алик. — Только вот архив все равно будет уже закрыт. Давай лучше переночуем в Страсбурге, все равно нам по дороге, а в Кельн поедем с утра?

— Что ж, мы ничего от этого не потеряем, — согласился я. — Полагаю, хочешь проникнуться страсбургской атмосферой для продолжения своего романа?

— Не без того, — не стал скрывать своих побуждений Алик. — Мне не довелось побывать в этом городе. А ведь именно там происходили неистовые пляски Витта, когда толпы обезумевших от отравления спорыньей граждан плясали на улицах и не могли остановиться, пока не падали замертво.

— Я читал, что такие сумасшедшие пляски проходили во множестве городов еще в конце средних веков. Страсбург здесь ничем не выделяется на фоне Меца, Утрехта, Гента или того же Кельна, куда мы все равно едем. Просто случайность, что Страсбург стал более известен в этой связи. Ровно как и отравленные спорыньей «ведьмы» в Сейлеме стали широко известны публике лишь из-за того, что этот мелкий и рядовой по европейским меркам судебный процесс прошел в Америке, а не в Европе.

— Американцы, кстати, до сих пор не могут понять, что сейлемские процессы — далеко не единственный случай, когда спорынья вмешивалась в их историю. Знаменитое Религиозное Возрождение, которое началось с внезапных дергающихся движений верующих, было вызвано ее же. Целые собрания бились тогда в судорогах с истерическим смехом во время богослужения. В диком бреду религиозного исступления люди принимались плясать и даже лаять по-собачьи. Они принимали собачьи позы, ходили на четвереньках, рыча и щелкая зубами. На границе штата Кентукки у первопоселенцев, посещавших собрания в лагерях религиозного возрождения, случались все те же конвульсии, галлюцинации, тряска, маниакальные танцы и «эпилептические трансы», что и в Европе. И подобные эпидемии «возрождения» происходили в Америке неоднократно. Основные волны получили названия «Первого Великого Пробуждения» и «Второго Великого пробуждения». Да и вообще говоря, даже Американская революция в 1775–1783 годах, закончившаяся образованием США, вряд ли случайно проходила на фоне самой серьезной за 18 век эпидемии эрготизма в Европе.

— Насколько я помню, волны этой религиозной мании Возрождения проходили по всей стране, но достигали высшей степени на востоке США? А Сейлем с его ведьмами тоже ведь находится на востоке, в Массачусетсе?

— Там подходящие погодные условия для развития спорыньи. Ирония судьбы — академик Лысенко пытался превратить в «сейлемских ведьм» все население СССР, а его брат, приехав в Америку, поселился именно в штате Массачусетс.

— Погоди, а в 1937–1938 годах ничего подобного в Америке не случалось? Ведь если Чижевский прав со своими солнечными циклами, то для влияния солнца земные расстояния значения не имеют.

— Случалось, конечно. Например, знаменитая паника нашествия марсиан в 1938 году, спровоцированная радиопостановкой «Войны миров». Эта радиопередача вошла в историю. Миллионы людей — а радио в те годы в США слушало 6 миллионов американцев — вдруг поверили в реальность нашествия инопланетян и в ужасе стали бежать из городов. Марсиане кругом! Дороги были запружены машинами. Телефонные линии перегружены. Люди звонили друг другу, советуясь, как спастись от космических пришельцев. Несмотря на уговоры властей и полицейских, население, взбудораженное «пришествием» кровожадных марсиан, никак не могло успокоиться. В такие года даже и без усилий Лысенко у людей пропадает критичность восприятия, и они готовы верить во все, что угодно. Трофим Лысенко своими агроприемами лишь на порядок усилил естественный циклический природный процесс. Репрессии в этот год все равно бы достигли значительно более высокого уровня, но без помощи народного академика дело могло бы закончиться условным «нашествием марсианских шпионов» и десятком-другим тысяч расстрелянных за «сеяние паники». Ну и плюс, конечно, планово репрессировали бы тех политических противников, которых хотели расстрелять и без всякой спорыньи.

— Если это действительно глобальный природный процесс, то спорынья в этот год должна была бы появиться и во многих других странах.

— Она и появилась — в тех странах, где погодные условия не тормозили ее развитие. В Англии в 1937 году ее стали замечать на луговых травах, она сильно досаждала садоводам. В это же время спорынья захватила северный остров Новой Зеландии. В Австралии спорынья стала появляться еще с 1936 года, что вызвало массовые раздраженные публикации в прессе. В Министерство сельского хозяйства были посланы несколько тонн образцов на проверку. Ведь вред от нее был явен и ужасен. К началу 1937 года прибрежные районы Нового Южного Уэльса были поражены спорыньей на 100 процентов. Стали отмечаться случаи отравления скота в районе Лисмора. Но рожь там не растили, а пшеница без Лысенко с самолетами ножниц заражается мало, так что народ ничего не заметил.

— Ты же сказал, что люди там жаловались на вредную спорынью?

— Конечно, еще как жаловались, сейчас я тебе покажу сайт Австралийской национальной библиотеки, там свободный доступ, — ответил с невинным видом Алик.

Я взглянул на его открытый нетбук, подозревая явный подвох. Так оно и оказалось. В марте 1937 года леди и джентльмены из Брисбена жаловались, что совершенно не могут играть в гольф — их чулки и брюки жутко пачкались от медвяной росы спорыньи. Затем Алик задал поиск на испачканные медвяной росой брюки — в следующий раз, судя по жалобам, спорынья появилась на австралийских лугах в 1948 году.

— Следующая волна увеличения репрессий в СССР пошла тоже в 1948 году, то есть опять 11 лет спустя? — спросил я. — Стало быть, исходя из солнечного цикла, в наше время следующую волну психозов, сумасшествий, принятия реакционных законов и неадекватных действий властей нам предстоит увидеть примерно года через три, то есть в 2012 году?

— Циклы сильно плавают, четко предсказать невозможно, не старайся на них вот так прямо ориентироваться, иначе это каббала какая-то получится, — пробурчал Алик, уткнувшись в компьютер. — На практике имеет значение взаимодействие моментов солнечных реперов с погодно-климатическими и трофическими циклами. Скорее всего, спорынья начнет появляться уже в 2010 году, а волна необъяснимых болезней, психозов и народных волнений усилится в 2012-ом и пойдет на спад лишь в 2014-ом, но со вспышкой под конец года, или даже в 2015 году.

— Думаешь, отваливающиеся руки и ноги никто не заметит? — недоверчиво спросил я.

— Да не будут они отваливаться вовсе, дозы не те. И питаются люди теперь далеко не одним только хлебом. В худшем варианте физически пострадают лишь овцы и коровы. Вот у них, вполне вероятно, начнут отваливаться копыта и хвосты. В некоторых городах возникнет паника, подобная «марсианскому нашествию», люди будут из них массово убегать, гонимые страхом. В различных частях света появятся маньяки-каннибалы, иногда любящие раздеваться догола перед нападением на жертву — из-за гипертермии и «волчьего голода», возникающих при отравлении. Это может произойти где угодно, в любой стране, от погоды зависит. Предположу, что подобное будет происходить в Канаде, США или даже в Африке или Индии. Количество зарегистрированных сумасшедших вырастет в некоторых регионах процентов на пятнадцать. Пропадет пара экспедиций или туристов где-нибудь на Урале, подобно мистической группе Дятлова. Их со временем найдут — возможно, без ботинок, с кровавой пеной во рту и с откушенными языками. Будут падать с неба отравившиеся птицы, подобно библейским перепелам. Появятся тысячи больных, утверждающих, что у них под кожей ползают невидимые насекомые или черви.

— Кажется, я уже читал что-то про больных с ползающими под кожей насекомыми несколько лет назад.

— Это пока лишь отголоски прошлой вспышки начала 2000-х, — ответил Алик, — симптомы усилятся во время следующей, на спорынью наложится действие эндофитных грибков. Некоторые мужчины в разных частях планеты, чаще в Индии и Африке, будут жаловаться на «уменьшение члена» — симптом известный еще с «Молота ведьм». У других заболевших возникнут судороги, напоминающие эпилептические припадки, например, непроизвольно начнет дергаться голова. Эти вспышки неизвестных эпилептических заболеваний в самых разных частях мира поставят в тупик врачей. В отдельных поселениях пройдут психические эпидемии с истерическим смехом или с видениями нашествия пауков, как во времена итальянского тарантизма. В школах Африки опять пойдут эпидемии одержимости демонами, там каждый солнечный цикл это случается. Некоторые верующие в Европе и Америке начнут ясно видеть скрытые изображения дьявола на старинных фресках, другие, наоборот, узрят пришествие Девы Марии, что вызовет массовое поклонение святыням. Увеличится количество наблюдений летающих тарелок, особенно летом. Но подобные новости станут лишь достоянием желтых газет и вскоре сойдут на нет. Повысится политическая напряженность, в некоторых областях дело закончится локальными революциями и сменой правительств. Все это будет объяснено исключительно социологическими и экономическими причинами. А произойдет ли то, что я описал, или нет — будет зависеть от нашествия саранчи. И от того, захотят ли определенные силы ради политических целей подыграть природе на манер академика Лысенко.

Я промолчал и решил не развивать тему. Глобальные построения Алика по-прежнему вызывали у меня большие сомнения, нострадамовщина какая-то. При чем здесь загадочно погибшая группа Дятлова, библейские перепела и саранча, я также не понял.

Тем временем мы уже въехали в Страсбург и вскоре добрались до Старого города. Средневековый дух витал над этими узенькими улочками и старыми домами, которые немцы называют «фахверк». Уют, спокойствие, цветы на подоконниках. Трудно было представить, что в этом очаровательном месте в 1518 году несчастные горожане гибли один за другим загадочной смертью во время очередной вспышки «танцевальной чумы», получившей название «пляски святого Витта». Они одержимо танцевали целый месяц и не могли остановиться, умирая от сердечных приступов или просто от истощения.

— Интересно, что до сих пор находятся ученые, отрицающие связь этой танцевальной мании со спорыньей. Многие утверждают, что эти безумные пляски были вызваны хореей Хантингтона, — сказал Алик, задумчиво глядя на кафедральный собором, которым восхищался еще Гете. — На мой взгляд, это прекрасно показывает, насколько люди не умеют и не хотят думать. В научной статье РАН, которую я как раз проглядывал накануне, в одном и том же абзаце утверждалось, что средневековые «пляски Витта» и пляска в Страсбурге в частности — это хорея Хантингтона, которая есть заболевание генетическое, а частота его появления — несколько человек на сто тысяч. Мне даже стало интересно, сколько человек, по мнению авторов, проживало в средневековых городах, если там одновременно плясали сотни и даже тысячи людей?

— Я бы на их месте попробовал вывернуться и выдвинуть гипотезу, что действие спорыньи активировало отвечающий за хорею ген — ведь сам Джордж Хантингтон изучал хорею в штате Коннектикуте, от границы которого до Сейлема в Массачусетсе с его ведьмами — километров семьдесят.

— Увы, никто из ученых об этом не писал ни слова. Может, и зря.

Мы поселились в невзрачном с виду отеле в самом центре Старого города, где обнаружились на удивление просторные и светлые номера. После ужина я зашел к Алику. Он сидел за компьютером и сосредоточенно что-то искал.

— Одарил ли Страсбург тебя вдохновением? Мысли какие-нибудь появились?

— Угу, — отозвался Алик. — Только они совсем не о плясках Витта. Я вдруг задумался об известном химике Джордже Баргере. Помнишь такого?

— Я уже множество материалов перелопатил по спорынье, и не знать об авторе основной монографии на эту тему просто не мог бы. Но к чему ты клонишь?

— По общепринятой версии, Альберт Хофманн синтезировал ЛСД из спорыньи два раза. В 1938 году препарат почему-то показался ему «неинтересным», а в 1943 году вдруг стал очень привлекательным.

— У тебя есть какие-то сомнения в общепринятой версии?

— Конечно, есть. В своей книге Хофманн писал, что его новое вещество не вызвало интереса у фармакологов и врачей, поэтому испытания были прекращены.

То есть какие-то неназванные фармакологи и врачи это вещество якобы проверяли. Как проверяли? На ком? Даже кошки ведут себя под ЛСД так неадекватно, что это должно было заинтересовать любого ученого. Кстати, здесь как раз ключ к тому, почему кошки в средние века считались порождением дьявола. Достаточно было поделиться с ними хлебом или молоком, и перед тобой возникало создание ада с взъерошенной шерстью — так называемая пилоэрекция — и совершенно безумное. Они даже вовсе переставали ловить мышей и кидались на стены. Неудивительно, что кошек сжигали как ведьм и бросали с колоколен. Да и у мышей под ЛСД проявляется двигательное беспокойство и изменения в манере облизываться. Такие эффекты не могли не заинтересовать.

— Не заинтересовать — не значит быть неинтересным. В контексте разработок лекарств — а ведь именно этим занималась фирма Сандоз — «неинтересность» могла означать просто отсутствие перспектив коммерческой выгоды.

— Могла, если мы уверуем в официальную версию о том, что корпорация Сандоз искала лишь средство от головной боли или что-то подобное. Вот только ее история давно связана с наркотиками. Конечно, они тогда считались просто лекарствами, но тем не менее.

— И что ты думаешь по этому поводу?

— Ты, конечно, слышал о «Дне велосипеда», который вспоминают каждый год любители психоделиков? Полагаю, вся эта знаменитая история с велосипедом, на котором ехал галлюцинирующий Хофманн, произошла на самом деле именно в 1938 году, а вовсе не пять лет спустя, когда Хофманн вернулся к препарату, поскольку у него было якобы «странное предчувствие». Это все шито белыми нитками. Гораздо с большей вероятностью стоит предположить, что во время первых испытаний препарата случилось нечто непредвиденное, из-за чего на эти пять лет Хофманну о своем ЛСД просто пришлось забыть.

— Просто догадка с потолка?

— Ну, не совсем. Для начала стоит подумать, кто мог быть этими неведомыми экспертами, которым, как пишет Хофманн, препарат якобы не приглянулся. Если Хофманн действительно столкнулся с действием ЛСД в ноябре 1938 года, как он сам утверждал в своих статьях и письмах, то кому бы он мог в первую очередь продемонстрировать синтезированный им препарат? Кого бы он поставил в известность о своем открытии? Кто тогда был ведущим исследователем спорыньи?

— Упомянутый тобой Джордж Баргер, надо полагать. Именно он выделил эрготоксин из спорыньи еще в 1906 году, то есть в год рождения самого Хофманна. Или нобелевский лауреат 1936 года Генри Дейл, он тоже работал вместе с Баргером над алкалоидами спорыньи.

— Именно так. При этом Баргер не только алкалоиды выделил, но также написал лучший по сегодняшний день трактат о спорынье и исторических эпидемиях. Они вместе с Дэйлом занимались спорыньей еще с самого начала 20-го века, когда начали работать на крупную фармацевтическую компанию сэра Генри Вэллкома, который, кстати, тоже написал неплохую работу о спорынье. В своей книге Хофманн ссылается на монографию Баргера несколько раз. Так если бы Хофманн увидел в своем ЛСД-25 что-то необычайно интересное, кому бы он показал бы это в первую очередь, как не старине Баргеру? Но вещество действительно должно было быть необычным, чтобы заставить Баргера примчатся в Швейцарию из Глазго, где он тогда работал. Так что мою умозрительную догадку можно было легко проверить. Если бы нашлись сведения о том, что профессор Баргер в конце 1938 года посетил Хофманна, то вряд ли бы это было бы случайностью. Хофманн, как известно, работал в фирме Сандоз в швейцарском кантоне Золотурн. Только вот о встрече с Баргером в книге Хофманна, естественно, нет ни слова.

— И ты нашел такие сведения?

— Сведения оказались для меня несколько неожиданными. В ноябре 1938 года, когда Хофманн впервые синтезировал свой знаменитый ЛСД-25, Баргер, недавно ставший профессором королевской кафедры университета Глазго, был очень занят. Лондонским Королевским обществом в это время Баргеру за выдающиеся достижения в химии вручалась медаль Дэви — престижная награда, которой удостоился, например, Менделеев в 1882 году. Но месяц спустя, как только к рождеству лекции в университете закончились, профессор Баргер, ничего не сказав коллегам, неожиданно отправился в Швейцарию...

Алик выдержал драматическую паузу, достойную актера второразрядного театра, и развернул ко мне компьютер.

— Вот тебе для ознакомления номер журнала «Обзоры физиологии, биохимии и фармакологии» от 1939 года с некрологом:

Новость о неожиданной и преждевременной смерти профессора Джорджа Баргера 6 января во время короткого визита в Швейцарию — это серьезный шок для многих его друзей и поклонников во всех частях мира. Баргер, можно сказать с уверенностью, занимал уникальное положение в международной науке... Химики все во всем мире будут испытывать чувство непоправимой потери...

— Можешь к этому что-то добавить? — спросил я.

— Внезапная смерть настигла Джорджа Баргера в швейцарском кантоне Золотурн.

— В кантоне, где расположена фирма Сандоз... Какая была официальная причина смерти?

— Сердечный приступ. Некоторые источники, правда, пишут, что он умер 5-го числа.

— Есть какая-то разница?

— Пока не знаю, вроде никакой. Разве только то, что 5 января было полнолуние. Умер Баргер в тихом маленьком поселке Эше. В общем, можно было бы предположить, что они Хофманном специально уехали на природу подальше от города, потому что Хофманн решил дать ему попробовать новый препарат, но не учел дозу или обстановку. В результате — бэд трип, закончившийся для Баргера сердечным приступом. После чего Хофманн с перепугу отложил публикацию об открытии на пять лет.

— Можно еще много всяких версий выдвинуть. Например, что Хофманн ЛСД и вовсе не изобретал. Ведь нам это известно только с его слов, нет никаких доказательств, а дневник его опытов мог быть написан задним числом. Как в старой шутке о том, что Библия верна потому, что так написано в Библии.

— Неожиданно, — удивился Алик. — И кто же в таком случае изобрел ЛСД?

— Сам Баргер и синтезировал. Кто был тогда в мире самый главный знаток спорыньи? Зубр по исследованию ее алкалоидов? Ему и карты в руки. Затем Баргер поехал в Швейцарию, чтобы, например, проконсультироваться с коллегами в Базеле, или же сделать доклад о своем открытии, тут его и шлепнули. Ибо кто-то решил, что время военное, а ЛСД может послужить оружием. Может, оно со временем и стало представляться той самой мечтой «оружия возмездия» Гитлера. Ведь до сих пор так и не известно, что Гитлер под этим имел в виду. А документы Баргера передали Хофманну для разработки. Кстати, а почему препарат был назван ЛСД-25? Хофманн говорил, что это просто 25-й номер опыта по счету. А может, это именно рождественский подарок? Баргер прибыл в Швейцарию, полагаю, 25-го числа? Или это просто именно Рождество, день рождения нового Бога — ЛСД? Того, о котором Баба Рам Дасс писал: «ЛСД — это Христос, пришедший в Америку»? В любом случае, рождество здесь, полагаю, не случайно.

— Это уж ты загнул. Хотя некоторые американские газеты в некрологе, действительно, упоминали о том, что Баргер приехал в Швейцарию именно для прочтения лекции в Бернском университете. И еще Баргер был известен тем, что давал работу беженцам из Германии, среди которых могли затесаться и немецкис шпионы, заинтересованные в препарате.

— Или же разборка между фармацевтическими корпорациями, Баргер ведь работал на конкурентов?

— Баргер уже не работал на корпорацию. Да и сам владелец той корпорации Вэллком умер в 1936 году. Но вот фирма Сандоз была среди тех трех компаний, которые еще в 1910 году создали в Амстердаме первый в истории кокаиновый картель, названный ими «Синдикатом изготовителей кокаина». А когда кокаин в 1920-х был официально объявлен наркотиком и запрещен, бизнес пришлось свернуть. И новый, пока еще не запрещенный ЛСД пришелся бы очень в тему компании с таким опытом и наработками. Но есть тут, кстати, еще один момент... Впрочем, не знаю, имеет ли он какое-нибудь значение. В 1935 году в Ленинграде и Москве прошел пятнадцатый международный конгресс физиологов. Серьезное было мероприятие, под тысячу иностранных участников съехалось. Оргкомитет этого конгресса возглавлял сам Павлов, его заместителем был Орбели. Баргер там тоже присутствовал и запомнился на этом конгрессе своей приветственной речью, произнесенной им на восьми или девяти языках. Талантливый был человек.

— А Лысенко, случаем, не присутствовал на этом конгрессе?

— Вот это вряд ли. Но академик Вавилов там был точно и вполне мог услышать от Баргера что-то такое, что его насторожило. Баргер, полагаю, мог что-нибудь рассказать о спорынье, по крайней мере, за чашечкой кофе в кулуарах. Он же алкалоидами спорыньи всю жизнь занимался, книгу незадолго до того издал. Тем паче, что как раз в 1935 году бывшим коллегой Баргера Дейлом были получены из спорыньи новые алкалоиды. И вот что происходит — летом, до конгресса, Вавилов Лысенко нахваливает, говорит, что тот осторожный исследователь, а его эксперименты безукоризненны. А в 1936 году Вавилов, выступая с докладом на сессии ВАСХНИЛ, вдруг высказывает с позицией Лысенко несогласие. Затем наезжает на яровизацию. Может, это просто совпадение, конечно, но сразу со счетов сбрасывать не стоит.

— Ладно, сейчас мы с тобой нафантазируем на целый конспирологический роман. Но вот твое замечание про яровизацию меня заинтересовало.

— А что там интересного? Очередной бессмысленный агроприем от Лысенко, вроде прогулок кур по лесам.

— Кур по лесам? Ты меня все время удивляешь.

— Ну да, в СССР этому посвящались научные работы и сладкоголосые статьи, которые сейчас выглядели бы просто троллингом. Особенно популярна была статья

Фиша с подзаголовком, кажется, «Великий куриный поход». Там описывалось, как лысенковцы отправили только в одной области десять тысяч кур в леса и поля для борьбы с вредителями и «леса огласились кудахтаньем и петушиным криком». Потом эта статья о мудром Лысенко даже в детских книжках на все лады пересказывалась. Говорилось, что домохозяйки в 1938 году заметили странный вкус хлеба. Решили, что это из-за клопа-черепашки.

— Может, не из-за черепашки вовсе хлеб поплохел? Год больно уж подозрительный.

— Трудно сказать, с чем это было связано. Такое, вообще говоря, могло быть на самом деле — в годы солнечных реперов не только спорынья развивается, но и насекомые-вредители размножаются массово. Так что из-за чего именно хлеб попортился — от спорыньи или клопов — теперь не выяснить уже. Лысенко предложил использовать кур. В рассказе описывался охотник, который был поражен, наткнувшись на множество кур, бегающих по лесу. Но ему объяснили, что это совершенно нормально, а куры «на государственной работе». И эти куры якобы так обжирались вредной черепашкой, что лежали на земле и подняться не могли, даже лапками не шевелили. Но тем не менее ночевали в лесу на ветках деревьев и методично зверски уничтожали всех клопов вокруг. Лысенко продвигал это метод во время войны.

— Нормальный же ход, кур в лесах лисы подъедят, а на полях они спорыньей потравятся. А о снижении поголовья кур вследствие такого метода никто из зоотехников докладывать не будет, ибо уже четко понимает — расстреляют за вредительство именно его, а не лысенковцев. Упорный был парень этот народный академик. Но вернемся к Вавилову. Значит, ты говоришь, он вдруг выступил против яровизации?

— Сначала он яровизацию поддерживал, но к 1936 году понял, вероятно, ее бессмысленность. К спорынье это не относится — то, что зерно отмачивали, на нее не повлияет, это же не плесень. Спорынья только на живом колосе растет. Там суть больше в том, что в мокрую погоду цветки ржи дольше открыты, что способствует заражению.

— Я не об этом. Что там случилось с Вавиловым? Я думал, в контексте противостояния речь о генетике шла. Вроде как Лысенко отвергал генетику — продажную девку империализма, нет?

— Так многие думают, хотя сама фраза не из тех времен, а из спектакля 60-х годов, — буркнул Алик. — Лысенко был директором Института генетики, когда Вавилов уже в тюрьму загремел. Как он мог ее открыто отвергать? Дело только в том, что именно подразумевать под генетикой. Лысенко под этим словом просто разумел нечто совсем иное, чем вавиловцы.

— Погоди, так за что же все-таки конкретно арестовали Вавилова, если речь лишь о разнице в понимании термина?

— За что, за что. За контрреволюционную вредительскую деятельность, вестимо. И за принадлежность к выдуманной антисоветской организации «Трудовая крестьянская партия». Ты что, не знаешь, как приговоры тогда писались?

— Нет, я не о приговоре как таковом, он действительно не слишком интересен, а об исходных предпосылках. Они могут отражать более реальные причины. Вот, скажем, существует ли постановление на арест Вавилова?

— Этого я не знаю, — зевнул Алик, всем своим видом показывая, что время позднее и пора уже спать. — Может, потом и стоит поискать, в самом деле.

Глава 15

Агроприем

Я пошел к себе в номер, завалился в кровать, но уснуть не получалось. Поворочавшись в постели, я не выдержал, включил свет и полез в интернет. Хотелось все-таки уточнить, за что же арестовали Вавилова. Первые два часа поисков ушли практически впустую. Кроме привычного: «продвигая заведомо враждебные теории, Вавилов ведет борьбу против теорий и работ Лысенко», ничего не находилось. Но против каких конкретно теорий и работ Лысенко выступал Вавилов? Это было как-то неясно. Чем больше я читал, тем больше мне казалось, что я что-то упускаю. Что ответ где-то рядом, но я его почему-то не вижу. В результате я плюнул на поиски статей Лысенко и на материалы съездов и партийных пленумов, интуитивно почувствовав, что наводка должна быть где-то еще.

Сначала на глаза мне попалось письмо бывшего секретаря Вавилова Анны Ревенковой, адресованное генеральному секретарю ЦК КПСС Л. И. Брежневу. Ревенкова, будущий биограф Вавилова, сама находилась под следствием по «делу Вавилова» в течение десяти месяцев и могла судить о предъявляемых академику обвинениях. Заканчивалось письмо странной фразой: «Кстати сказать, обвинения в адрес Н. И. Вавилова не касались проблем генетики. Они относились к другой области». Скана письма в сети не нашлось, но если это был не фейк, то вопрос с реальными обвинениями становился все интересней.

Затем я наконец нашел в вестнике РАН искомое постановление на арест Вавилова от 5 Августа 1940 года. Академик был арестован на следующий же день. Кроме общих фраз о вредительстве, отвлеченном академизме и борьбе с новейшими воззрениями в области селекции, постановление отмечало конкретную подрывную деятельность Вавилова «в целях опровержения новых теорий в области яровизации и генетики».

С генетикой все было прозрачно, Лысенко утверждал, что наследственность не передается генами. Его кредо было позже ясно изложено в статье «У истоков новой биологии»: «Вот только что снесенное куриное яйцо... Казалось бы, мы можем утверждать, что такие-то признаки курицы заложены в этом яйце. Нет, настоящий мичуринец никогда так не скажет. Он знает, что это неверно, что никакие признаки будущего существа в яйце не заложены и не могут быть заложены. В яйце нет и не может быть, например, формы гребешка, хотя бы в виде какого-то „гена“, предопределяющего эту форму, потому что там нет еще никакого гребешка, а думать, что форма какого-либо физического тела может существовать без этого тела, — это мистика, это абсурд». Вышеозначенная ода взглядам Лысенко была заказана одним из его основных сотрудников Донатом Долгушиным своему брату, публицисту Юрию Долгушину. Генетикам тогда при виде таких статей было вовсе не до смеха. Но в постановление на арест Вавилова генетика упоминалась только в контексте членства академика «в составе фашистско-германского генетического общества» и во фразе «фашистской расовой теории в вопросах генетики». Больше ни о генах, ни о генетике в постановлении не было ни слова. Зато было указано на противодействие Вавилова яровизации.

В обоснование необходимости ареста были приведены показания уже к тому времени расстрелянных «врагов народа» о вредительской деятельности Вавилова. Арестованный еще в 1937 году директор Института по изучению засухи Рудольф Давид обвинял Вавилова в том, что и он его приспешники «активно выступали против революционной теории академика Лысенко о яровизации и внутрисортовом скрещивании». А вот в самом приговоре ни внутрисортовое скрещивание, ни яровизация уже не упоминались. Но если внутрисортовое скрещивание, как мы уже знали, провоцировало заражение спорыньей, то что было не так с яровизацией?

Спать совершенно расхотелось, и я продолжил поиски. Вскоре я наткнулся на дневники академика Вернадского, которые опять же прямо отсылали к яровизации. Старый академик в записи от 9 сентября 1940 года вскользь упоминал слова палеонтолога Борисяка, утверждающего, что до отъезда в Буковину Вавилов делал доклад в ЦК партии о Лысенко и был очень доволен результатами. Вавилов, по словам Борисяка, утверждал, что яровизация провалилась, и через пару месяцев это выяснится. Сам Вернадский никаких выводов из этого сообщения не делал. Да и не предполагал он, что Вавилов на тот момент уже месяц как был арестован в этой самой Буковине.

Впервые в жизни я пожалел, что я не ботаник и не аграрий. Здесь явно была какая-то загадка с этим агроприемом. Постоянные отсылки к яровизации настораживали. И несмотря на глубокую ночь, я решил уточнить, что же именно означало в те годы это слово. Картина вырисовывалась расплывчатая. Применяемый Лысенко термин «яровизация» обозначал сразу три понятия, что порождало массу недоразумений. Но меня интересовали конкретно разработанные академиком агроприемы. В этом контексте яровизация — специальная обработка семян перед посевом, якобы ускоряющая процесс роста и созревания зерновых. Сама идея, надо заметить, антинаучной не представлялась, да и была известна еще с 19-го века, что, впрочем, сам Лысенко и не скрывал. Поначалу он предложил переделывать озимые в яровые, то есть сажать весной те семена, которые надо было сажать осенью. Без яровизации такие злаки не выколашивались, а с яровизацией — вроде как получалось. Ошибка была в другом: Лысенко утверждал, что всего за несколько поколений озимая пшеница должна окончательно превратиться в яровую и давать большой урожай, а «озимость» злаков будет искусственно изжита.

Упрощенно, идея была в том, что зерно надо «обмануть», создавая условия, моделирующие приход осени-зимы. То есть поместить во влажную и холодную среду. На практике это выглядело так: зерно перед севом в подвалах и сараях заливали водой и периодически ворошили лопатами, чтобы температура чуть выше нескольких градусов не поднималась. Потом стало ясно, что озимые в яровые почему-то превращаться не хотят, и тогда стали яровизировать сами яровые, мотивируя это тем, что они таким образом якобы выколашиваются на несколько дней быстрее, чем избегают суховея. Доказана однозначно эффективность яровизации никогда так и не была, но агроприем опытно проводился с 1932 года, а с 1936-го был введен уже планово.

Журнал Лысенко «Яровизации» 1936 года пестрел обещаниями колхозов к 1937 году максимально увеличить долю яровизированных посевов, а многие колхозы уверяли, что к 1937 году добьются 100% яровизации. В том же журнале отмечалось, что в условиях исключительно теплой весны 1936 года яровизация проводилась при повышенной температуре, поэтому ее успехи не особо видны, но в 1937 году при увеличении общей массы яровизированного посева зерновых культур будут подготовлены риги и сараи с земляными глинобитными полами для лучшего охлаждения. В портовом холодильнике Одессы, например, была заложена партия семян для яровизации при 0°. Некоторые колхозы клялись, что их урожай уже полностью яровизирован.

Но что же с этой яровизацией было не так? Не зная, что искать дальше, я решил отвлечься от злаков и стал смотреть энциклопедию по грибам. Первая же фраза, которая бросилась мне в глаза, повергла меня в шок: «полный цикл развития требует у разных видов грибов прохождения стадии яровизации при соответствующей более низкой или более высокой температуре, при большей или меньшей продолжительности в зависимости от биологического приспособления гриба».

Неужели все так просто?! Я перелистнул несколько страниц и стал просматривать статью о спорынье. Когда я дошел до активации склероциев, то уже предполагал, что там будет написано. Так оно и оказалось — в статье указывалось, что для максимального заражения полей склероции спорыньи должны прорастать, пройдя стадию яровизации при охлаждении, практически идентичном яровизации по Лысенко. И показано это было немецким ученым в 1929 году, за несколько месяцев до выхода ноябрьского номера

«Сельскохозяйственной газеты», с которого в СССР началась компания яровизации.

Я откинулся на спинку стула, почти не ощущая никакого удовлетворение от своего открытия. Второй знаменитый агроприем Лысенко, который в тридцатые годы превозносили все советские газеты, и с помощью которого народный академик обещал накормить всю страну, являлся в тех условиях смертельно опасным оружием массового поражения, куда более действенным, чем внутрисортовое скрещивание, которое только дополняло и усиливало эффект яровизации. Оба агроприема, одновременно проводимые академиком Лысенко в жизнь, служили лишь одному — массовому распространению спорыньи. Зловеще высказался об этом сам академик: «Ведь кое-кто пробовал смеяться и по поводу яровизации... А ведь сейчас, пожалуй, тем, кто злобно над всем этим смеялся, уже не до смеха».

Действительно, всем стало не до смеха. Страна оказалось обреченной на безумие по вполне физическим причинам. Точно так же, как сходила с ума Европа во времена крестовых походов и охоты на ведьм. Как повсюду искали заговор врагов в годы Французской революции, видя иностранных диверсантов за каждым кустом, так и продублировалось в 1937 году в СССР. Как ведьмы искренне признавались инквизиции в сотрудничестве с дьяволом, так и советские люди признавались НКВД о своей работе на все разведки мира. Как средневековые судьи верили, что вынося приговоры мышам, они сражаются с самим сатаной, так и чекисты арестовывали ворон, работающих на немцев. Все было то же самое, все паттерны поведения были давно хорошо знакомы человечеству. Но никто этого так и не осознал.

Установку дал на пленуме еще Микоян в первых же строках своего выступления «Для того, чтобы вызвать недовольство в стране, для того, чтобы навредить народу, враги могут прибегать, будут прибегать и прибегают к отравлению», но откуда придет удар, никто не догадывался. Чекисты, не понимающие причин охватившего страну безумия и шпиономании, сами поддались панике и, помимо не столь многочисленных реально действующих врагов, стали массово расстреливать тех, кто не имел никакого отношения к происходящему. Потом возникла ожидаемая реакция, и новые чекисты стали расстреливать уже их самих.

В этом «огне по площадям» наугад расстреляли и тех, кто вольно или невольно участвовал в отравлении, даже бывшего наркома земледелия Яковлева, благословившего эту яровизацию. Сам Лысенко еще в 1935 году отмечал более чем серьезную роль бывшего наркома в деле яровизации, заранее ненавязчиво переводя на него стрелки: «В самом деле, кто разработал научные основы яровизации? Я в этом деле участвовал и знаю, кто еще в нем принимал участие. Может быть, их разработал Яков Аркадьевич Яковлев? Потому что, если бы он в 1930 г. не подхватил этого вопроса в зародыше, не было бы в таком виде и в такой форме яровизации на сегодняшний день, как мы ее имеем».

В 1937 году Яковлев попытался было свести вопрос сельскохозяйственного вредительства только к резкому сокращению сети сортоучастков и предложил принять меры «по распутыванию семенного дела». «Где здесь кончается бюрократическая неряшливость и где начинается вредительство, нанесшее огромный ущерб хозяйству, разобрать, конечно, смогут органы НКВД и суд», — уверенно заявил Яковлев на Пленуме ЦК 28 июня 1937 года. НКВД действительно разобрался довольно быстро: 12 октября 1937 года Яковлев был арестован и приговорен к смертной казни, в июле

1938 года расстрелян. Только Лысенко легко вышел сухим из воды, как будто ничего и не произошло. Его никто не тронул. Более того, он в это самое время стал президентом академии.

И только позже о реальных проблемах с яровизацией начал смутно догадываться Вавилов, чем и подписал себе смертный приговор. Неужели именно поэтому архивы до сих пор засекречены?

Я провел еще несколько часов, читая различные научные работы о спорынье. За окном уже светало. Ложиться спать было бесполезно. Я посмотрел на часы и решил, что пора будить Алика.

Глава 16

Яровизатор

Алик открывал дверь долго, бормоча что-то невразумительное об идиотах, не дающих нормальным людям спать. Наконец дверь отворилась, а Алик с закрытыми глазами на автопилоте вернулся в комнату и рухнул на кровать. Спустя минуту он нашел в себе силы приоткрыть один глаз и уставился им на меня.

— Должен тебе сообщить, Алик, что ты в своих исследованиях упустил слона, — сообщил я, плюхнувшись на диван, и со злорадством первооткрывателя наблюдая за озадаченным лицом невыспавшегося конспиролога. — Это закономерно, ибо слоны часто менее заметны. Мы обычно лишь ощупываем их ноги, как слепцы из известной притчи.

— Если ты перестанешь болтать языком попусту и расскажешь мне о своих догадках, — раздраженно проворчал Алик, — то тогда я смогу решить, похвалить тебя, или направить в психушку. Может, ты нашел следы неуловимого ЗОГа?

— Нет, я нашел лишь простую энциклопедию по грибам. И понял, что ты разглядел лишь верхушку айсберга.

Алик, поняв, что выспаться не удастся, сел к столу, налил себе стакан сока и укоризненно посмотрел на меня.

— Ну, валяй, рассказывай.

— Что ты знаешь о стадиях развития спорыньи?

— У нее довольно сложный цикл развития. Склероции, аскоспоры, заражение, медвяная роса, вторичное заражение и обратно склероции. Это, вероятно, в любом школьном учебнике расписано. Что тебя смущает?

— Активация склероциев меня смущает. Точнее, условия этой активации. Ты ведь уже хорошо изучил спорынью. Помнишь, какие должны быть эти условия?

— Склероции в земле прорастают, условно говоря, такими маленькими грибочками со споровыми сумками. Я же тебе говорил, что, на мой взгляд, именно они и изображены на фреске в часовне Пленкуро. И как раз эти плодовые тела, я полагаю, использовались для приготовления элевсинского пива, а вовсе не рожки. Если говорить правильно, то их называют стромами. В сумке развиваются аскоспоры, которые попадают на цветки злака, в том числе и на заботливо лишенные Лысенко «девственности»...

— Погоди, я спросил тебя не совсем об этом, а об оптимальных условиях прорастания склероциев. О температурных, например.

— Насколько я помню, склероциям требуется период холодной погоды, чтобы прорасти. Они активируются низкой температурой в течение нескольких недель... Черт! — Алик даже привстал со стула и недоверчиво прищурился. — Ты думаешь...

Алик вскочил и стал возбужденно ходить кругами по комнате. Потом он остановился и уставился на меня.

— Итак, допустим, что у нас есть задача отравить спорыньей максимально возможное количество урожая, — ответил я на его молчаливый вопрос. — В обычных условиях больше всего заражению подвержена озимая рожь, меньше всего — яровая пшеница и прочий ячмень. Потому что из-за перекрестного опыления цветки у ржи всегда открыты для заражения спорыньей. Склероции спорыньи зимуют в поле на яровом клине или вместе с озимыми, где и активируются холодом. На практике разница между заражаемостью яровой и озимой ржи часто заметна мало, поскольку спорынья хитра — она подстроилась под любой вид заражения. Сначала рожки прорастают, потом аскоспоры поражают завязи цветков озимой ржи и, позже, яровой. Затем происходит вторичное заражение — на больной ржи появляется медвяная роса, которую сотни видов насекомых разносят по еще непораженным злакам. Поля яровой и озимой ржи часто оказываются заражены почти одинаково.

Алик молчал.

— Ну и еще если пчел рядом с полями разводить... — подколол я Алика, но он даже не отреагировал, отошел к окну и стал задумчиво смотреть на мокрые крыши.

— Есть два пути заражения посевов, — продолжил я. — От рожков, зимующих в поле, и от рожков, хранившихся с семенами. С опавшими рожками борются вспашкой поля — склероции оказываются на глубине и не могут прорасти. Чтобы они прорастали и заражали урожай, нужно сажать по стерне без вспашки, что и будет делать Лысенко позже. Но в 1937 году он этого еще не придумал, а использовал зараженный семенной фонд. Склероции из такого семенного зерна при озимом севе осенью попадают в землю и зимуют там, добавляя свою долю к заражению ржи. В случае же яровой посадки эта часть рожков не активируется. Но если мы проводим яровизацию по Лысенко, то получаем отличный способ заражения. А если мы в этот же момент кастрируем самоопыляемые культуры, то можем заразить еще и озимую, и яровую пшеницу, а также ячмень и овес. То есть эти два агроприема дополняют и усиливают друг друга. Проводимые вместе, они дают возможность заразить вообще весь урожай зерновых.

— Я помню эти фотографии женщин-колхозниц, перелопачивающих зерно в каких-то подвалах и сараях и заливающих его водой для охлаждения, — глухо откликнулся Алик. — Яровизация была принята как официальный агроприем с 1936 года, тогда же, когда и кастрация колосьев. И все это попало на влажный 1937 год, да еще и на солнечный максимум.

— Продвигать яровизацию и экспериментировать с ней Лысенко начал значительно раньше. Я выяснил, что в 1929 году в старинном университетском городе Йена в Германии вышла работа немецкого ученого Генриха Кирхгофа, подводящая итоги его исследований спорыньи. Кирхгоф выращивал спорынью на ржи в Хассельфельде, в сотне километров от Йены, при разных температурных режимах. В своей брошюре Кирхгоф опубликовал результаты наблюдений и обозначил наилучшие условия прорастания рожков. Он указал, что склероции лучше всего прорастают, если находились несколько недель под действием низкой температуры от 0 до 5° в условиях повышенной влажности.

— И в это же время, — подхватил Алик, — Лысенко выдвинул понятие яровизации, а затем предложил для увеличения урожая мочить и охлаждать семена на несколько недель до температуры не выше 5° якобы для улучшения урожая. Урожай чего именно улучшится в реальности, он скромно умолчал. Так ему удалось добиться возможности заражения любой ржи. Следующим этапом надо было заразить пшеницу и ячмень. Для этого Лысенко придумал способ кастрации цветков под прикрытием полезности внутривидового скрещивания. Склероции спорыньи, попавшие в зерновую массу, активировались холодом при яровизации и прорастали, резко увеличивая заражение полей. Теперь не только ржи, но и кастрированных Лысенко пшеницы, овса, проса и ячменя. Все верно ты описал. Но как этого никто не замечал раньше? Ведь на поверхности же все.

— Это и есть вопрос опознавания слона. Или вопрос Шерлока Холмса о спрятанном на самом видном месте, где никто не будет искать. Напомню, что и ты, углубленно изучая спорынью, этого не заметил. Впрочем, возможно, тех, кто потенциально мог что-то понять, убрали заранее: ведь рекламировать яровизацию стали с ноября 1929 года, а следом с декабря пошла серия так называемых закрытых «академических процессов», в течение которых были репрессированы историки-архивисты, краеведы, почвоведы... Согласно библейской притче, только жнецам хозяин мог поручить задачу отделить пшеницу от плевелов, рабы бы не справились. Но если опытных жнецов предварительно уничтожить, то кто при жатве сможет правильно отделить плевелы? Кстати, в опьяняющем плевеле, о котором шла речь в притче, тоже ядовитые грибные микотоксины. А позже и вовсе опасно стало что-либо говорить против яровизации. Ведь ее противников Лысенко клеймил вредителями и классовыми врагами. А от такого обвинения до приговора — путь в то время недолгий. К тому же люди вообще не любят думать и крайне невнимательны.

— Но все это слишком уж на поверхности! — Алик бросился к нетбуку.

— Давай, посмотри, убедись своими глазами. Я полночи этим занимался. Думаешь, сегодня реакция была бы другая? Я готов побиться об заклад, что даже если эти выкладки сейчас напечатать во всех газетах, блогах и соцсетях, то 99 процентов прочитавших начнут всерьез спорить, говорить, что это полный бред, но никто не бросится читать Кирхгофа, смотреть энциклопедии по грибам и сравнивать с указаниями Лысенко. Никто не станет проверять информацию, если она эмоционально раздражает. Бессмысленные споры и холивары — это стиль мышления постмодерна. Те же, кто сравнит и увидит идентичность, просто пожмут плечами, махнут рукой и займутся своими делами, а прочитанное назовут «курьезной гипотезой вреда яровизации». И не важно, что звучать это будет как «сомнительное утверждение о том, что брошенная в облитый бензином сухой хворост спичка вызывает пожар». Шаблоны психики крепки как броня.

Алик молча уткнулся в экран.

— Да, в любой энциклопедии о грибах можно прочитать об условиях активации склероциев ржаной спорыньи, — пробормотал он десятью минутами позже. — Последние исследования указывают на разницу прорастания склероциев в теплых и зимних условиях на порядок и более. Если склероции не охлаждать, то прорастают около 8%, а если охлаждать — то более 90%. Это американцы Швартинг и Хинер еще в 1945 году проверили. И я нашел газету «Социалистическое земледелие» от 1941 года с указаниями Лысенко по яровизации. Все то же самое, условия совпадают, он даже в военное время не остановился и особо настаивает, чтобы температура в посевном материале не поднималась выше 5 градусов. Благодаря таким методам урожай, например, того же 1941 года оказался настолько поражен спорыньей, что в октябре Наркомзему пришлось печатать в газетах призывы к колхозникам, пионерам и школьникам о сборе спорыньи, тонны которой скопились в каждом колхозе некоторых районов.

— Это особенно пикантно выглядит в совокупности с тем, что на следующий год станет известно о работе брата Лысенко на немцев. Чем занимались НКВД, СМЕРШ и прочие отделы УОО, куда смотрели?

— Уже знали о проблеме, но решили сделать из советских солдат берсерков?

— Спорынья слишком непредсказуема. Вместо берсерков можно легко получить безногих инвалидов или же просто галлюцинирующие полки, в панике разбегающиеся от противника и прячущиеся по лесам, что в истории уже наблюдалось не раз. Скорее, это была просто диверсия в чистом виде. Но слепота НКВД вызывает вопросы. Кем-то явно было указано академика не трогать.

— На каждый разбегающийся в панике полк найдется свой заградотряд, который будут кормить хлебом белым.

— Белый хлеб стараниями академика Лысенко был тогда не сильно лучше черного, так что гипотеза появления заградотрядов не принимается.

— А Кирхгоф был первый, кто описал наиболее оптимальные условия прорастания рожков?

— Насколько я понял, да. Все более поздние работы на эту тему упоминают именно его. Трудно сказать, среагировал ли изначально академик именно на информацию Кирхгофа или параллельно дошел до этого сам. Работа Кирхгофа вышла в июле, а в конце июля в «Правде» уже появилась статья, где указывалось на успешный посев яровизированными семенами в хозяйстве отца Лысенко. Но это и не особо важно. Показательно, что сходство процессов никого не насторожило в любом случае, даже десятилетия спустя.

Яровизация — это по-западному вернализация. «Вернус» на латыни — это весенний. «Яро» — тоже весна на древнерусском и чешском. То есть на любом языке «веснализация», скажем так. «Обман» растения, охлаждение, имитация осени-зимы. Мне даже попалось несколько более поздних работ, где активация склероциев прямо называлась яровизацией спорыньи.

Я подошел к компьютеру Алика и показал ему цитату работы венгерского исследователя Гарая из журнала «Сайенс» 1957 года под характерным названием «Роль фумаратов в формировании стром в яровизированной спорынье»:

Хорошо известно, что для прорастания Claviceps purpurea необходимо воздействие нескольких недель холода, а затем короткий период воздействия более высокой температуры. По Кирхгофу, который детально изучал этот вопрос, эффект охлаждения представляется аналогичным охлаждению при яровизации семян.

— И обрати еще внимание на известную японскую поговорку «Спорынья созревает раньше колоса», — добавил я. — Это, надо полагать, не ошибка перевода, как было в случае с переводами Шекспира.

— Поясни подробнее про Шекспира и японцев, — удивился Алик.

— В многочисленных переводах Шекспира на русский язык десятки раз упоминается спорынья. Ну, помнишь, в «Гамлете»: «Будто спорынья на ржи, сгубил он брата». Или слова Жанны д'Арк: «Зерна не надо ль? Бургундский герцог попостится прежде, чем вновь получит по такой цене. Оно все в спорынье. По вкусу ль вам?» Или, например, бес Флибертиджиббет в «Короле Лире», который «заражает спорыньей пшеницу; ну, и вообще пакостит помаленьку детям пыли и праха». Только вот в оригиналах никакой спорыньи нет. Это представления переводчиков. По тексту невозможно сказать, какую именно плесень Шекспир имел в виду, и о плесени ли речь вообще. Но Щепкина-Куперник переводила текст именно в этом ключе: бес Флибертиджиббет «портит пшеницу рожками». Она была первой, с нее все и переписывают. Переводчик подсознательно руководствуется знакомыми ему понятиями, а спорынья была тогда «на слуху». Издана книга с таким переводом была как раз в 1937 году, в более ранних изданиях, в том числе и дореволюционных, «спорыньи» и «рожков» нет.

— А японцы тут при чем?

— У японцев тоже встречалась спорынья, можешь посмотреть карту ее распространения в любой советской энциклопедии по грибам. Отсюда и поговорка, она приводилась в советских научных работах 70-х годов. Впрочем, предположим, что это тоже могла быть ошибка перевода — филологи нередко очень оторванные от жизни люди и живут в каком-то своем бумажном мире. Теоретически они могли, как и переводчики, просто спроецировать знакомое слово. В японском я сам не силен, проверить не могу. Но наблюдение насчет спорыньи верное в любом случае, то же самое в ботанических журналах указывалось. А яровизация яровых хлебов, которые в том не нуждались, сокращала на несколько дней или даже неделю вегетационный период и, по утверждениям Лысенко, в связи с этим якобы повышала урожай. Тот же журнал Горького указывал, что яровизация ускоряет развитие пшеницы, и та «успевает вызреть, достичь восковой спелости до зноя, до суховеев». На самом деле яровизация таким образом подгоняла развитие пшеницы к нужной стадии развития спорыньи, обеспечивая максимальное заражение. То есть действие яровизации — двойное.

— Интересно, что сама история в таких аспектах становится почти доказательной наукой, а не обычными вольными интерпретациями на тему, — заметил Алик. — Ведь это легко проверяемо эмпирически: можно засеять несколько полей яровизированным по всем указаниям Лысенко зерном — охлажденным в течение пары недель, влажным, «привитым темнотой», да еще полученным от внутрисортового скрещивания с «отобранной руками» спорыньей. А контрольные поля засеять обычным зерном и сравнить развитие грибка. Впору говорить о специальной дисциплине — био-истории, что ли? По крайней мере, о неком повороте в изучении истории в сторону реальности, в противовес уже оторвавшейся от жизни философской антропологии.

— Не совсем так — в конкретном случае речь идет даже не о доказательстве, а о возможности или невозможности опровержения уже зафиксированного. Ведь доказательство известно изначально и прописано в научных статьях и энциклопедиях, то есть эффективность агроприема Лысенко выводится из них автоматически. Если яровизированная спорынья при повторных опытах не даст большего урожая рожков, то все энциклопедии и научные работы надо сжечь, а Кирхгофа и десятки подтверждающих его данные авторов предать научной анафеме. Что невозможно, ибо полвека уже спорынью массово выращивают для медицинской промышленности в специальных совхозах и агропредприятиях во многих странах, и условия ее прорастания подтверждены и известны агрономам лучше таблицы умножения.

— Тоже верно, — покачал головой Алик. — И все-таки трудно поверить, что такая яровизация спорыньи проходила в целой стране, прямо на глазах всего населения, но никто ничего не заметил!

— Глобальное и очевидное всегда видится хуже. Да и симптомов отравления, вероятно, явных не было. Нет такой информации, чтобы у народа злые корчи начались массово в 1937 году — доза была для этого недостаточной, или состав алкалоидов оказался более наркотическим, чем токсичным. А о психозах и о галлюциногенном эффекте спорыньи в то время еще никто толком не задумывался, как и о повышенной агрессивности и подозрительности под ее воздействием. Паника поисков шпионов и диверсантов во Французскую революцию и процессы ведьм тогда еще со спорыньей никем не связывались. Характерно, что выдержки из писем, описывающие непонятную массовую панику времен «Великого страха» во Франции были напечатаны в «Красном архиве» в СССР в 1939 году, но никто никаких параллелей с недавними событиями даже не заметил.

— Может, симптомы не успевали проявиться, поскольку расстреливали потенциальных эрготиков слишком быстро? — то ли съязвил, то ли серьезно сказал Алик, помолчал и добавил: — Лысенко, кстати, даже не мог в 1937 году ответить на вопросы об эффективности яровизации. Тогда народный академик говорил лишь о том, что статистика, мол, теперь в Наркомземе, и раз они яровизацию не прекращают, значит с ней все хорошо по определению. Такая вот отмазка у него была. Но ведь начал-то он экспериментировать с яровизацией с 1932 года. Объем был еще не такой большой, но, может, хватило?

— На что хватило?

— Подумалось, что и голодомор может быть с этим как-то связан. Ведь согласно лысенковскому журналу «Яровизация», девяносто процентов яровизации в 1932 году было проведено именно в Украине.

— Полагаешь, не все люди умирали от голода, но некоторые и от отравления? А отбор зерна был на самом деле операцией прикрытия, чтобы замести следы яровизации? Вряд ли. Яровизация была еще опытной, до масштаба 1936 года очень далеко. Год был тоже влажный, спорынья появилась бы все равно, а возможностей у Лысенко усилить процесс было явно недостаточно. Я люблю конспирологию, но, согласись, это уже чересчур. Отравления спорыньей регулярно встречаются в украинских документах того времени, но их не так много. Максимум, что я видел — четыре сотни колхозников в августе 1932 года. Была еще вспышка в Белоруссии в том же 1932 году, но тоже небольшая. В Марийской области проблем со спорыньей на тот момент было даже больше, Облздраву специальные саноотряды пришлось посылать. С Нижней Волги сообщали, что «развитие спорыньи ржи принимает угрожающие размеры». Так что спорыньей как сопутствующим фактором можно, конечно, объяснить провоцирование «волчьего голода» и известные случаи каннибализма, но не более. Единственный момент — если данные по вспышке в Белоруссии, например, публиковались открыто, то сведения из Украины проходили под грифом «совершенно секретно».

Алик быстро защелкал клавишами.

— Не все данные засекречивались. Зараженность спорыньей в Украине действительно резко увеличилась в 1932 и 1933 годах, это открыто публиковалось в сельскохозяйственных журналах тех лет. Вот, например, отчет Украинского научно-исследовательского института зернового хозяйства от 1935 года:

Из ряда последних лет 1932 и 1933 гг. характеризовались на Украине сильным развитием спорыньи. В 1932 г. это особенно резко выразилось в Полесьи и в некоторых районах Лесостепи (преимущественно в районах, расположенных по Днепру). Здесь в отдельных местах было выявлено необычайно сильное поражение. Так, например, Украинским институтом зернового хозяйства были получены сведения из отдельных мест Драбовского района о 40% поражении ржи. Об интенсивности проявления спорыньи в 1932 г. в областном разрезе можно судить по данным Службы учета укр. ОБВ и хозяйственных организаций НКЗ УССР, проводивших обследования зерна ржи на примесь в нем рожков спорыньи.

— Относительно совпадает с картой голодомора. Однако зачем скрывать заражение, получая обвинение в голодоморе миллионов людей? Только для того, чтобы не подставить Лысенко и его метод? Сомнительно это.

— Вот уж не знаю... Теоретически, «черные доски», на которые заносились хутора и станицы, не справившиеся с планом хлебосдачи, вполне могли служить для прикрытия проблем. Хлеб отбирали, но ходили истории о гниющем на элеваторах зерне. Оно могло там гнить, потому что зерно это пускать в пищу было нельзя. И сказать, что оно заражено — тоже по какой-то причине нельзя. Но вот почему? Всего лишь за шесть лет до того большая эпидемия эрготизма прокатилась по Уралу, и ее особо не скрывали.

— Эпидемию на Урале по смертности с голодомором сравнивать даже нельзя, там всего заболевших было несколько десятков тысяч. Впрочем, причина замалчивания могла быть довольно проста — это же смертельный удар по коллективизации. Все коту под хвост. «Вот до чего доводят колхозы!»

— Все это окружение напоминает карантин. Может, подумали на какую-нибудь заразную болезнь, чуму, например?

— Если тогда и травились зерном, то скорей уж основным виновником был фузариум. Этот род грибков убивает не хуже, и считается, что именно фузариоз вызывал серьезные эпидемии с массовой смертностью во время войны и вплоть до 1947 года. Спорынья же живет на живых злаках. В ямах и схронах, где некоторые крестьяне прятали зерно, она не развивается. И пик смертности от нее не в мае-июне. Лысенко тут напрямую не замешан. Яровизированных им полей — менее полпроцента на тот момент. Это хорошая задача для историков — составить карту колхозов с яровизированными посадками и сравнить с конкретной картой смертей по селам. До тех пор спекулировать толку нет.

— Такой подробной карты смертности, кажется, нет вовсе. Когда вопрос становится политическим, объективные данные тонут под слоем идеологического мусора. Это как в Америке с геноцидом индейцев.

— Кстати, о геноциде. А индейцы, случайно, не страдали от завезенной колонистами ржи?

— Еще в 1615 году, задолго до сейлемских ведьм, некая загадочная эпидемия убила 90% индейцев на востоке все того же Массачусетса. В том же году Украина подверглась нашествию саранчи.

— Это как-то связано?

— Безусловно, связано. Я потом механизм подробно объясню. Ладно, давай пока оставим голодомор в покое, он плохо вписывается в картину, похоже, там действительно что-то другое. Главное — проблема яровизации обнаружилась. Вот от этого никуда не деться. Как же я сам ее пропустил? — Алик выглядел сокрушенно, как ребенок, у которого отобрали любимую игрушку.

— Ну ладно, ты просыпайся окончательно, жду тебя в кафе, туда уже подвезли свежие круассаны.

Глава 17

Вена

Я уже успел позавтракать, пока Алик, наконец, появился в кафе. Лицо у него было по-прежнему заспанное. В руках он держал нетбук.

— Смотри, что я нашел на аукционе, — сказал Алик, открывая экран.

На сайте антикварного аукциона было выставлено на торги первое издание книги Лео Перуца «Снег святого Петра» 1933 года с подписью автора. Продавцом был антиквар из Вены. На обложке книги красовалась та самая монограмма IHS в солнечных лучах, напоминающая видоизмененную эмблему ордена иезуитов. Точная копия печати с листа, найденного нами в часовне Пленкуро. Я озадаченно посмотрел на Алика.

— А где, кстати, жил сам Перуц?

— Да в Вене и жил еще с 1899 года, — ответил Алик. — Вероятно, поэтому там больше шансов найти его старые книги.

— В начале 20-го века Вена была блистательной столицей Австро-Венгерской Двуединой монархии, и в ней бурлила активная политическая жизнь. Там жили многие из известных революционеров, с 1908 года

Троцкий печатал там газету «Правда», в которой призывал к примирению между большевиками и меньшевиками, за что Ленин обзывал его «Иудушкой». Сталин писал свою работу «Марксизм и национальный вопрос» именно в Вене. Там же он, кстати, впервые встретился с Троцким.

— Постой, это в каком году было?

— Насколько я помню, в 1913-ом. Мемориальная доска Сталину и поныне висит на доме по Шенбруннер Шлоссштрассе.

— Интересно, но ведь и неудачливый художник Адольф Гитлер уехал из Вены в Мюнхен только в том же 1913 году, прожив в Вене в общей сложности шесть лет. Они там, случайно, не встречались? И Лео Перуц тоже все это время жил в Вене.

— Право, это лишь совпадения. Иначе можно предположить, что Перуц не случайно оказался на работе в крупнейшей итальянской страховой компании, которая якобы является членом пресловутого тайного мирового правительства — «Комитета 300». Прибереги это для конспирологического романа.

— Мне все-таки интересно выяснить, почему книги Перуца были запрещены и в СССР, и в Германии. Причем первые его три его романа были одновременно напечатаны в СССР в 1924 году. Все они были переведены Исаем Мандельштамом, двоюродным братом поэта Мандельштама. А потом — как отрезало, о Перуце забыли.

— Ну так и Чижевского напечатали в том же 1924 году. Ленин умер, и магические кланы большевиков тут же обратились к не слишком одобряемой им мистике. И даже работы Чижевского рассматривались «богостроителями» именно в таком магическом контексте. А в 1937 году Чижевскому пришлось издавать свою новую книгу во Франции, в СССР ее напечатать было уже невозможно. Позже Чижевскому отказали в поездке за рубеж на научный конгресс, затем арестовали, а чемодан со всеми его записями таинственно пропал.

— Знаешь, что мне совершенно некстати пришло в голову, — задумчиво протянул Алик. — Ведь в предвоенные годы Германия сильно продвигала ржаной хлеб. Есть ли за этим что-нибудь, или здесь просто совпадение?

— Что значит — продвигала ржаной хлеб?

— Главой Расового управления СС был некий Рихард Дарре. Затем он стал руководителем Центрального управления сельскохозяйственной политики НСДАП. Дарре писал о черном хлебе как о силе арийской нации.

— Ничего об этом персонаже не слышал, можно немного поподробней?

— Рихард Вальтер Дарре, министр продовольствия и сельского хозяйства Третьего Рейха, «аграрный папа» нацистского движения, большой поклонник и эпигон мистической теории «Крови и Почвы». Партийная карьера Дарре была стремительной — он был любимцем самого фюрера. Вскоре после прихода Гитлера к власти Дарре возглавил «Союз кормильцев рейха». Гитлер назначил его руководителем имперского сельского хозяйства и имперским министром продовольствия. Будучи группенфюрером СС, Дарре был также шефом Центрального управления СС по вопросам расы и переселения. Он написал много работ по вопросам расовой доктрины, марксизма и сельского хозяйства, развил оригинальную концепцию о биологической взаимосвязи тотемных животных с расовыми характеристиками поклоняющихся им народов.

— А про черный хлеб конкретно что он писал?

— Правильная жизнедеятельность организма, по мнению Дарре, зависит от гармоничного обмена веществ, поэтому представителям разных рас необходимы различные по биохимическому составу продукты питания. Свои утверждения Дарре подкреплял анализом сортов хлеба, удачно цитируя путевые заметки Гете, пересекавшего границы романского и германского миров. Классик немецкой литературы подметил, что на юге Европы видел «черных девушек и белый хлеб», а на севере — «белых девушек и черный хлеб». Из чего Дарре выводил, что не только домашние животные, но и злаки, употребляемые человеком в пищу, проливают свет на расовые различия. Дарре и Гиммлер в 1935 году вместе основали мистический оккультный «Аненербе», первоначально независимый институт с правом проводить исследования в области древней немецкой истории и археологии. Спустя два года Гиммлер интегрировал «Аненербе» в состав СС, превратив его в отдел по управлению концентрационными лагерями. Таким образом институт стал заниматься медицинскими опытами над заключенными и исследованиями возможности массового психологического и психотропного воздействия.

— А ведь Гиммлер, кажется, тоже был дипломированным агрономом?

— Да, как и его друг и подчиненный Дарре. К слову, у Гиммлера было лучшее и крупнейшее собрание книг об ордене иезуитов. Отсюда и сходство СС с орденом. Гитлер даже называл Гиммлера «мой Игнатий Лойола».

— И каков был практический результат деятельности Рихарда Дарре?

— Очень существенный — к 1939 году, впервые в 20-ом веке, производство ржи в Германии обогнало производство пшеницы.

— Следовательно, перед войной население как Германии, так и СССР могло запрограммировано оказаться под влиянием алкалоидов спорыньи?

— Так и получается, — пожал плечами Алик.

— То есть, возможно, Лысенко работал даже не на немцев, а на кого-то еще? Стоит ли предположить, что существовала некая третья сила, заинтересованная в военном конфликте и в повышении агрессивности сторон? — спросил я, не ожидая, впрочем, ответа. — Кстати, Дарре расстреляли после войны?

— Вовсе нет. Он был арестован союзническими войсками, и в 1949 году его приговорили к семи годам заключения на «процессе Вильгельмштрассе». Но год спустя он уже был освобожден и работал на союзников в качестве консультанта по агрохимии.

— Все чудесатей и чудесатей, как сказала бы Алиса. Осталось только понять, на кого работал Дарре.

— Может, ни на кого и не работал. Просто руководствовался своими ущербными представлениями. Ровно такие же статьи о пользе возврата ко ржи пишут и сегодня православные фундаменталисты в России, отстаивая необходимость особого ржаного пути для русской цивилизации и даже не понимая, что под копирку повторяют все доводы нацистов об «энергии черного хлеба», идя по пути Гиммлера с его «Аненербе». Поищи в сети, например, статью «Жить по ржи» одного известного православного публициста.

— А может, как раз прекрасно и понимают? Как еще можно успешней всего вернуться в средневековье с бесами в чулане и Девой Марией на небесах? Единственный путь для вымирающих во всем мире архаичных религий — биохимическое воздействие на паству. Заметь, что также и попытки реабилитации Трофима Лысенко и его учения предпринимаются всерьез и настойчиво.

— Обыкновенным священникам второй 1937 год точно не нужен, даже клир выступит против ржаного хлеба, когда осознает проблему.

— Если осознает. Да и рожь уже не так обязательна, и методы можно применять более новые — бесплодные стерильные линии, например, или использовать нехватку меди в почве. Спорынью также можно поменять с ржаной на африканскую. Она как раз стала откуда-то распространяться по Бразилии и США уже более десяти лет назад. Однако, кажется, нам уже пора в путь на восток. Кельн откладывается, едем в Вену.

— Ты в состоянии вести машину? — с надеждой спросил Алик.

— Даже не думай об этом. Сегодня твоя очередь. А я буду спать.

Полчаса спустя мы выехали из Страсбурга. Но заснуть надолго мне не удалось, вскоре меня разбудил резкий толчок в бок.

— Извини за беспокойство, но у нас кто-то на хвосте, — Алик был заметно взволнован. — Черный «Мерседес» едет за нами от самого Страсбурга.

— Я думаю, что еще десятки машин едут тем же путем, — ответил я, оценив обстановку. — Ладно, проверим. Через пару километров уходи вправо на съезд. Поедем через Рейн по старому железнодорожному мосту. Если это не хвост, то он за нами не потянется, там мало кто ездит.

Алик съехал с трассы и пошел на полукруг разворота. «Мерседес» поехал за нами, держась на почтительном расстоянии. Старая двухполосная дорога была практически пустой. Через полчаса мы въехали в зону лесополосы, и преследователи вдруг начали резко нас догонять. Мой взгляд инстинктивно упал на кнопку проигрывателя, но тут произошло нечто странное. «Мерседес» вдруг взвизгнул тормозами, вильнул из стороны в сторону, вылетел на обочину и врезался в дерево. Мне показалось, что все это произошло за доли секунды.

— Ты видел? — прошептал Алик, тормозя. — Она возникла прямо на дороге.

— Что возникло? — не понял я.

— Девушка в пурпуре. Я видел в зеркало. Она появилась перед «Мерседесом», и водитель от неожиданности свернул прямо в лес.

— Ты с утра свежего черного хлеба точно не ел? Давай задний ход.

Мы отъехали назад и вышли из машины. Разбитый «Мерседес» обнимал дерево. Водитель был мертв. Из правой двери вывалился человек в черной одежде и слабо шевелился. Я подошел и выбил ногой пистолет, который он пытался поднять.

— Оказывается, наш друг — священник, — сказал Алик, увидев белый пластмассовый воротничок, наследие римско-католического ошейника, означающего послушание и посвящение Господу.

— Почему-то я не удивлен.

— Похоже, эти ребята четко представляют, куда мы можем отправиться. Даже если мы сами этого еще не знаем. Где они будут поджидать нас в следующий раз?

— Вы осмелились встать на пути Господа! — неожиданно громко вдруг заговорил священник. Кровь выплескивалась у него изо рта при каждом слове. — Вы лишь ничтожные жалкие земные черви, и Он сотрет вас в прах земной.

— Вероятно, святой отец не просто бредит, а искренне представляет, что Бог вовсе не трансцендентен, а вполне себе материален, и это некий гриб, — заметил

Алик. — Гриб пронизывает своей невидимой грибницей все живое, заставляя людей поддерживать его жизнедеятельность и управляя ими, как кордицепс муравьями.

Честно говоря, я совершенно не понял, что Алик хотел этим сказать. Однако священник, казалось, вздрогнул при его словах.

— Она сбила меня с пути, но вас она не спасет, — с трудом прохрипел он. — Вы влезли не в свое дело и пытаетесь проникнуть туда, куда заказан путь простому смертному. Вам все равно никогда не удастся ничего понять, а долго вы не проживете.

— Ну, кто бы говорил, — саркастически заметил я.

Священник с ненавистью посмотрел на нас, захрипел еще сильнее, последний раз дернулся и затих.

— Пора ехать, — бесстрастно сказал Алик и пошел к дороге. — Стоит поторопиться.

До Вены мы добрались только ночью. О видениях Алика я не произнес ни слова за всю дорогу. Понятно, парень перенервничал, бывает.

Глава 18

Антиквар

Утром я проснулся поздно. Небо было привычно мрачным. Алика будить я не стал, спустился вниз, выпил кофе и решил отправиться в антикварный магазин, пока не пошел дождь. Нырнув с шумного Грабена на узенький Доротеергассе, знаменитый своими антикварными салонами, я медленно шел, заглядывая в витрины и любуясь расписными шкафчиками восемнадцатого века. Пройдя сотню метров в сторону Хофбурга, я заметил, что в одной витрине висит небольшой плакат на русском языке со словами «разгадай тайны старины». Ну да, за этим я здесь и оказался. Мистика. Я машинально остановился у витрины с плакатом, затем обернулся и увидел прямо напротив нужный мне магазин. Скромная бронзовая надпись тускло блестела под лучами неожиданно прорвавшегося сквозь тучи солнца: «Отто Рейхардт, антикварные книги».

Я подошел к магазину. Прямо за стеклом на витрине лежала хорошо сохранившаяся книга Лео Перуца «Снег святого Петра». В левом нижнем угу обложки красовалась уже ставшая мне хорошо знакомой печать иезуитов с ползущей по букве змеей.

Дверь в магазин открылась с легким скрипом, глухо звякнул колокольчик. У небольшой стойки справа стоял владелец салона. Этот старик с благообразной белой бородой и в пенсне словно явился из какого-то старого приключенческого фильма. По крайней мере, я себе в детстве так антикваров и представлял.

— Вижу, вы обратили внимание на книгу Перуца, — приветливо сказал хозяин магазина. — А я было думал, что его произведения забыли, уже несколько лет никто книгу не замечал. Но за последние дни вы уже третий человек, кто спрашивает о ней. Тоже увлекаетесь Джеймсом Бондом?

— Нет, не сказал бы. Да и, честно говоря, не совсем понимаю, какое отношение имеет Перуц к Джеймсу Бонду.

— Ну, ведь известно, что книги Перуца сильно повлияли на Яна Флеминга, создателя серии книг о Джеймсе Бонде. Я решил, что вы именно в этой связи заинтересовались его творчеством. Прошлый посетитель расспрашивал меня именно о Флеминге. И об этой странной иезуитской печати на обложке книги Перуца. Я не смог ему помочь, ничего об этой печати не знаю, первый раз вижу подобное на не столь уж старых книгах. Посоветовал ему отправиться в центральный архив Кельна. Там, возможно, могут прояснить что-нибудь об этом знаке. Господин, который продал мне ее, утверждал, что этот экземпляр книги принадлежал лично Гиммлеру. Я ему не поверил, конечно, все хотят набить цену на свой товар. Но кто знает... Так, значит, не Флеминг вас заинтересовал? У меня есть несколько редких экземпляров его книг.

— Нет, я ничего не знал о литературных пристрастиях Флеминга, — ответил я. — Просто случайно недавно разговорился с одним знакомым, который удивлялся, как Перуцу удалось предвосхитить создание ЛСД. Вероятно, автор много размышлял о влиянии веществ на человеческий разум... А теперь вот увидел саму эту книгу и вспомнил тот разговор.

— Да, творчество Перуца очень любопытно. Но я бы сказал, что в «Снеге святого Петра» он больше внимания уделил окружающим человека идеям, а не внутреннему состоянию разума, — возразил антиквар. — Об освобождении же внутренних страхов под воздействием веществ он писал значительно раньше, еще в своем знаменитом «Мастере Страшного Суда». Именно там он описал дикие картины, рождаемые курением древней адской смеси, изготовленной по рецепту из старого фолианта. И этот непереносимый страх, который лишал героев романа жизни, был вызван образами, таящимися в темных уголках их собственной личности. Галлюцинации всплывали из потаенных глубин сознания и несли каждому свой персональный ужас, который сводил несчастную жертву с ума.

— Значит, Перуц давно интересовался темой воздействия веществ на сознание?

— Конечно, давно. Этот роман был написан в самом начале 20-х. Перуц считал, что воображение и страх находятся в тесной связи. Да вы взгляните сами...

Антиквар, кряхтя, залез на лестницу и достал какую-то книгу довольно потертого вида.

— У меня есть сюрприз для вас — это русский перевод Мандельштама. Он всегда переводил Перуца на русский язык до того, как его арестовали, — Рейхардт с трудом слез с лестницы и стал медленно перелистывать книгу. — Я читал в воспоминаниях об Осипе Мандельштаме, что он перед смертью в лагере сходил с ума и очень боялся отравленного хлеба. А его двоюродный брат, Исай Мандельштам, который как раз и переводил романы Перуца, был арестован еще раньше. Кажется, это случилось в 1935 году, через два года после выхода «Снега святого Петра». Вот эту книгу Перуца Мандельштам уже перевести не успел. Впрочем, может, и успел, а за это его большевики и арестовали? Кто теперь знает... Вы ведь в курсе, что это произведение Перуца не печаталось ни в Германии, ни в России? Любите такие загадки?

— Неужели меня так выдает акцент, что вы сразу...

— Нет-нет, — добродушно рассмеялся антиквар, — у вас превосходный немецкий. Но я не зря ношу свои очки и видел, как вы остановились и читали русскую афишу напротив моего магазина. Я и сам довольно неплохо читаю по-русски, а вот за свой акцент мне всегда приходилось краснеть. Но я рад, что ко мне зашел человек, с которым можно поговорить о вещах, не слишком понятных для других. Все-таки русские воспитываются в рамках значительной литературной культуры. Хотя, наверное, времена меняются... Впрочем, не буду брюзжать на современность. Вернемся пока к «Мастеру Страшного Суда».

Рейхардт протянул мне раскрытую книгу. Я взял ее в руки и начал читать с начала страницы.

— *С научной точки зрения об этом следует, быть может, пожалеть, — заметил доктор Горский. — Но я доволен, что это случилось. Сольгруб знал, что делал, уничтожая последний лист. Пары, которые вы вдохнули, барон, обладали способностью возбуждающе действовать на все мозговые центры, в которых локализовано воображение. Они его повысили в бесконечной степени. Мысли, проносившиеся у вас в мозгу, сразу же претворялись в образы и возникали у вас перед глазами, словно они действительность. Понимаете ли вы теперь, отчего эксперимент доктора*

Салимбени обнаруживал свою притягательную силу главным образом на актерах, скульпторах и живописцах? Все они ждали от опьянения яркости образов, новых импульсов для своего художественного творчества. Они видели только приманку и не подозревали об опасности, которой шли навстречу.

Он встал и в неожиданном приступе ярости ударил кулаком по страницам фолианта.

— Адская западня! Понимаете? Центры фантазии суть в то же время центры страха. Вот в чем суть! Страх и фантазия неразрывно связаны между собою. Великие фантасты были всегда людьми, одержимыми страхом. Вспомните о Гофмане, Микеланджело, Адском Брейгеле, Эдгаре По...

— Это не был страх, — сказал я и задрожал от воспоминания. — Страх я знаю, испытывал его не раз. Страх — это нечто преодолимое. Это был не страх, не ужас, а нечто в тысячу раз большее — чувство, для которого не существует слов.

— Фактически Перуц говорит, как он понимает механизм появления того, что мы сейчас называем «бэд трип»... — задумчиво пробормотал я.

— Он не зря упомянул здесь Гофмана и Брейгеля. Ведь оба они отразили в своем творчестве отравление алкалоидами спорыньи, даже не догадываясь об этом. Перуц сначала тоже не понимал, какой физический агент мог являться причиной безумия человеческого, и вывел в своем романе некий таинственный курительный состав, вызывающий убийственные галлюцинации. Хотя он уже тогда словно предчувствовал свое будущее открытие, описывая «страшный пурпур трубного гласа» и «чудовищные волны небесного ужасного огня»... А спустя десять лет Перуц осознал, что именно рисовал Брейгель, о чем писал Гофман, да и о чем писал он сам.

И тогда в его новом романе появился галлюциногенный грибок, хлебный паразит. Перуц даже догадался, что именно этот грибок вызывал крестовые походы и воздействовал на религиозное сознание. Вспомните поиски барона фон Малхина из романа: «То, что мы называем религиозной истовостью, экстазом веры, будь то индивидуальное или массовое явление, почти всегда носит клинические черты состояния возбуждения, вызванного одурманивающим ядом. Но какой именно дурман вызывает такие последствия? Наука еще не знает этого». Прошло три четверти века, и только сейчас наука начинает признавать, что Перуц был прав в своем прозрении. Крестовые походы и религиозные экстазы — это воздействие спорыньи.

— Не очень только понимаю, при чем здесь упомянутый Гофман. Картины Брейгеля и Босха мне знакомы, их связь с огнем святого Антония, то есть с отравлением спорыньей, довольно прозрачна. Все эти ужасные видения ада, искушение святого Антония, безногие калеки... Даже Микеланджело перерисовывал Антония с рвущими святого бесами. Брейгель в своих картинах вообще изобразил последовательно весь цикл эпидемии — от безумия, галлюцинаций, плясок до гангрены и слепоты. А на следующий год после этого умер — очевидно, он и сам был отравлен грибком. Правда, искусствоведы этого так и не поняли до сих пор.

— Очень интересно вы заметили насчет слепоты, — прервал меня антиквар. — Действительно, отравление спорыньей обычно приводит к катаракте, а в картине Брейгеля «Слепцы» все видят только лишь отражение библейской притчи о слепых. Воистину, те, кто смотрят на эту картину и не видят, что именно она изображает, настоящие слепцы и есть. Как думаете, это случайность или тонкая ирония художника?

— Недавно читал, что современные офтальмологи поставили диагнозы слепцам с картины. У того персонажа, что в синей шапочке посередине, как раз катаракта. Но я все равно не понимаю, какое отношение имеет к спорынье Гофман? У меня в этой связи он вызывает в памяти только своего однофамильца — или, быть может, потомка? — Альберта Хофманна, изобретателя ЛСД. В России эти фамилии традиционно переводят по-разному, но ведь по-немецки они почти одинаковы.

— Неужели вы не читали романов Эрнста Теодора Амадея Гофмана?

— Я в детстве очень любил балет «Щелкунчик» Чайковского по сказке Гофмана, но его романы как-то почти прошли мимо меня...

— А вас не никогда не настораживала сама эта сказка? Уродливая ожившая кукла для раскалывания орехов, Мышиный Король?

— Но это же просто сон Марии?

— Сон или галлюцинации? Где провести эту грань? Мы говорим о писателе, чье собрание сочинений Гейне назвал «криком ужаса в двадцати томах». Белинский считал его «живописцем внутреннего мира», а Достоевский перечитывал всего Гофмана по-русски и на немецком. «Эликсиры сатаны» — вот что, по моему мнению, дало Перуцу ключ к тайне. Этот роман, повествующий о жизни капуцинского монаха Медарда, — своеобразный антипод жития святого. На протяжении повествования Медард постоянно подвергается всевозможным дьявольским искушениям, и он не в силах с ними совладать. В руки к монаху попадает легендарный эликсир дьявола, которым тот искушал самого Святого Антония. Старое предание говорило, что даже сам Антоний якобы нечаянно раскупорил однажды бутылку, и оттуда ударили такие одуряющие пары, и такие чудовищные видения ада разом обступили святого, такие зареяли вокруг него соблазнительные призраки, что только молитвами и суровым постом он мало-помалу отогнал их от себя.

— Полагаю, Медард не был столь удачлив, как святой Антоний?

— Однажды в монастырь к Медарду прибыл молодой граф и, не поверив в старую легенду, отпил эликсира из этой бутылки и заявил, что это лишь превосходное старое вино. Медард не выдержал искушения и тоже глотнул из бутылки. И тогда у него стало два лика, два существа. Он отпетый преступник, блудник, убийца, и он же святой. Искушения дьявола настигли его, он даже начал считать себя святым Антонием и сбежал из монастыря в стремлении обратиться в мирскую жизнь. С тех пор Медард будет постоянно разрываться между двумя сторонами своего сознания, и очень скоро это состояние захлестнет заблудшего монаха с головой. И тогда кровавые преступления, которые он громоздит одно на другое, перестанут казаться ему делом собственных рук. Дьявол в романе действует во внутреннем мире монаха, но от этого он едва ли не более осязателен, чем сам князь мира сего. Медард часто слышит чей-то голос в самом себе, его преследует шептание искусителя. Зло персонифицируется в образе двойника — темной половины личности Медарда. Этот двойник всегда будет рядом с монахом до конца его жизни: «поборемся там друг с дружкой, и тот, кто столкнет другого вниз, выйдет в короли и вдоволь напьется крови».

— Почти доктор Джекилл и мистер Хайд, как у Стивенсона? Не думал, что этот сюжет так стар.

— Этот сюжет древен, как само человечество. Таковы основы человеческой психики, а вещества лишь выпускают демонов на волю. Кстати, упомянутый вами Стивенсон тоже написал своего Джекилла и Хайда под воздействием препаратов спорыньи.

— Тот самый вересковый мед?

— Мед из нектара, собранного пчелами с болотного вереска или азалии, может быть «пьяным», или «бешеным» сам по себе. Здесь же все прозаичней — туберкулез, от которого у Стивенсона начались кровотечения в легких. В 1885 году его лечили в местном госпитале препаратами спорыньи — обычным средством викторианской эры для прекращения кровотечения. Не так давно было найдено письмо жены Стивенсона, подтверждающее это. Она писала о безумном поведении Льюиса и связывала его состояние с тем, что эрготин влияет на его мозг. Да и сам Стивенсон всегда говорил, что сюжет пришел к нему во время горячки. Передачу об этом недавно даже показывали по каналу Би-би-си, вы не смотрели?

— Нет, я не слышал о галлюцинациях Стивенсона, и все равно пока не понимаю, какое отношение спорынья имеет к Гофману? Только то, что святой Антоний — покровитель больных эрготизмом?

— Симптомы расстройства сознания у монаха Медарда, все эти «шептания сатаны» и яркие видения, вполне соответствуют святоотеческим преданиям о «демонских стреляниях», о дьявольском искушении. Встречаются подобные симптомы и в трудах психиатров, которые, к слову, уделили творчеству Гофмана достаточно много внимания. Но ключ здесь, я полагаю, именно в искушениях святого Антония, в его «дьявольском вине». Впрочем, давайте проверим, не изменяет ли мне память. Будьте любезны, достаньте книгу Гофмана, она там, на четвертой полке слева, — фон Рейхардт указал мне на пыльный стеллаж в углу.

Я поднялся на три ступени старой скрипучей стремянки и дотянулся до книги.

— Еще захватите монографию Августа Гирша, она стоит почти рядом. И там же чуть выше на полке английская энциклопедия Британника. Возьмите том на букву «С».

Минутой позже я спустился с тяжелыми книгами и вопросительно посмотрел на Рейхардта.

— Посмотрите, когда напечатана книга Гофмана.

— В 1816 году, — ответил я, открыв титульный лист фолианта.

— А теперь, пожалуйста, взгляните статью «Спорынья» в Британнике.

Я пролистнул энциклопедию, и мой взгляд тут же выхватил нижнюю строчку статьи, сообщающую о том, что последняя известная большая эпидемия эрготизма произошла в 1816 году.

— Но ведь написано, что эпидемия случилась в Лотарингии и Бургундии, а не в Германии! — воскликнул я. — Да и писал Гофман свой роман, надо полагать, на год-два раньше, чем он был напечатан. Были ли эпидемии в те годы? Может, это просто совпадение? К тому же Гофман был алкоголиком, насколько я помню. Этого достаточно для объяснения его мрачных фантазий.

— Лотарингия граничит с Германией. Ее главный город Мец — бывший германский город, и, кстати, издавна снискал себе славу одного из основных мест распространения психических эпидемий, вызванных отравлением спорыньей. Именно в Меце и его окрестностях тысячи людей корчились в безумных плясках Витта еще с четырнадцатого века. С 1374 года там даже ежегодно сжигали в специальных корзинах по дюжине кошек, чтобы отогнать дьявольское проклятие, поскольку считали этих несчастных животных ведьмами в кошачьем обличии, виновными в насланной порче. Я для этого и попросил вас достать монографию Гирша. Он составил таблицу эпидемий эрготизма, далеко не полную, конечно, но нам хватит и того, что есть. Посмотрите интересующие нас года.

— Эпидемии в 1813 году, в 1814... — озадаченно пробормотал я минуту спустя, откладывая книгу в сторону.

— А в следующем 1815 году хлеб во Франции был настолько сильно поражен спорыньей, что французам даже пришлось закупать муку в России, где погодные условия в том году были лучше. Они закупили зерно в Одессе у грека Григория Маразли, который на этом несметно разбогател. Гофману совсем не обязательно было самому попадать под власть огня святого Антония. Все было очень тесно переплетено. Война, оккупация, Рейнский союз, Шестая коалиция, Ватерлоо, разгром Наполеона... Вернувшиеся из России войска Наполеона тоже пострадали от спорыньи, по крайней мере, под Смоленском. В те годы, когда Гофман писал роман, Франция уже несколько лет была охвачена эпидемией. С давних времен в Европе не было никого, кто бы не слышал о святом Антонии, об его искушениях и видениях. Его имя было у всех на устах и в Германии, и во Франции. Святого Антония боялись, и ему же молились о спасении от его убийственного огня. Да и само вино святого Антония — это не выдумка. Именно таким «эликсиром дьявола» пытались лечить больных монахи ордена святого Антония. Вино это настаивалось на мощах святого Антония, но не в них скрывалась его сила.

— В это вино кроме мощей добавляли что-то еще? — спросил я, вспоминая посещение музея и Изенхеймский алтарь.

— Монахи клали в вино корень легендарной мандрагоры, который помогал снять физическую боль. Но создавшая о себе столько мифов мандрагора — сильный галлюциноген, поэтому галлюцинации от спорыньи многократно усиливались действием мандрагоры. Лекарство от безумной болезни само несло безумие. Больные в этих монастырях сходили с ума от открывавшихся им бездн ада. К тому времени, когда Гофман писал свой роман, монастыри уже были закрыты, и он вполне мог встретить своего безумного Медарда воочию в ближайшем трактире. Впрочем, обычно эти сумасшедшие становились таковыми и без особого вина. Даже если огонь святого Антония мог пощадить их тело, то не щадил их разум. Отравленные ядом обезумевшие люди бродили мрачными тенями по улицам городов. А уж разговоры о том, как сатана искушал несчастных видениями, подобными искушениям святого Антония, можно было услышать на каждом углу. Дьяволом западной мифологии, который лишал людей разума, была спорынья. Дьявол — это ее настоящее имя. И этот вечный враг рода человеческого в девятнадцатом веке снова вернулся, чтобы по-прежнему властвовать над людьми.

— Что ж, раз эпидемии шли каждый год с 1813-го по 1816-й, то теперь поражение Наполеона при Ватерлоо в 1815 году заиграло для меня новыми неожиданными красками, — пробормотал я, взяв в руки книгу Гофмана и машинально открыв ее на первой же попавшейся странице. В глаза мне сразу бросился диалог Медарда с папой римским.

— *История вашей жизни, инок Медард, — промолвил он, — самая удивительная из всех, какие мне когда-либо приходилось слышать... Верите ли вы в открытое, зримое действие той злой силы, которую церковь называет дьяволом?*

Я хотел было ответить, но папа продолжал:

— Верите ли вы, что именно то вино, которое вы украли из зала реликвий и выпили, толкнуло вас на злодеяния, кои были вами совершены?

— Да, подобно воде, насыщенной ядовитыми испарениями, оно дало силы таившемуся во мне ростку зла развиться и разрастись.

Выслушав этот ответ, папа помолчал, затем произнес со строгим, сосредоточенным взглядом:

— Что, если природа распространила законы, присущие человеческому телу, и на духовную жизнь человека, так что и тут подобное порождает лишь подобное?.. И как заключенная в зерне сила непременно окрасит листья развившегося из него дерева в зеленый цвет... так склонности и стремления передаются от поколения к поколению, исключая возможность всякого произвола?.. Ведь бывают целые семьи убийц, разбойников!.. Вот вам наследственный грех, вечное, недоступное никакому искуплению, неистребимое проклятие над преступным родом!..

— Но если сын грешника должен грешить лишь потому, что он унаследовал греховный организм... тогда и греха тут нет, — прервал я папу.

— Ну да, наследственность... Может, это и есть тот самый ключ? — пробормотал я про себя и взглянул на антиквара. — Пожалуй, мне пора идти... Спасибо!

Теперь уже Рейхардт выглядел озадаченным моей реакцией. Я пообещал, что вернусь на днях для продолжения разговора, и выскочил на улицу. Солнце уже спряталось за свинцовой завесой туч, моросил мелкий холодный дождь. Подняв воротник плаща, я быстро пошел в сторону Грабена.

Глава 19

Мистики XX века

После посещения антиквара я отогнал машину в ремонтный бокс к рекомендованному мне мастеру, не задающему лишних вопросов. Ехать на ней нам дальше не стоило, засвечена. Хотя мне все еще было непонятно, как именно нас выследили во Франции.

Подходя к отелю, я заметил Алика. Он сидел в открытом кафе неподалеку и задумчиво пил апельсиновый сок. Странное занятие в такую мерзкую погоду. Да и вообще я просил его не выходить из номера.

— Ну и что там с антикваром? — голос у Алика был сонный и почти безразличный.

— Есть такое мнение, что нас опередили. Кто-то уже приходил к нему в магазин сразу после опубликования объявления и расспрашивал о печати. Но старик ничего о ней не знает.

— Стало быть, мы зря приехали сюда? — разочарованно протянул Алик.

— Да нет, антиквар оказался занятным собеседником. У меня, благодаря этой встрече, даже появилась еще более сюрреалистическая и странная гипотеза, чем твои домыслы о пчелах. А что, если это был запланированный некой влиятельной группой мистиков эксперимент по изменению наследственности?

— Неожиданное заявление, поясни, — вяло зевнул Алик, явно не заинтересовавшись моим предположением.

— Как ты, наверняка, знаешь, первая треть двадцатого века была временем триумфа странных исследований. Но на поверхности мы видим только маленькую верхушку айсберга. Например, относительно рациональное изучение медицины тибетских лам, поддерживаемое значимым представителем богостроительства Горьким, который одобрил финансирование такой программы во Всесоюзном институте экспериментальной медицины. Тот же Горький с удовольствием лечился урогравиданом, препаратом из мочи беременных женщин. По инициативе Горького в 1928 году был создан Институт урогравиданотерапии, которым заведовал доктор Замков, муж знаменитого скульптора Веры Мухиной. Пациентами Замкова были также Молотов, Калинин, Каганович, Буденный, Орджоникидзе... А передовики социалистического производства писали в газеты, что после урогравидана они работают по 14 часов и выполняют план на 300%. Что это было? Алхимическая работа над формулой энтузиазма? Мечта о долголетии?

— Ученые в те годы действительно работали над формулами энтузиазма и омоложения.

— Да, всем хотелось жить долго, особенно стареющим партийцам. И чтобы член стоял, тоже хотелось. Замков как раз и рассчитывал на успех прежде всего при заболеваниях, связанных с нарушениями половой функции. И якобы именно это натолкнуло его на мысль использовать мочу беременных в лечебных целях. Поток пациентов в клинику «Гравидан» в Хотьково так возрос, что руководство МПС даже построило железнодорожную станцию «57 км.». В 1938 году больницу закрыли, на ее базе в результате символично создали психиатрическую лечебницу, а статья о гравидане и докторе Замкове исчезла из новой редакции Большой Медицинской Энциклопедии. Хрущев, придя к власти, переименовал станцию «57 км.» в Абрамцево, чтобы стереть последние воспоминания.

— Ну и как это связано с Лысенко и со спорыньей, по-твоему? Уринотерапия и сегодня в России процветает, тут мистики никакой нет, только глупость.

— Погоди, не перебивай. Я должен обозначить известные факты. Доктор Замков проводил клинические эксперименты на красноармейцах, проходивших лечение в госпиталях, и на наркоманах в нервно-психиатрической лечебнице. Он организовывал экспедиции на Северный Кавказ якобы для борьбы с эпидемией малярии, где произвел инъекции своим гравиданом тысячам больных. Не из-за похоти большевики прониклись его работой, но этого никто сейчас не понимает. Нет, задача была куда серьезней. Передать как можно больше духа истинных коммунистов — вот что было у них на уме. Людей изучали, как животные механизмы, которые можно перевоспитать и выдрессировать. Не зря Бухарин, интересующийся опытами Павлова, писал брошюрки типа «О слюноотделении у рабочих».

— Кто из нас фантаст, ты или я? — Алик поднялся из-за столика и махнул рукой в сторону отеля. — Пойдем лучше в номер, а то я уже начинаю мерзнуть.

Мы поднялись в номер, я открыл нетбук, чтобы уточнить некоторые моменты, а Алик подошел к окну и стал внимательно изучать свинцовые облака, повисшие над городом. Потом он тоже взял компьютер и уселся напротив, сонно зевая. Час спустя он вопросительно поднял глаза на меня.

— Мы смотрим на обстановку, тогда существую-
щую, современными глазами, — ответил я на его молчаливый вопрос, — а сейчас многое из того, что тогда
происходило, покажется достаточно странным. Спец-
отдел ВЧК Глеба Бокия. Загадочный центр Единого
трудового братства — структурное подразделением советской разведки, созданное в 1925 году с одобрения
члена ЦК Москвина, одной из задач которого было
якобы выяснить путь в Шамбалу, хотя на самом
деле это было лишь прикрытием настоящей задачи
по управлению людьми. Барченко, автор мистических
романов «Из мрака» и «Доктор Черный», читающий
лекции по оккультизму на Лубянке. Секретная лаборатории нейроэнергетики, финансируемая спецотделом
при ОГПУ в течение 12 лет, вплоть до 1937 года, когда
все ее сотрудники были расстреляны. Все это вызывает непонимание. Профессор Иванов, которого мечта
о долголетии толкала на безумные эксперименты. Ведь
на полном серьезе тогда пытались скрестить обезьяну
с человеком. И народ поддерживал. Со всех уголков
СССР женщины-добровольцы присылали профессору
Иванову в Сухуми заявления с желанием забеременеть
от шимпанзе, пойманных в Гвинее.

— Что-то не помню такого про обезьян, — отозвался
Алик.

— Сейчас об этом «Красном Франкенштейне» достаточно хорошо известно, да и тогда эти опыты никто
не скрывал. Николай Горбунов, управляющий делами
Совета Народных Комиссаров СССР, помог выделить
10000 долларов Академии наук для африканских экспериментов Иванова. Не особо замалчивали проект
даже в 1928 году, когда на западе в марте появились
статьи о том, что большевики хотят вывести в специально организованном для этих опытов сухумском

питомнике новую расу советских людей из гвинейских обезьян. Тут можно спорить, Замков или Иванов был прототипом профессора Преображенского в романе Булгакова «Собачье сердце». А можно и не спорить, ведь это не важно — оба занимались в конце концов одним и тем же делом.

— Многие тогда подобные идеи выдвигали. Еще в 1929 году советский генетик Серебровский разработал план радикального улучшения генофонда населения путем искусственного осеменения женщин спермой наиболее выдающихся мужчин.

— О чем и речь. Это история становления страны Советов с ее утопическими проектами *создания нового общества, новой природы, «нового человека»*, совершенно новой, с нуля, «советской» нации. Стране нужны были коммунисты, истинные ленинцы. Создать новую породу людей — вот главная мистическая задача тайного клана.

— Хм... — Алик, казалось, наконец, проснулся и стал быстро что-то искать в сети. — Иванова, получается, арестовали еще в первую волну. А Горбунова, поддерживавшего его опыты, расстреляют только в 1938-ом. Но вообще-то, мне на эту тему скорее припоминается поддерживающий необходимость синкретизации социализма и религии «богостроитель» Богданов, основатель первого в мире Института переливания крови. В его экспериментах как раз слились эти два аспекта — долголетие и создание нового человека.

— Как раз сейчас читал о его опытах и заметил характерный нюанс. Первое в истории переливание крови связывают с папой Иннокентием VIII. Неверно, кстати, связывают — ведь папа кровь должен был не перелить, а просто выпить, переливать тогда не умели. Три мальчика, кровь которых должна была папу вылечить, от потери крови умерли, если верить современнику папы историку Инфессуре. Это известная история, но никто не обращает внимания на интересный штрих — в русском переводе «Дневников» Инфессуры, изданных в 1939 году Государственным антирелигиозным издательством, этого момента нет. То есть такая, казалось бы, пропагандистки важная деталь для характеристики папства — мечта воинствующего безбожника! — цензурируется.

— Потому что ничего «мрачного» про переливание крови на тот момент писать нельзя?

— Вероятно, а то еще умершего при переливании крови Богданова начнут с папой-вампиром ассоциировать. Большевики — это ведь не партия, а орден, включающий несколько уровней посвящения. Тот самый «орден меченосцев внутри государства», как называл ленинскую партию Сталин, был лишь прикрытием для настоящего ордена. Большинство большевиков, прости уж за каламбур, было совершенно не в курсе мистической составляющей движения. Но среди них существовали разные псевдорелигиозные кланы, впитавшие в себя орденско-католическую культуру и парахристианскую мистику. Напомню, например, что Феликс Дзержинский вообще рос ревностным фанатичным католиком и готовился стать иезуитом, хотя при этом ненавидел ксендзов.

— Ну, Дзержинский, вроде, мистиком не был.

— Нет, он не мистик. Бердяев, попавший к нему на допрос, считал Дзержинского просто фанатиком, и упоминал, что тот мечтал стать монахом. Наиболее мистически были настроены другие персонажи — сторонники герметизма, которые считали, что в силу принципа аналогии понимание той или иной причинной связи может дополняться магическим воздействием на действительность. В основном это были выходцы из школы Горького на Капри, мечтающие не просто модифицировать христианство, но провести социальную модернизацию в стране, используя в качестве инструмента религиозное реформирование. Скорее всего, даже Ленин был не совсем в курсе их взглядов — он бывал у Горького на Капри только пару раз, а также писал яростную критику против «богостроительства». Помогали же Горькому основывать школу Луначарский и Богданов. Последнего по настоянию Ленина из партии вовсе исключили, а Луначарского пропесочили за попытку придать научному социализму характер религиозного верования.

— Не помогло, как я понимаю?

— Нет, «красные маги» были ребятами упорными и все равно продолжали развивать свою тему. Это был не древний эллинский герметизм, а его средневековое переложение в духе мистических рыцарей-розенкрейцеров. Не случайно символом более высокой ступени братьев в созданном ВЧК «Едином трудовом братстве» служила красная роза с лепестком белой лилии и крестом, означавшая полную гармоничность. Знак Розы и Креста был позаимствован у розенкрейцеров, а лилия, по утверждению самого Барченко, взята из позднесредневековых трактатов «Мадафана». Кстати, на допросах в 1937 году Барченко показал, что имел личную печать со знаком солнца.

— Ну да, все это прямые отголоски магической философии тайных христианских сообществ и католических орденов. Я припоминаю, что Богданов посещал в Швейцарии лекции Штайнера, который еще раньше открыл в Германии розенкрейцеровскую школу.

— Да, именно тогда «красный мистик» заинтересовался магическими свойствами крови, что вылилось в написанный им фантастически-мистический роман «Красная звезда» о марсианских вампирах. Под влиянием учения Генделя и Штайнера он захотел объединить все нации во Всеобщее Братство методом перемешивания крови. Христианский символ Фомы Аквинского, Благой Пеликан Христос, давно стал символом воскрешения, как и феникс, символ «химического христианства» розенкрейцеров. Как Христос-пеликан по средневековым представлениям выкармливал своей кровью своих птенцов-христиан, так и с помощью методов Богданова старые партийцы должны были «выкормить» своей кровью молодых. А в обмен они получали молодую кровь, продлевающую им жизнь.

— Универсальное решение.

— Да, универсальное. Идеология первого в мире Института Переливания крови заключалась в создании системы глобальной циркуляции крови старых и юных большевиков, при которой старые партийцы заряжаются энергией юности, а молодые усваивают от старых верность большевистским идеям. Однако отец «вампирического коммунизма» Богданов слишком быстро умер во время опытов на себе, заразившись кровью молодого студента. Комсомолец с перелитой «партийной» кровью при этом выжил, но метод себя скомпрометировал. Необходимо было найти более действенный способ по переделке человеческой природы. В конце концов, мистические большевики неспроста позиционировали себя инженерами человеческих душ.

— Кстати, Богомолец, последователь Богданова и следующий директор института, как раз и прикрывал расследование Хрущевым мора лошадей на Украине в 1937 и 1938 годах, — вспомнил Алик. — Массовая гибель лошадей была, вероятно, вызвана микотоксинами то ли спорыньи, то ли фузариума, но все комиссии, расследующие этот инцидент, в полном составе постоянно расстреливали, обвиняя их самих в саботаже и в отравлениях. Однако из двух грибков, которыми этот мор объяснили официально, один, похоже, не существует вовсе, а другой, который упоминал в мемуарах сам Хрущев, с 1938 года почему-то эпидемий у лошадей не вызывал. Зато эту комиссию не расстреляли — такой диагноз всех устроил.

Алик сел на диван, помолчал с минуту, словно споря сам с собой, и отрицательно покачал головой.

— Ну, хорошо, это все и так известно, я могу вспомнить еще с десяток образцов мистического бреда тех времен. Да и вообще в начале 30-х было очень много откровенно шарлатанских проектов. После их краха, иногда связанного просто с разворовыванием денег, на подобных рационализаторов прошла серия гонений, а под них попали и вполне научные проекты, потому что никто не мог разобраться, где жулики, где нормальные ученые, а где парахристианские мистики. Границы были размыты.

— Кажется, они и сами не всегда могли разобраться, кто они есть. Пресловутый Барченко, кстати, еще вместе с известным дрессировщиком Дуровым проводил опыты по передаче мыслеобразов — замечу, с одобрения академика Бехтерева. Поэтому показательно, что именно Барченко был отправлен исследовать мерячение — какой-то странный самопроизвольный транс, насколько я помню.

— Это северная разновидность кликушества, — пояснил Алик. — Я бы сказал, гипнотическая разновидность. Впадающие в мерячение начинали беспрекословно выполнять команды или приказания. Женщине можно было приказать бросить в огонь своего ребенка, и она послушно бросала. То есть у больных развивалась чрезмерная патологическая внушаемость, что не могло не заинтересовать мистический клан большевиков. Именно такие механизмы зомбирования они и искали. Полагаю, что за кликушество и за мерячение ответственна все та же спорынья, это особые подвиды отравления, действие алкалоидов полиморфно. Но прямая связь с Лысенко от меня по-прежнему ускользает.

— Лысенко отвергал идею генов в качестве переносчиков информации. Генетика, в том виде, как она трактовалась тогда, сравнивалась рупором его идей, Презентом, с игрой в футбол. Сам фундамент генетики нужно было перестроить, ибо, по их мнению, наследственность можно воспитать. Но если можно изменить наследственные признаки у пшеницы, то почему нельзя изменить их у людей? Лысенко утверждал: «сумейте изменить тип обмена веществ живого тела, и вы измените наследственность». Здесь стоит вспомнить его известные слова на втором Всесоюзном съезде колхозников-ударников: «В нашем Советском Союзе, товарищи, люди не родятся, родятся организмы, а люди у нас делаются». То есть надо было сделать как раз то, что описано в книге Перуца — изменить психику этих «организмов» под действием спорыньи. Различия между генотипом и фенотипом расплываются. Мозг становится податливым и распложенным к перепрограммированию. Все тот же вопрос установки и обстановки. Можно сформировать сознание нового человека. Именно поэтому книга Перуца была запрещена, а переводчик его книг Исай Мандельштам арестован. Не помогла ему врожденная осторожность, хотя, опасаясь расстрела, он даже «знакомых выбирал безобидных как гренки в бульоне», как о нем писал Осип Мандельштам.

— Не пойдет. Допустим, отравленный спорыньей мозг проникается коммунистическими идеями, которые, как «призрак коммунизма» витают в воздухе, прямо по книге Перуца. Но отравление закончится, и все встанет на место. Как зафиксировать изменения?

— В этом суть и есть. По учению Лысенко, приобретенные признаки наследуются. Почему бы не наследоваться и коммунистическому мировоззрению? Такая мысль была бы совершенно органична в контексте господствующей тогда смеси мистико-магического и материалистического мышления. Не зря у Перуца крестьяне, отведавшие препарат, стали петь именно Интернационал. Чтобы сохранить такой настрой в потомках, отравленные спорыньей люди должны рожать в это время детей. Дети наследуют состояние родителей и вырастают убежденными коммунистами. Идеи Лысенко растут из самой революционной культуры, он лишь искусно манипулировал мистическими революционными фантазиями. Впрочем, у таких фантазий даже могло присутствовать некое рациональное зерно. Недавними исследованиями сходного с ЛСД псилоцибина было показано долговременное влияние галлюциногена на структуру личности, изменение поведения и шкалы ценностей испытуемых, хотя раньше считалось, что ядро личности неизменно.

— Как-то сомнительно это все... Хотя, вероятно, не случайно на 1937 год пришелся максимум солнечной активности. Мистики могли подгонять свой проект под наработки Чижевского. Ход их мыслей мог быть прост: если в такие года даже кобылки, нестадные насекомые, вдруг меняют свою природу и превращаются в саранчу, то почему нельзя изменить и людей? Именно в таком ключе могли думать последователи розенкрейцеров. Поэтому стоит обратить внимание на то, что в 1936 году был упразднен Всесоюзный комитет стандартизации, а право утверждать общесоюзные стандарты получили десятки наркоматов и ведомств, началась неразбериха. Опомнились лишь в 1940 году, и только тогда был принят жесткий ГОСТ по допустимому проценту спорыньи в зерне, действующий и сегодня. До того спорынье было легче попадать в муку. Ранее разрешенные аборты, действительно, были запрещены тоже летом 1936 года.

— Не просто запрещены, а уголовно наказуемы, — откликнулся я, уставившись в статистическую статью об абортах, — любые подозрительные случаи передавались в прокуратуру. Статистика по абортам была засекречена еще в начале 30-х. При этом с 1937 года работало особое бюро, целью которого было получения сведений о числе абортов, в том числе и неполных — то есть либо криминальных, либо вызванных естественными причинами. А основная естественная причина была одна — отравление спорыньей. Да и криминальные аборты почти всегда выполнялись с ее же помощью. По статистике неполных абортов получилось тогда около 90%, а по некоторым областям и того более. Рождаемость на пару лет увеличилась, потом упала. В январе 1937 года была произведена перепись населения, результаты которой руководству не понравились, она была объявлена «вредительской», материалы были изъяты и засекречены, а ответственные за перепись расстреляны. В 1939 году сбор статистических данных об искусственных абортах был полностью прекращен. Необходимость отпала. Выглядит все это бредом, но только с нашей точки зрения, а нам трудно понять, как мог тогда мыслить мистически настроенный разум.

— Я бы скорее предположил, что запрещение абортов просто вызывало увеличение потребления для этой цели спорыньи и, соответственно, массовые психозы у женщин, — Алик растянулся на диване, всем своим видом выражая сомнение. Забавно, я чувствовал себя точно также, когда он впервые начал рассказывать мне свою теорию. Может, теперь и я слишком увлекся? Внезапно мне почему-то опять вспомнился Мандельштам.

— Кстати, а сам-то Мандельштам, который Осип, а не его брат, тоже ведь пописывал стихи о Ламарке, путем которого шел Лысенко. «На подвижной лестнице Ламарка я займу последнюю ступень». И там еще какие-то «зеленая могила, красное дыханье, гибкий смех». Это как-то связано с нашей темой и его арестом? Честно говоря, я вовсе не поклонник Мандельштама. Если бы мне о нем и его брате не напомнили, я сам никогда и подумал бы связывать их аресты с Лысенко. Не помнишь, когда было написано это стихотворение?

— В 1932 году, — откликнулся Алик, заглянув в компьютер. — А два года спустя Особое совещание при Коллегии ОГПУ приговорило Мандельштама к ссылке. Вряд ли он сам понимал, чем его стихи могут задеть определенные круги. Но поэты — они люди такие, внутренним чутьем улавливают. Вот я как раз недавно читал воспоминания его жены. Она пишет, что редактор Госиздата Чечановский пытался через нее воздействовать на Мандельштама. Он спрашивал, зачем Мандельштам лезет в области, в которых ничего не понимает. Что, мол, за странные рассуждения о Гете, Ламарке и невесть о чем? И угрожал: «Мы ему не позволим поносить развитие и прогресс, пусть он это запомнит». Она пишет, что Чечановский усмотрел какие-то «скрытые намеки», но в чем именно эти намеки состояли, говорить отказался. Только заявил: «Я вас предупредил, поступайте, как знаете, только как бы вам не раскаяться». Правда речь, кажется, шла уже не о стихах, а о «Путешествии в Армению». Там Осип тоже упоминал Ламарка как «полупочтенного старца», который выплакал глаза в лупу. Такое, конечно, могли толковать как голос «против курса партии», но прямо к опытам Лысенко это отношения не имеет. Хотя мистики могли додумать что угодно, а при той господствующей подозрительности усмотреть любые тайные намеки труда не составляло.

Алик задумчиво уставился в окно и еще более сомнительно покачал головой:

— Но все равно что-то не так. Нет, я давно предполагал, что Лысенко был, в сущности, адептом герметизма, учения о высших законах Природы. Да, наверное, он мог считать, что магия розенкрейцеров работает как раз в духе его усилий. Или, по крайней мере, так могли считать те, кто его направлял. Но кто выступил против секты, что произошло дальше? Все бывшие большевистские мистики в 1937—38 годах попали под раздачу из-за неудачи опытов Лысенко? Ведь те, кто еще не успел умереть своей смертью, были тогда расстреляны. Все эти Бокии-Барченко-Блюмкины-Москвины-Зубакины и прочие розенкрейцеры были уничтожены поголовно. А само Единое Трудовое Братство было признано масонской террористической организацией.

— Похоже, что оно ей и являлось на самом деле.

— Так что же произошло? Организаторы решили, что у них все получилось, родителей можно убрать в лагеря и на кладбища, а «новых детей» воспитывать в детских домах с соответствующими установками? Или, наоборот, определенные силы заметали следы неудавшегося эксперимента? Или никто ничего не понял, и все «великое безумие» было вызвано непосредственно невменяемым состоянием на местах под действием отравления спорыньей? Или более разумные силы из тех же большевиков, но не верящие в бредовую мистику, решили смести эту, по их разумению, нечисть? Провести, так сказать, неявную вторую революцию. Понимал ли вообще сам Лысенко, что происходит, или его использовали втемную в виде «председателя Фукса», не осознающего скрытый смысл задач, которые перед ним ставили?

— Понятия не имею, — совершенно искренне ответил я. — Ты задаешь слишком много вопросов. Расклады сил между мистическими кланами большевиков нам неизвестны. Там были очень разные люди. Попытка Лысенко перевести древний документ, возможно, намекает на желание разобраться в том, что же именно натворили с его помощью. Не исключаю, что он не представлял себе всей схемы полностью. Однако как только он стал расследовать этот вопрос, то тут же умер. Может, если бы любопытная американская студентка Линда Капорэл не подняла эту тему о спорынье в 1976 году, то народный академик прожил бы лет на двадцать дольше, как его брат. Но я точно знаю другое — завтра вторник, третье марта 2009 года, и с утра мы будем в Кельне. Я уже заказал билеты. Поезд отправляется в восемь вечера с западного вокзала Вестбанхоф. Думаю, в Кельнском историческом архиве мы сможем найти некоторые ответы. Начнем копать с печати иезуитов.

— Да, в Кельн, — задумчиво кивнул Алик, — А по дороге стоит подумать, получилось ли у последователей розенкрейцеров то, что они планировали сделать? Можно ли рассматривать 1937 год как эпидемию мерячения?

— Можно считать произошедшее охотой за ведьмами, обернувшейся затем охотой за охотниками. Даже не понимая всей сути происходящего, мистиков под действием спорыньи стали бояться, думая, что это именно они наслали порчу. Инквизиторы точно так же боялись средневековых ведьм, поначалу несчастных «колдуний» даже брили налысо, чтобы те не смогли повредить судьям своей магией. Инквизиция изначально создавалась вовсе не с целью переводить дорогие дрова на ведьм, а лишь по политическим и экономическим причинам. Репрессивный аппарат в СССР изначально также строился не для траты пуль на расстрелы сотен тысяч простых и далеких от политики людей. Такие процессы всегда стремятся выйти из-под контроля, что уже многократно происходило в истории. В первый крестовый поход, который папа отнюдь не случайно проповедовал во время очередной эпидемии эрготизма, пошло на порядок больше народу, чем папа рассчитывал, и он сразу потерял контроль над этой толпой. Безумие — стихия, которую невозможно удержать. Но в натуре человека — пытаться покорить недоступное. Поэтому попытки всегда будут продолжаться. И все же в определенных рамках управлять процессом и направлять его в нужное русло, подозреваю, действительно можно. Именно этому должны были научиться иезуиты, отсюда, видимо, и печать с солнцем.

— Ну, не знаю. Пока, пожалуй, я все же придерживаюсь простой версии Лысенко-вредителя, осознанного или не вполне понимающего саму суть своего задания — другой вопрос. Поскольку не только спорынья появлялась в результате его деятельности, но и фузариоз, а тут уж никакой наследственности, только смерть. Тогда целыми деревнями вымирали от так называемой септической ангины, яровизируя просо по методичкам Лысенко. Полагаю, всех этих доморощенных горе-мистиков элементарно развели, внушив им возможность переделки сознания населения и создания «нового советского человека», а на самом деле просто травили народ. Когда в государстве начинают распространяться мистические идеи, оно становится уязвимым.

— Но ведь ничего не кончилось, наследники антонитов не исчезли, вот что настораживает. Мальтийский орден, поглотивший тамплиеров и антонитов, существует до сих пор и владеет тайнами вошедших в него орденов. Иезуиты проникли к мальтийцам уже давно. Вместе оба ордена сплотились в России, где отсиживались во время гонений.

— Да, сегодняшний Мальтийский орден это, по сути, осколок все той же древней конструкции «мальтийцы-антониты-тамплиеры-иезуиты-масоны», причем масоны здесь — просто бутафория, прикрытие. Помнишь, художница в Изенхейме говорила, что Мальтийский орден имеет особый статус наблюдателя при ООН? Это действительно так, я сейчас проверил. У граждан ордена есть паспорта, своя валюта, дипломатические отношения с сотней стран, есть даже свои автомобильные номера. Великий магистр ордена несет службу в качестве папского вице-короля. Похоже, внутри организации существует секретное ядро, сохранившее древние знания. И чем они могут заниматься сейчас? Развивать гуманитарные посадки ржи и сорго в Африке? Поставлять особое зерно в регионы, где планируются революции и смены правительств?

— Ладно, лучше собирайся, пора ехать, а то мы так скоро до заговора подземных карликов договоримся.

— Знаменитый средневековый монах Рауль Глабер, свидетель и хронист одной из ранних эпидемий эрготизма, подробно рассказывал о том, как монастыре святого Легерия ему являлись отвратительные чудовищные карлики, едва имевшие подобие человека, — невпопад пробормотал Алик и пошел собирать сумку.

Глава 20

Архив

Утром красный червяк поезда вполз в Кельн точно по расписанию. На улице было холодновато даже для начала марта.

— Сразу в архив? — нетерпеливо высказался Алик, едва выйдя из вокзала и даже не взглянув в сторону чудесного Кельнского собора.

— Никуда архив не убежит. Сначала в гостиницу, душ, затем в ресторан. Охота тебе заниматься делами на пустой желудок? Да и закрыт архив еще. Поедем часам к двум.

— Напоминает замок Дракулы, — буркнул Алик, соизволив, наконец, обратить внимание на собор.

Мы сели в такси и отправились в забронированный мной скромный гестхаус. Маленький ресторан при нем славился своими сосисками. Обожаю хорошие немецкие сосиски. Алик пребывал в возбужденном состоянии и к еде почти не притронулся. Увлекающиеся люди эти писатели. Через пару минут он вдруг резко вскочил и пошел к стойке. Еще минуту спустя он уже что-то живо обсуждал с хозяином заведения. Вернулся за столик Алик с двумя кружками темного пива.

— Как можно есть эти замечательные сосиски без пива? — вопросил Алик, водружая кружки на стол. — А особенно без мюнхенского. Я поговорил с хозяином, он родом из Мюнхена, отсюда и пиво, и его реклама.

Я удивленно уставился на Алика. Вроде, он сам говорил мне, что пиво не любит.

— Наверняка, ты слышал о знаменитом немецком Законе чистоты пива, — нетерпеливо проговорил Алик. — Или ты уже совсем ослеп?

Я посмотрел на стойку, но не сразу понял, что Алик имел в виду. Секундой позже взгляд выхватил в полумраке бара плакат на стене. На нем была изображена бутылка пива с надписью «Райнхайтсгебот». Это так называемый знаменитый баварский Закон чистоты. В начале 16-го века Вильгельм IV постановил, что только ячмень, хмель и вода должны использоваться для варки пива. До того пиво варилось из солода любых зерновых, в основном из ржаного, и к тому же на основе грюйта, что само по себе название вереска, но добавляли туда также полынь, мирт, тысячелистник, мандрагору, белену, коноплю и даже куриный помет. В результате получалась адская смесь, вызывающая галлюцинации. Право на торговлю грюйт-порошком во многих местностях было монополизировано католической церковью или государством. Только после принятия Закона чистоты, заменившего грюйт на хмель, а рожь на ячмень, пиво стало относительно безопасным. Но на плакате красовались совсем не те цифры. Так вот что заметил Алик! На крышке фотографии пивной бутылки значился 1487 год. Но Закон чистоты был принят в Баварии только в 1516 году, это известно каждому любителю пива.

— В мае 1487 года инквизиторы Шпренгер и Крамер получили от Кельнского университета одобрение своей книги «Молот ведьм», — проследив за моим взглядом, доложил Алик. — А годом раньше в Германии разразилась одна из сильнейших эпидемий отравления спорыньей, которые до того не слишком беспокоили страну уже лет триста. Люди корчились в диких мучениях и умирали от гангрены, никакие врачи не могли понять, в чем было дело. Инквизиторы утверждали, что во всем виноваты ведьмы, насылающие болезни. Могло ли это быть просто совпадением? Вот я и пошел поговорить с владельцем бара. Он пояснил, что Закон чистоты по настоянию городского совета Мюнхена был сначала принят герцогом Альбрехтом IV в 1487 году, и лишь три десятилетия спустя его сын Вильгельм IV этот закон подтвердил и распространил на всю Баварию. Хозяин бара слышал, что тогда пиво изо ржи почему-то заподозрили в дьявольщине. Легенда гласит, что оно приманивало ведьм, и мюнхенский совет постановил варить пиво только из ячменя. А теперь мы знаем, что алкалоиды спорыньи вполне себе сохраняются в сваренном пиве.

— Что ж, — пожал я плечами, — это логично. Вполне возможно, что именно из-за хорошего пива ведьмы в Баварии появились позже, чем в остальной Германии, не говоря уж о Франции. Значит, тогда немцы почти догадались о причине «порчи». Но пусть этим историки занимаются. У нас сейчас есть вопросы поважнее, ты же не думаешь, что нас преследует тайное общество любителей немецкого пива? Так что пока направимся в городской архив.

Спустя полчаса мы уже ехали по центру города. Раньше мне не случалось бывать в Кельне. Старый город, основанный римлянами в 50 году новой эры. Коренные жители Кельна утверждают, что у каждого из них есть древнеримские предки. Здесь, в Кельне, учил философии и морали знаменитый противник гонений на ведьм священник и поэт Фридрих фон Шпее. Но ранее здесь же, на кафедре Кельнского университета, преподавал доминиканец Яков Шпренгер, автор смертоносного «Молота ведьм» — книги, стоившей жизни десяткам или даже сотням тысяч человек. Что же случилось со славными потомками древних римлян на излете средних веков, когда немецкие борцы с демонами стали свирепствовать в Кельне, Дюссельдорфе и прилегающих к ним регионах? Кельн стал тогда одним из эпицентров борьбы с дьяволом, в результате которой треть жителей города были объявлены ведьмами и колдунами. Здесь танцевали и умирали обезумевшие от дикой пляски Витта несчастные люди. Какое отношение к этому имеют появившиеся позже иезуиты, розенкрейцеры и мистики-коммунисты? Узнаем ли мы ответ?

Тем временем мы уже доехали до южной части исторического центра города и свернули на одну из старинных оживленных улиц Кельна — Севериништрассе. Она нам и была нужна. Улица Святого Северина. Интересно, в честь какого именно Северина она названа? Северина Норикского, или же того странного христианского мученика Северина, которому по легенде представитель римской администрации Сквиридон отрубил голову? А затем, согласно житиям святого, мученик ожил вместе со своими тремя друзьями, и они подняли свои головы, и понесли их в церковь. Перейдя реку, на виду у многих людей, в изумлении наблюдавших это дивное чудо, будущие святые взошли на высокий холм, дошли до церкви Пречистой Богородицы Марии, сложили свои головы перед епископом Фронтоном и тут же опять стали мертвыми. Довольно расхожий сюжет. Как, интересно, вообще возникли в христианской традиции столь многочисленные описания святых-зомби?

Из отвлеченных раздумий меня вывел какой-то шум и гудение машин. Мы стояли в пробке. Но пробка эта была не простая. Оживленный студенческий район с множеством небольших ресторанчиков, казалось, гудел как улей.

— Что-то произошло там, — пробурчал шофер, открыл окно и окликнул идущего навстречу молодого человека студенческого вида. — Эй, парень, ты не в курсе, что там случилось?

— Я только что оттуда, сидел в пиццерии «Халло пицца», совсем рядом, — скороговоркой ответил студент. — Все шесть этажей под землю ушли. Никогда такого не видел. Сверхпрочное здание, даже окон нормальных не было, только на первом этаже. На остальных — узкие отверстия, как бойницы. Двойная кирпичная кладка. Говорили, что подвальные помещения даже от прямых попаданий бомб защищены. Новейшая система сигнализации. Пожарные — тут же, за углом. Не просто здание — бункер. А поди ж ты, сложилось как игрушечное. И что случилось — непонятно совершенно. Сначала церковь, а теперь вот...

— Вы о здании архива говорите? — машинально спросил я, уже прекрасно понимая, что речь именно о нем.

— И сорока лет не простоял! — не слушая, продолжал взволновано делиться своими переживаниями студент. — А ведь крупнейший европейский архив был. Восемнадцать километров одних только книжных полок. Летописи, карты, планы. Записи еще с 922 года. Древние инкунабулы времен Фридриха Барбароссы. Распоряжения, подписанные Наполеоном в годы французской оккупации. А сейчас от него и камня на камне не осталось. Теперь, наверное, и половины документов не восстановить, да и то займет десятилетия. Там вода внизу, размокнет все. Старый архив в войну бомбили, и то ни один документ на пострадал. Как такое могло случиться сейчас?

Вой полицейский и пожарных сирен повис в воздухе. Похоже, мой хороший аппетит, немецкие сосиски и мюнхенское пиво нас спасли. Сейчас мы могли бы быть похоронены под обломками ушедшего под землю здания городского архива вместе с вожделенными древними документами. А вот наши надежды прояснить все загадки теперь и в самом деле похоронены глубоко. Впрочем, может, и не похоронены — в глубине души вяло шевельнулось предположение, что нужные нам документы не будут найдены и восстановлены никогда, поскольку к моменту обрушения архива их оттуда уже изъяли. Я отвернулся и посмотрел на другую сторону дороги. Метрах в десяти от машины стояла девушка в темно-фиалковом плаще и с повязкой на голове. Она смотрела прямо на меня, и ее губы шевелились, как будто она хотела мне что-то сказать. Я протер глаза и снова взглянул на дорогу. Девушка исчезла. Лишь прохладный весенний ветер трепал пурпурный лоскуток ткани, зацепившийся за вывеску маленького кафе.

лв-3

СССР

КОМИТЕТ
ГОСУДАРСТВЕННОЙ БЕЗОПАСНОСТИ
при СОВЕТЕ МИНИСТРОВ СССР

8 декабря 1976г.
№ 2772-А
гор. Москва

ЦК КПСС
9.ДЕК76 55861
ПОДЛЕЖИТ ВОЗВРАТУ
В ОБЩИЙ ОТДЕЛ ЦК КПСС

СЕКРЕТНО

О некоторых архивных
документах академика
ЛЫСЕНКО Т.Д.

В результате осмотра архивов после смерти академика
ЛЫСЕНКО Т.Д. в его рабочих кабинетах в Москве и на Экспериментальной научно-исследовательской базе "Горки Ленинские"
была обнаружена его переписка с ЦК КПСС, МК КПСС, Советом
Министров СССР и Академией наук СССР по вопросам научной
деятельности и сложившейся вокруг него обста...

Кроме того, в процес...

ЛЫСЕНКО О...

Secale cornutum.

Clavus secalinus. Sclerotium clavus. Secale clavatum s. cornicu-
latum s. luxurians. Mater Secalis.

Спорынья. Черные рожки. Кукушки.

Claviceps purpurea *Tulasne*.

Pyrenomycetes Fric ...IV. 4. L.

Спорынья образуется на личин... ...le L., съ ко-
...лосьевъ которой она сбирается за ...

March 20, 1949

To: Ray Murphy

I am writing to you to urge that you do all in your power to see that
the appropriate government departments cut through any red tape in time
and expedite the trip of Pavel Lysenko to the United States on Saturday night,
to speak at our freedom rally at Freedom House ... Saturday night,
March 26. Herewith a few reasons:

1. The State Department ...

PITTSFIELD, Mass., April ...
— Pavlo D. Lysenko, 46, Russian chemist whose brother,
Trofim, recently was deposed
as a top Soviet geneticist, became an American citizen today. So d... ...wife. He has
been a... ...man since he ...
cam... ...than four ...
...broke with ...
...in 1942, ...
... mans ...
...1946. ...

Lysenko shortly before ... his captu...
...regime ...

ДАДИМ СТРАНЕ СОТНИ КИЛОГРАММОВ СПОРЫНЬИ

В связи с влажной погодой текущего года в ряде районов имеет место значительная заражённость семян ржи спорыньей.

Спорынья, или так называемые рожки,— весьма известное заболевание злаков, главным образом ржи. Оно значительно снижает урожай зерна и портит его качество. Зерно и мука, заражённые спорыньей, становятся я̆ **…тыми** и при попадании в пищу человек… …корм для скота могут вызва… …здоровья по- следствия. …Отсюда вполне я̆ …рыньи,

Согла… …ному о …шении лее с внек… …ни… вто… не о… …

Red Know-How

Continued from First Page

Mr. Lysenko broke with the Soviet regime shortly before his capture by the Germans in 1942. He was brought to this country last year by the International Rescue Committee to enable the Government to make use of his knowledge.

Since that time he has himself informed of developments in Russian publications from sources, presumably eastern European."

Однако пр… о заражённости алиты, так и др… большим проц… смотрено гос… ряде райсов… заражена Ярославск… Колхо… зяйств… комза… ность не… ССС… не… Зауралья к… …пшеницы. Очи… зерна, а … нить собранны… диципских целей.

Известно, что рож… жат в себе ряд ядовитых ды), обладающих значительны… ми качествами. В частности они мо… быть использованы в качестве кровевосстанавливающего средства при кровотечениях из внутренних органов.

Это обстоятельство выдвигает вопрос о

немедленной организации массового сбора рожков спорыньи и сдачи их в аптеки и на пункты заготовки лекарственного сырья.

Сбор спорыньи необходимо организовать при очистке зерна нового урожая путём пропуска всего зерна, заражённого спорыньей, через триеры, веялки и другие очистительные машины, снабжённые приспособлениями для извлечения спорыньи.

… организациям свыше … тысяч центнеров ржи, заражённой спорыньей до 0,5 процента. Это значит, что здесь может быть собрано 2.500 килограммов спорыньи, за которую можно …ить свыше 16 тысяч рублей.

…ные рожки спорыньи перед сда… или на заготовительные хорошо просушить при градусов Цельсия, в про… они подвергаются червото-

…ем также необходимым поста- …научно-исследовательскими …ими институтами вопрос о бы- …и проверке целебных свойств та- …епаратов, как головня кукурузы и …корней хлопчатника. По данным, по- …ным в США, они эффективны как …веостанавливающие средства и могут …меняться взамен спорыньи и гидра- …стиса.

Колхозники и колхозницы, пионеры и школьники, собирайте спорынью! Этим вы улучшите качество зерна и увеличите количество необходимых медицинских лекарств.

В. ТВЕРДОВСКИЙ,
начальник Госсортфонда Наркомзема СССР.

А. ЕФИМОВ,
старший агроном сектора карантина Наркомзема СССР.

Protege Of Stalin, Lysenko Quits

Red Cross, Church Women Aid Lysenkos in Finding Home

50 Persons Go Mad After Eating Bread

CALCUTTA, India, Oct. 24. (AP)—Some 50 Bihar villagers at Muzzaffarpur, 400 miles northwest of here, went mad yesterday after eating bread bought at the village fair.

Some stripped, some leaped into trees and others became violent.

The outbreak appeared similar to one in France in August which was dubbed the case of "the bread that makes men mad."

That epidemic was blamed by doctors on ergot, a fungus growth which appeared in rye flour used by the village baker. Ergot in large, doses paralyzes the nerve ends.

Indian officials quickly rounded up the crazed villagers and dosed them with sedatives.

Two women flour sellers were arrested. They admitted members of their family had become unbalanced after eating bread made from the same grain.

SOVIET AGRICULTURE.
Success of New Method.

MOSCOW, October 25. Professor Lysenko, using the "Yarovization" process, by which seed is sprouted before planting, claims to have raised two crops in a season on a 20 acre plot at his experimental station at Odessa.

The first, sown in March, was reaped in the middle of July; the second was sown immediately from freshly collected seed. Both yielded 10 cwt. to the acre.

It is claimed the "Yarovization" enabled the plants to withstand the drought and saved Russian crops in 1936, as it supplied 70 per cent of the acreage. Double sowing will be tried on a large scale in 1937.

Hungerford Street House Is Badly Damaged by Fire

Wiring Blamed For House Fire

Substandard wiring was responsible for a fire that nearly ruined the home of Mr. and Mrs. Pavlo ...

Года 4 тому назад, мы впервые услышали о яровизации, но по-настоящему тогда это мероприятие не изучали. Из года в год, изучая свой промах и улучшая технику, мы можем проводить весенний сев, не яровизируя ячмень, пшеницы, овса ...

Кастрированная пшеница поражается значительно реже, — стали прибавлять недобрые колосьях вместо зерна встречается спорынья. До сих пор у пшеницы? — недоумевает Лысенко. Спорынья у пшеницы поражает искусственно, как рожь. Впрочем, понятно, кастрированный цветок может проникнуть и паразит. Так же открыто, как рожь. Спорынья и головня даст указание; телеграфно может проникнуть и обновленное зерно руками, обновленное зерно ность больше не повторится.

сельскохозяйственной науки *

Т. Д. Лысенко

An AIF spokesman quoted Adams as saying. "It sounded like a good idea. so like a sucker I joined." He said that many others still listed as sponsors by the National Conference of Arts. Sciences and Professions. which is staging the conference, also had quit.

The AIF revealed that it hoped to meeting bring Paul Lysenko, brother

Paul Lysenko fled a Soviet concentration came and went to Germany. His brother has risen to great fame in Russia. He has received the Order of Lenin and has been named vice chairman of the Supreme Soviet.

The AIF said its meeting also would be attended by Prof. H. J. Muller. Nobel prize winner of the University of Indiana, who resigned from the Soviet Aca-

нек в стране выращиванием и сбор большого взамен ки картофеля. — мае апреле — на прия в 1943 год должна явиться он пити доля работы Академии и многих карфофеля. научно-испыта-
Предъявляют вой площади, Стала ассорт
на роль после-
нрек. Каждое-
(урряка и ум увеличивать — производственных книгах.

Об использовании кур в борьбе с полевыми вредителями

Ответу кратко на вопрос о борьбе с десяткая-тысячными вредителями.

В 1943 году надо как можно более широко использовать кур в борьбе с разли-ниеми полевыми вредителями.

Но, не единственное Штаб борьбе

делают острить по поводу того, что в все хлимизации и аэропланов кур трудно при-знать научным средством борьбы с сель-хозвредителями.

Нужно по крайней мере в наших юж-ных республиках, где кур можно на по-использовать почти круглый год, за-лить звход в инкубаторы миллионы
Это нужно сделать специально для
щия стал птиц, которых уже с вес-
1943 года и до дюжей осени можно
зовать на полях для борьбы с раз-
ного вредителями.

всех времителей, это не панацея
болезней. Но это хорошее, де-
редство борьбы со многими вредителями и в то же время это больший
источник получения значительным добав
вочным количеств мяса и яиц.

Russians Said to "Know How"

NEW YORK, Jan. 27. (UP)—A top Ukrainian scientist who broke with the Soviet un-ion says that Russia has "as much or more" atomic know-how as the western powers and would not hesitate to build a hydrogen bomb if the Krem-lin thought it necessary.

Pavlo D. Lysenko, once one of the top Soviet industrial chemists and a brother of Tro-fim D. Lysenko, leading Soviet biological theoretician, said in an interview yesterday that the Russians would not be stopped from building an H-bomb be-cause of moral or financial reasons.

He said that if Russia de-cides, or already has decided to build an H-bomb, they have the technical knowhow to do the job.

Данные о яровизации зерновых хлебов в 1936 г. в Оренбургской области

Оренбургская область принадлежит з нижайшим...

Рис. 19. Машина для заражения ржи споринкой ЛЗС-1.8.

Lysenko Kin Now U.S. Citizen

PITTSFIELD. Mass.. April 12 —(AP)—Pavlo D. Lysenko. 46. Russian chemist whose brother. Trofim. recently was deposed as a top Soviet geneticist. became an American citizen Thursday along with his wife.

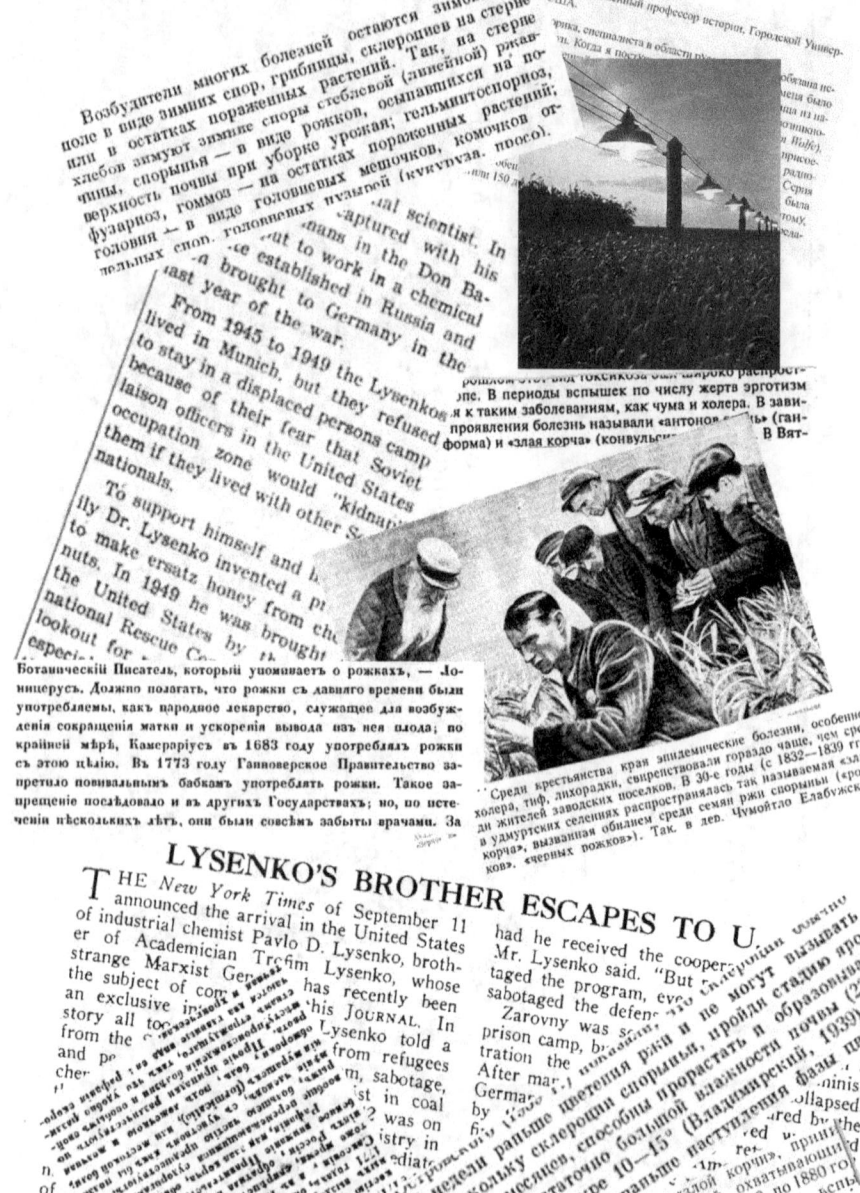

Возбудители многих болезней остаются зимовать в поле в виде зимних спор, грибницы, склероциев на стерне или в остатках озимые споры стеблевой (линейной) ржавчины, спорынья — в виде рожков, осыпавшихся на поверхность почвы при уборке урожая, гельминтоспориоз, фузариоз, гоммоз — на остатках поражённых растений; головня — в виде головневых пылышек, комочков (кукуруза, просо).

...ral scientist. In ...aptured with his ...nt out to work in a chemical ...e established in Russia and ...a brought to Germany in the ...ast year of the war.

From 1945 to 1949 the Lysenkos lived in Munich, but they refused to stay in a displaced persons camp because of their fear that Soviet liaison officers in the United States occupation zone would "kidnap" them if they lived with other S... nationals.

To support himself and h... ...ily Dr. Lysenko invented a p... to make ersatz honey from ch... nuts. In 1949 he was brought ... the United States by ... national Rescue Co... lookout for ... especia...

...ропшом это. вид токсикоза был широко распрост...
...пе. В периоды вспышек по числу жертв эрготизм ...к таким заболеваниям, как чума и холера. В зависимости ... проявления болезнь называли «антонов ...нь» (гангренозная форма) и «злая корча» (конвульси... В Вят-

Ботаническiй Писатель, который упоминаетъ о рожкахъ, — Лонницерусъ. Должно полагать, что рожки съ давняго времени были употребляемы, какъ народное лекарство, служащее для возбужденiя сокращенiя матки и ускоренiя вывода изъ нея плода; по крайней мѣрѣ, Камерарiусъ въ 1683 году употреблялъ рожки съ этою цѣлью. Въ 1773 году Ганноверское Правительство запретило повивальнымъ бабкамъ употреблять рожки. Такое запрещенiе послѣдовало и въ другихъ Государствахъ; но, по истеченiи нѣсколькихъ лѣтъ, они были совсѣмъ забыты врачами. За

Среди крестьянства края эпидемические болезни, особенно холера, тиф, лихорадки, свирепствовали гораздо чаще, чем среди жителей заводских поселков. В 30-е годы (с 1832—1839 гг.) в удмуртских селениях распространялась так называемая «злая корча», вызванная обилием среди семян ржи спорыньи (рожков, «черных рожков»). Так, в дер. Чумойтло Елабужского

LYSENKO'S BROTHER ESCAPES TO U...

THE *New York Times* of September 11 announced the arrival in the United States of industrial chemist Pavlo D. Lysenko, brother of Academician Trofim Lysenko, whose strange Marxist Ge... has recently been the subject of com... an exclusive i... ...his JOURNAL. In story all to... Lysenko told a... from the s... from refugees and pe... m, sabotage, che... ...ist in coal

... was on ...istry in ...ediat...

...had he received the cooper...
Mr. Lysenko said. "But ... taged the program, eve... sabotaged the defen... Zarovny was s... prison camp, b... tration the ... After ma... German... by ...

...ome to America he was ... When he sold his ...inedible horse ...set up an ...ped ...ing at-...ured by the ...ollapsed. ...red u... ...inis-...

...of science, the story of the ...vilov and of the brothers Lysenko ...ome something of a classic.—R. C.

...прорастают на 1—2 недели раньше цветения ржи, поскольку склероции спорыньи, способны прорастать в образовавшую (2%) ...массовой инфекции, в течение зимних месяцев, и при достаточно большой влажности почвы (1939). Та... визации только при температуре 10—15° (Владимирский ...ные тела только ...плодовые тела (75%) и при ...ко создаются условия ...кие в царской России зарегистрировано до 15 таких всп...

...вспышки «злая корча», охватывающей ...раньше новалмых эпидемий с 1780 по 1880 го...
...характер ...За одно столетие в ...
...несколько губерний.

ТЕХНИКА ЯРОВИЗАЦИИ СЕМЯН

В помощь колхозникам и агрономам публикуем основные правила яровизации колосовых, изложенные в плакате Наркомзема СССР, изданном в 1940 году под научной редакцией акад. Т. Д. Лысенко.

ПОМЕЩЕНИЕ И ИНВЕНТАРЬ ДЛЯ ЯРОВИЗАЦИИ

Для яровизации яровых зербов лучше всего использовать торый занимал бы зерно навесом достигается хорние посевного матеродним из основных проведении яровизпосевного матерпользовать сарсельскохозяйстбольше, прПри выбор НУЖНО необ МОЖ

Подача семян температуре ... сте случаем ... пину в 20—...

В таком состоянии, при темпе... в 2—5 градусов тепла, посевной матер... поздпейших твердых пшениц, а также овса и ячменя выдерживается в течение 10—14 дней; семена ежедневно по нескольку раз в день переворачивают. Температура выше 5 градусов (до 10—15 градусов) яровизации не задержит, но при такой высокой температуре и той влажности, которая была дана посевному материалу, семена могут прорасти больше, чем это нужно. Поэтому до такой температуры семена доводить не следует. Прорастание семян повышенной температуре и вложные семена могут покрыться плесенью. Вот почему при яровизации твердых позднеспелых пшениц, а также овса и ячменя нужно обязательно следить за тем, чтобы температура в посевном материале не поднималась выше 5 градусов. Лучшая температура 2—5 градусов.

НОРМА ВЫСЕВА ЯРОВИЗИРОВАННОГО / ПОСЕВНОГО МАТЕРИАЛА

Особое внимание нужно обратить на норму высева (густоту посева) яровизированных семян, так как яровизированные

сева высеять яровиматериал рядовыми яровизации еще сеял... и в...

садить с 10—12 гра... зировать путь ... слой и дел...

... чтобы пути в ... зирован... ... скла... и в ...

It is interesting to note that on the State Department announced its decision to deliver Lieutenant Basov to Russian officials revealed that Pavel Lysenko, brother of the Austria to other geneticist, Trofim Lysenko, had group of Russian refugee scientist, would be admitted to the United States. Mr. Lysenko, who declined to return to Russia. There since the war. was taken to German laborer, had done friendly work by the sensationalism. It which comes unheralded And thus science is handicapped. And that should be the and without fear. Mr Lysenko, who has done important chemical research in the field of fuels seems safe to guess Basov-Petrov flight, it a firmer conviction in however that he has made. And that convinced the choice he has brings the important concern in separating the sheep from comthe goats among professed converts to

...that if Russia decides. they have decided to build had the technical and be'de' op' of 'do' of or moral to financial or interview yesterday that the H-bomb bebiological theoretician. was leading Soviet D. Lysenko, and a prominent and Pavl D. Lysenko, top temperature ...

how the key to peace lies with the U. S. in an "open letter to Stalin," which he plans to publish in the near future. Lysenko said that unlike the psychological situation in America whereby the atomic weapons are looked upon as absolute weapons, Kremlin planners think of them merely as subsidiary weapons to be correlated with other methods. Lysenko is living in the New York City area with his wife and two young children under the protection of the international rescue committee and a security agency of the government.

-12 граду...
второго часов ... -12°, сверх... бои... ...после сей... то ...боль... ...часов

вторичное занкрат ас...

london ...про...крес...о с...

ростки раньше, чем семена ярового посева. Это словно прояровизация. При время от ...

В посевном материале, ... яровизации, не должно быть.

Lysenko Blames Theory on Stalin

WASHINGTON, (P) — The man credited with establishing the Soviet theory of genetics, ridiculed outside the Iron Curtain as political puppetry, now says the whole idea was Joseph Stalin's.

Prof. T. D. Lysenko labeled his statement a "eulogy" to the deceased Russian Premier.

But the statement, put out today by the magazine S____ might be interpreted in the ___ as an attempt to get off the scientific hook.

It states that Stalin dictated to Lysenko how he was to present the theory that acquired characteristics of a plant ___ may be passed on to ___

Many American scientists denounced Lysenko as a tool of the Communist ___ and ridiculed ___

may be passed on to its of___ conflicts with Mendel___ tion of heredity.
ing more than ____ by scien____ world ___

___ are determined ___ an element of germ ___

This theory says chang___ characteristics are cr___ through breeding and t___ ing of various set____ individuals ___ continental ___

'STA___

criticized Ly___ Communists were ___ to teach a false theory ___ plants and animals can be ___ changed by exposing them to ___ favorable envi___ment, and that ___acteristics they ___ ___ssed on to their ___ changes might ___ faster than by ___ process of seed or ani-___

with a check for $7.50 that came the other day for a little over five pounds of ergot picked from screenings in time she could spare from ___ of housework. Mrs. ___

During 1939 in the Northwest 100,000 pounds of ergot were saved, yielding more than $100,-000 to those who picked it. Fifteen hundred bushels of infected rye may yield from $50 to $100 worth.

¹ При проведении в 1937 году внутрисортового скрещивания, когда для целей кастрации подрезали колоски (стригли), выявилось, что в целом ряде областей (Горьковская, Куйбышевская, Чкаловская и др.) наблюдалось сильное поражение опытных колосьев спорыньей. Мягкая пшеница, в частности, Саратовская улька 062, в естественных условиях чрезвычайно редко поражается спорыньей; спорынья чаще встречается на твердой пшенице, однако надрез чешуи, нарушивший особенности, защищающие цветок мягкой пшеницы от заражения, способствовал усилению заражаемости мягкой пшеницы спорыньей. На это обстоятельство обратили внимание Института селекции многие агрономы и колхозники, и эти факты проверены нами при объезде полей колхозов Куйбышевской области в 1937 году. На этом примере можно показать, что частичное нарушение механизма, препятствующего естественному заражению, может усилить «инфекционный фон» и при использовании естественного заражения.

The theory that acquired ch___ acteristics of ___

Russia perhaps has seen more of ergotism than any other country; there it still seems to linger in certain districts. The last French epidemic took place in Pont St. Esprit in 1951 about one hundred years since a previous epidemic in Dauphiné and Savoy during 1854-5 (Barrier, 1855). Switzerland, but epidemic off Sweden, Roumania, Hungary, Italy have also known the disease.

___acterist___ that it ___ helped ___per by ___ the criticism from non-Communist scientists.

(Russian overlapping text, partially legible:)
спорынья с диких злаков ... как правило, ... Сибири более ... в начале ... менее масс ... место масс ... что наблюдается ... Западной Сибири и Северного Казахстана, твердая пше-... ница поражается спорыньей так же сильно, как и рожь ... закрытое цветение ячменя — защита от пыльной голов-... в условиях континентального климата

Поэтому на будущий 1937 г. необходимо дело поставить так, чтобы почти все колхозы смогли провести, хотя бы по основным культурам самоопылителей, внутрисортовое скрещивание у тех сортов, которые приняты для посева в данном районе. Необходимо, максимум через два года, а еще лучше через один год, обеспечить всю посевную товарную площадь основных культур самоопылителей улучшенными путем внутрисортового скрещивания семенами.

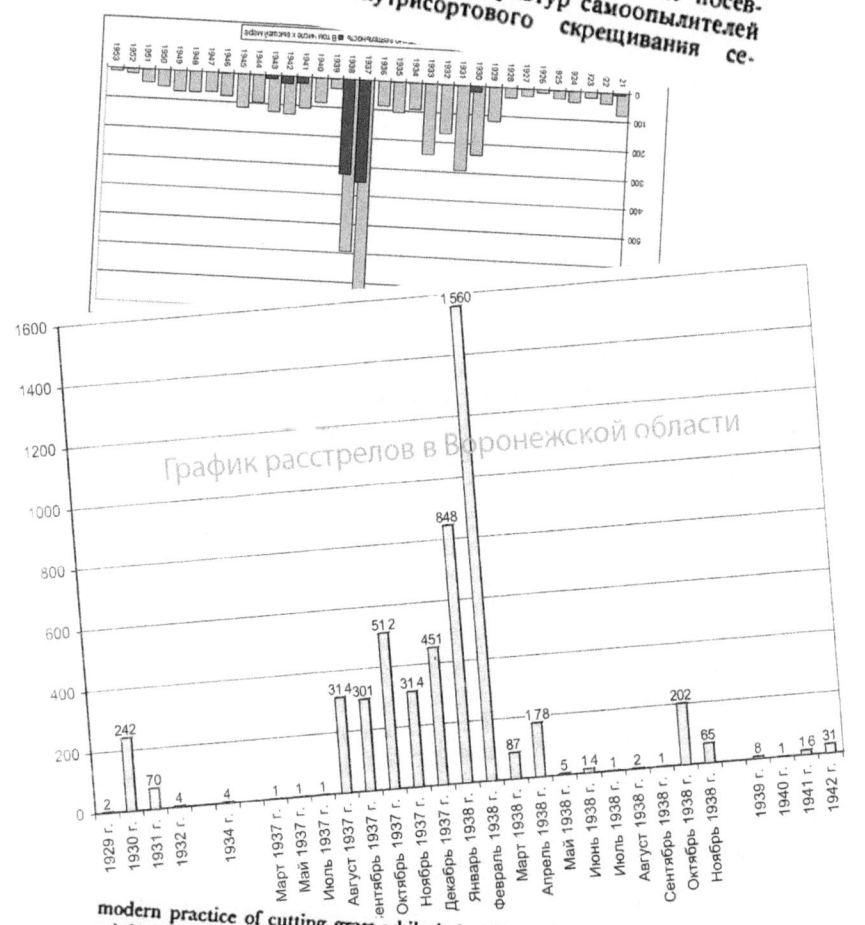

График расстрелов в Воронежской области

modern practice of cutting grass while it is still green and succulent minimizes the chances of obtaining ergotized hay.

Sclerotia occur quite commonly in grass seed samples, and this is undoubtedly one way in which the disease may be spread. During the season 1937-8 Mr C. C. Brett of the Official Seed Testing Station, Cambridge, found ergot in varying amounts in samples of perennial and Italian ryegrass, timothy, bent, crested dogstail and Yorkshire fog from widely separated sources, but it was not so plentiful in cocksfoot, red and meadow fescues. It is obvious that only seed reasonably free from ergot should be sown. The sclerotia can be removed from seed samples by floating them off in brine.

Оглавление

Подписано в печать 21.12.2012
Издательский Дом «OraCo Co., Ltd»